Mireille Calmel

Née en 1964, Mireille Calmel écrit depuis l'âge de huit ans. Ses romans aux héroïnes entières, fières, courageuses, connaissent un immense succès : rappelons *Le Lit d'Aliénor*, *Le Bal des Louves*, *Lady Pirate* et *Le chant des sorcières*, vendus à près de deux millions d'exemplaires et traduits dans plus de dix pays. Après *La Reine de lumière*, les deux volumes de sa nouvelle série, *Aliénor*, ont paru en 2011 et 2012 aux éditions XO. Mireille Calmel vit en Aquitaine avec son mari et ses enfants.

Retrouvez l'actualité de l'auteur sur www.mireillecalmel.com

LA REINE
DE LUMIÈRE

DU MÊME AUTEUR
CHEZ POCKET

LE LIT D'ALIÉNOR (2 tomes)

LE BAL DES LOUVES
LA CHAMBRE MAUDITE
LA VENGEANCE D'ISABEAU

LADY PIRATE
LES VALETS DU ROI
LA PARADE DES OMBRES

LA RIVIÈRE DES ÂMES

LE CHANT DES SORCIÈRES (3 tomes)

LA REINE DE LUMIÈRE
ELORA
TERRA INCOGNITA

MIREILLE CALMEL

LA REINE DE LUMIÈRE

tome 1

Elora

XO ÉDITIONS

Le papier de cet ouvrage est composé de fibres naturelles, renouvelables, recyclables et fabriquées à partir de bois provenant de forêts plantées et cultivées durablement pour la fabrication du papier.

ISBN : 978-2-266-20425-5

1.

La lame, courte, du braquemart déchira latéralement le ventre déjà bien tailladé du mannequin empalé sur un pieu.

Du haut de ses presque neuf ans, Petit Pierre, qui venait d'assister à la mise à mort, laissa tomber un verdict dédaigneux :

— T'y connais rien ! C'est dans l'autre sens qu'il faut occire !

D'un an son cadet, son demi-frère Jean, aussi roux de poil que Petit Pierre était brun, s'empourpra de colère.

— J'y connais rien, moi ? Qui c'est qui ouvre les lièvres, hein, qui c'est ?

— C'est pas pareil. Donne-moi ça.

Malgré le poids de l'arme, Jean la dégagea dans son dos prestement, les sourcils froncés avec arrogance.

— Non. C'est à moi qu'on l'a prêtée.

Petit Pierre avança d'un pas décidé, la main tendue.

— Donne ou je te calotte !

Un ricanement fusa.

— Essaie un peu pour voir !

Petit Pierre s'immobilisa face à la menace de l'arme de nouveau dressée par le garçonnet. De stature égale, les deux garnements n'avaient de cesse que de se mesurer à la lutte, pour une peccadille souvent. Ils en sortaient égratignés, bleuis. Réconciliés chaque fois et soudés face aux autres garçons de la bande, aussi querelleurs qu'eux. Cette fois pourtant, un éclat de haine s'était allumé dans l'œil de Jean. Petit Pierre sentit une goutte de sueur lui caresser le front.

Son regard porta au-dessus de la chevelure bouclée de son demi-frère.

Dans le cirque de Choranche, au pied des falaises de Presles, creusées de galeries profondes dans lesquelles ils se cachaient du prévôt, leurs pères respectifs fourbissaient leurs armes près d'un vieux chêne, emportés par une discussion animée. Il n'était pas un seul des brigands de cette communauté pour s'inquiéter des enfants. Tous s'apprêtaient à la prochaine embuscade. Même les femmes y participaient de près ou de loin, certaines le poignard à la main.

Ils étaient plus d'une centaine à vivre là, mais en cet instant Petit Pierre se sentit détestablement seul. Il enfonça ses poings dans les poches, baissa les yeux, renifla une morve grossière, capitula.

— Fais comme tu veux. Mais viens pas te plaindre si t'es pris !

Jean éclata d'un méchant rire.

— C'est les pesneux qui sont pendus. Et toi, t'es rien qu'un pesneux !

De nouveau la colère. Un pesneux, c'était pire qu'un trouillard, un lâche dangereux pour le groupe.

— Je suis pas un pesneux !

— Si, tout le monde le sait !

Une pointe d'orgueil foudroya Petit Pierre. Ce n'était pas parce qu'il avait fui devant un sanglier rendu fou par les flèches plantées dans son cuir qu'il fallait en conclure à sa couardise. N'importe qui en aurait fait autant, il en était convaincu. N'empêche que sa mère s'était moquée de lui devant les autres. N'empêche que depuis, les filles le regardaient en coin en riant derrière leurs mains crasseuses, les garçons le défiaient à tout bout de champ. Par réflexe, Petit Pierre se jetait dans la bagarre sans réfléchir, pour impressionner les unes, pour moucher les autres. Neuf fois sur dix il en sortait victorieux, mais là c'était différent. Il n'avait jamais vu à son cadet aussi méchante figure. Il n'aimait pas lorsqu'ils se chamaillaient. Et moins encore lorsque l'objet de leur affrontement stupide était l'attention que Jean espérait soutirer à leur mère.

Ravalant sa hargne, il lui tourna le dos, prêt à se diriger vers un éboulis de gros rochers. Le soleil bas qui perçait encore les frondaisons empourprées faisait étinceler les veines de mica affleurant du sol. Petit Pierre plissa les yeux.

— Le vrai courage c'est d'affronter l'autre à armes égales, déclara-t-il avant d'allonger son pas.

— C'est une belle définition. Mais dans notre cas, elle serait sans appel, mon fils.

Il s'immobilisa, déglutit. La voix n'avait rien de cassant cette fois, cependant il était suffisamment habitué depuis sa naissance à ce que sa mère le rabaisse pour ne pas entendre le reproche. Il ne l'avait pas entendue ni vue venir. Cela n'avait rien de surprenant. Fanette était une des plus douées de leur communauté pour surprendre sa proie.

— Donne-moi cette épée, exigea-t-elle en se plantant devant Jean, avant d'ajouter en direction de Petit Pierre : Reviens un peu par là et montre-moi si tu sais mieux faire.

Le cœur du garçonnet battit la chamade. Relevant le menton, il fit crisser les cailloux sous ses souliers usés et accepta le braquemart que sa mère lui tendait par la pointe, autant par envie de la surprendre que pour se venger de son frère, renfrogné.

Il piqua la quintaine légèrement à gauche au-dessus du simulacre de nombril et remonta d'un coup sec.

Fanette hocha la tête, approbatrice. Rousse de cheveux qu'elle portait courts, elle l'était aussi de visage où les taches de son mangeaient la blancheur laiteuse de sa peau. Des rides précoces durcissaient ses traits autrefois agréables. Son regard posé sur Petit Pierre n'avait rien d'amène. Le garçonnet payait d'être le fils de Mathieu, l'homme qu'elle avait cru pouvoir s'attacher, et qui l'avait abandonnée.

Elle récupéra l'arme des mains de son fils. Injuste avec lui au quotidien, elle gardait toute objectivité quand il s'agissait de bataille. Ne menait-elle pas ce clan depuis dix ans ?

— Ça ne vaut pas une dispute, décida-t-elle. Vous avez raison, tous les deux. Regarde, Jean.

D'un geste vif, elle empoigna Petit Pierre, le plaqua de dos contre son buste et, du tranchant de l'épée, incisa horizontalement la toile de son bliaud à hauteur du nombril.

— Uniquement si tu ne peux atteindre la gorge, dit-elle en fixant son cadet, tétanisé.

Elle repoussa aussitôt Petit Pierre, livide. Il se réfugia près de Jean, les jambes flageolantes. Indifférente, Fanette poursuivit sa démonstration sur le mannequin, achevant de l'éventrer dans un râle féroce.

— De front, c'est la meilleure manière de toucher le cœur. Quelle que soit l'approche, souvenez-vous d'une chose mes fils, une seule. Aucune pitié. Jamais.

Par crainte autant que par respect, ils hochèrent la tête de concert tandis que le braquemart jeté par Fanette mordait le calcaire devant leurs pieds, effaçant leur querelle.

Elle s'éloignait déjà.

Jean grogna de surprise, toucha le ventre de son frère, là où le bliaud tailladé bâillait.

C'est à ce doigt souillé de sang frais que Petit Pierre prit conscience, en ce vingt-huit septembre de l'an de grâce 1494, que sa mère ne l'épargnerait jamais.

Assis sur un bloc de calcaire plat, près de son ami d'enfance Villon, Mathieu s'assurait du tranchant de son poignard en le passant sur un morceau de cuir quand l'ombre de Fanette vint se planter devant eux.

— Petit Pierre est prêt, annonça-t-elle d'une voix déterminée qu'assourdissait le fracas de la cascade dévalant la falaise.

Mathieu sursauta et Villon perçut une onde froide lui battre les reins. Il avait été autrefois le chef de ce clan, avant que Fanette y trouve refuge. Passant de lit en lit, elle avait su en quelques mois rallier discrètement les hommes à sa cause, montrant sur le terrain un courage, une hargne et un sens tactique qu'aucun d'eux ne possédait. Elle avait même réussi à évincer Celma, la devineresse du clan qui tirait les runes avant chaque embuscade pour en jauger les dangers. Déjouant ses prédictions par d'habiles stratégies, Fanette s'était un matin proclamée chef de leur bande. Le clan aurait dû se scinder en deux. D'un côté, les partisans de Fanette, de l'autre, ceux de Villon. Refoulant son orgueil, Villon avait argué que seule l'unité les préservait de la potence et qu'il était heureux de se voir soulagé du fardeau qu'il portait depuis si longtemps. Personne ne fut dupe. À la vérité, tous s'étaient rendu compte qu'il était tombé amoureux de sa rivale et escomptait bien régler cela tôt ou tard sur l'oreiller. Mathieu avait rejoint le groupe peu après, éperdu de douleur après la mort de sa femme et de sa fille. Fanette s'était jetée sur lui, lui avait donné ce fils, Petit Pierre, avant qu'il la repousse finalement, la jetant dans les bras de Villon avec qui elle avait eu Jean.

Pour autant, Mathieu comme Villon avaient cessé depuis longtemps de contredire Fanette. Le dernier qui s'y était risqué avait fini poignardé.

Mathieu la toisa pourtant cette fois avec défi.

— Non.

Les yeux de Fanette, étrécis par la rancœur, dardèrent un feu vengeur.

— J'ai décidé. Il ira.

— Non, répéta Mathieu sans baisser son regard borgne.

Craignant un esclandre dont le clan entier subirait les conséquences, Villon se dressa entre eux.

— Aucun enfant de moins de douze ans, c'est la règle, Fanette. Tu l'as instaurée toi-même en affirmant que leur inexpérience mettait nos hommes en danger.

Elle haussa les épaules.

— Les règles sont toutes sujettes à exception. Petit Pierre est prêt. D'autant qu'il a été coursé par ce goret et qu'il doit laver son honneur en permanence.

Se dépliant d'un bloc, Mathieu écarta Villon d'un revers de son bras amputé de la main, et avant que Fanette n'ait rien vu venir la culbuta à terre d'une tête en pleine poitrine. Il s'assit sur elle, la piqua du poignard à la carotide. Malgré le sang qui perlait sous la lame fermement appuyée et ce poids qui avalait sa respiration, Fanette ne chercha pas à se dégager, offrant un rictus cruel à la vindicte de son ancien amant.

— Aucune mère digne de ce nom n'enverrait son fils à une mort certaine. Aucune, gronda-t-il. Qu'as-tu donc dans le cœur ? Je préfère te crever sur place que de le laisser se battre, tu entends ?

Mesurant soudain le soulagement qu'il en éprouverait, Mathieu desserra son emprise et se rejeta violemment en arrière. Fanette se redressa à demi au milieu des buis, le souffle coupé. Elle demeura un instant assise sur ses braies portées à la garçonne, cernée par leurs comparses qui s'étaient rassemblés pour ne rien perdre de l'escarmouche.

Impressionnés par la scène à laquelle ils avaient assisté depuis les rochers, les deux garçonnets déboulèrent à toutes jambes, forcèrent le cercle des brigands et s'immobilisèrent à deux pas des protagonistes.

Les yeux de Petit Pierre roulaient de son père, qui demeurait le poignard à la main, à sa mère qui essuyait la goutte de sang sur son cou, comme l'enfançon venait lui-même d'éponger le sien.

D'instinct, Jean s'était retranché contre les genoux de Villon. Il n'avait jamais vu sa mère à terre.

Enfoncés dans un silence prudent, aucun des témoins ne réagissait. Petit Pierre se mit à trembler. Il sentait bien que c'était à cause de lui. C'était toujours à cause de lui que ses parents se disputaient. Il se planta entre eux, coupable d'exister, mais décidé cette fois à empêcher qu'ils recommencent.

Déjà, comme si de rien n'était, Fanette se relevait. Elle se tourna vers les badauds, les sourcils froncés, l'œil méchant.

— N'avez rien de mieux à faire ?

Ils se dispersèrent, habitués à disparaître de la scène d'un crime comme autant d'ombres dans la forêt.

Fanette marcha sur son fils.

Malgré tout le courage dont Petit Pierre se parait ces derniers temps, ses épaules se ratatinèrent. Sûr qu'il allait prendre une volée. Celle que Fanette n'était pas de taille à donner à son père. Rien ne vint pourtant.

Fanette se contenta de le jauger de la tête aux pieds, s'attardant sur la découpe qu'elle avait osée dans ses guenilles. Retrouvant courage, Petit Pierre bomba le torse pour lui révéler l'estafilade dont il voulait s'enorgueillir devant elle comme d'un trophée.

Un sourire fourbe lui fut rendu en retour. Fanette apostropha Mathieu qui n'avait toujours pas bougé, occupé à réfréner l'envie de meurtre qui lui broyait le cœur et le ventre depuis tant d'années. Il en voulait à Fanette de l'avoir grugé une nuit d'ivresse, de lui avoir donné ce fils dont il ne voulait pas et auquel pourtant il s'était attaché pour ne pas sombrer. Il lui en voulait de lui avoir créé une raison de vivre quand il n'espérait, en rejoignant ce clan, qu'un coup de rapière pour l'achever.

— Je ne veux pas me disputer avec toi, Mathieu. Laissons Petit Pierre décider.

L'enfant sursauta. Sans attendre l'assentiment de Mathieu, Fanette s'accroupit devant le garçonnet.

— Veux-tu nous servir de leurre à la prochaine embuscade ?

Le visage de Petit Pierre s'illumina.

— Et me battre ? Avec mon épée ?

— S'il le faut…

Petit Pierre se tourna vers son père, le plombant de sa joie puérile.

— Oh oui, papa, s'il te plaît. Je me suis tellement entraîné !

Mathieu ne sut que dire. Tant de fierté soudain dans ce regard qu'il avait si souvent vu baissé. Était-ce donc cela que voulait cet enfant qu'il s'était pris à aimer ? Mourir debout, en brave ? Ou s'endormir pour oublier que sa mère le rejetait ?

Mathieu rangea son poignard. Que cherchait-il lui-même depuis dix années ? Il ne répondit pas, tourna les talons sur une vague de détresse. Un de plus qu'on lui prendrait. Il se dirigea d'un pas lourd vers le tunnel sombre duquel le torrent jaillissait, longea son bord pour gagner le cœur de la falaise. « Au fond, pensa-t-il, c'est aussi bien ainsi. Qu'il meure. Qu'ils meurent tous. Moi le premier. »

Dans son dos, une gifle balaya le visage de Jean.

Face à la joie de son frère de pouvoir enfin prouver son courage, le garçonnet venait de soupirer :

— Quelle chance !

Villon n'était pas d'humeur à le laisser croire à une telle absurdité.

2.

À une dizaine de lieues de là, dans les bois ceinturant le château de Bressieux, une jouvencelle de dix ans passés bandait son arc, juchée sur la branche basse d'un châtaignier. Au pied de l'arbre, son compère de chasse, d'un an son cadet, né bossu et simplet, porta les deux mains à sa bouche pour imiter le cri du faisan. Tous deux excellaient pour ramener du petit gibier.

Le gros gibier, Elora le laissait à Aymar de Grolée, l'homme qui l'avait recueillie et qu'elle chérissait.

Avec Hélène, son épouse, ils le lui rendaient bien, autant parce que la fillette possédait un caractère et des dons hors du commun, qu'en mémoire de sa mère naturelle, qui s'était sacrifiée pour les sauver tous. Elora n'était alors qu'un nourrisson, mais loin de souffrir de l'absence maternelle, elle respirait la joie de vivre. Car, avec Mayeul à qui elle s'était confiée, elle était la seule à connaître la vérité sur ce qui s'était réellement passé ce jour de mars 1484 où ses parents avaient disparu. Elora n'avait eu besoin de personne pour le découvrir. Ce savoir était en elle, avec d'autres plus grands encore qui attendaient leur heure dans son cœur d'enfant.

Pour l'instant, elle frémissait de cette excitation qui la tenait chaque fois qu'elle s'apprêtait à lancer sa flèche. Les jupons retroussés à mi-cuisse, les pieds nus ballants de chaque côté de la branche, sa tresse de couleur châtaigne rejetée en arrière, elle était tout entière à l'écoute des bruits de la forêt. Avant longtemps, elle le sentait, la proie convoitée volerait jusqu'à eux.

Mayeul réitéra son appel, sa bosse accolée à l'écorce de l'arbre. Puis attendit, lui aussi l'oreille en alerte. Une feuille rousse détachée avec d'autres par la brise automnale lui frôla le visage, amenant un sourire de plaisir sur ses traits ingrats.

Un cri. Son cœur s'emballa. Une faisane. De plumage terne à l'inverse du mâle paré de somptueuses couleurs, elle était plus petite mais plus goûteuse en bouche. Mayeul se pourlécha machinalement les babines en relevant les yeux, les mains en cornet devant ses lèvres fines pour jeter le cri qui attirerait le vol, lourd, de l'oiseau.

Elora était prête. Elle suivit l'avancée du gibier, d'arbre en arbre, guidée autant par son instinct que par sa connaissance des animaux. Lorsque la femelle aux plumes grises lui apparut dans une trouée, bien distincte entre l'or, le pourpre et le vert bronze des feuilles, elle anticipa sa trajectoire et relâcha son doigt. Le trait siffla, la faisane dégringola bruyamment de branche en branche.

— Tu l'as eue ! claironna Mayeul, ravi, qui ne l'avait jamais vue manquer une cible.

Satisfaite, Elora remisa l'arme dans son carquois et sauta à bas du châtaignier. Elle se reçut souplement sur les pieds, à peine ramassée pour amortir l'impact.

— Perdons pas de temps, c'est plein de renards par ici, dit-elle en claquant une bise sur la joue de Mayeul.

C'était un rituel. Depuis cette enfance qu'ils partageaient, l'un dans l'arrière-cuisine, élevé par la vieille Malisinde dont c'était le domaine, l'autre dans le corps de logis du castel, choyée par leurs seigneuries.

Ils détalèrent vers le lieu de chute, à quatre-vingts pieds de là. Elora se laissa distancer. Elle savait que le plaisir de Mayeul était de brasser les buissons pour retrouver leur prise et ne voulait pas l'en priver.

— Là, elle est là ! s'écria-t-il joyeusement, alors que déjà, à quelques pas d'elle, il se disputait avec un roncier au risque de déchirer sa tunique.

S'il avait eu plus d'intelligence, Mayeul se serait demandé pourquoi ses habits n'étaient pas rapiécés mais changés, pourquoi le tissu était de bonne facture, pourquoi il bénéficiait d'une éducation plus poussée que ses compagnons de valetaille et surtout pourquoi on l'éloignait du castel lorsque l'amie de dame Hélène venait en visite avec son époux. Malgré son jeune âge, Elora aurait pu répondre à ces questions s'il les avait posées. Lui apprendre qu'il était le fruit d'une agression et que Marie de Beaumont, sa véritable mère, l'avait rejeté sitôt sa naissance, sans rien dire à l'homme qui l'avait épousée. Mais à quoi bon remuer le fumier ? En dépit de sa nature malingre, de ses traits ingrats, Mayeul était heureux, choyé par la vieille cuisinière et par Elora qui veillait sur lui. C'était au fond tout ce qui importait.

— Oh, oh !…

— Quoi ? demanda Elora qui s'en venait d'un pas tranquille, zigzaguant au milieu des fougères.

Sans se préoccuper de la faisane coincée entre deux branches par la flèche qui lui traversait la poitrine, Mayeul restait penché au-dessus du buisson qu'il était, l'instant d'avant, prêt à enjamber. Il tourna vers elle un visage dégoûté. Au même instant, un souffle changeant porta vers Elora une odeur de charogne. Elle se précipita.

— C'est qui ?

Elora haussa les épaules pour toute réponse. Un homme se décomposait là, ce qui lui restait de joue collé à la terre, le visage et les mains vérolés, l'orbite vide, les reins rongés par quelque carnassier sous ses vêtements de voyage.

— Qu'est-ce que tu fais ? s'inquiéta le garçonnet en la voyant avancer dans les ronces.

Mue par cette intuition qui la différenciait des autres, Elora s'accroupit au milieu des fougères qui masquaient habilement le cadavre et l'examina de plus près. Elle arracha la pointe fichée entre les côtes déchiquetées pour vérifier que ce n'était pas l'une des siennes.

— On l'a tué, tu crois ?

— Pas nous, s'empressa-t-elle de le rassurer.

— Qui, alors ?

Elora inspecta la pointe, les ailerons, le bois, en détail. Elle connaissait l'odeur qui s'en dégageait. À plusieurs reprises, le vent la lui avait portée alors qu'ils se trouvaient dans la forêt. Chaque fois, elle s'en était éloignée, mue par un sentiment de danger. Pour autant elle n'avait pas de réponse.

Mayeul, impressionné par son silence, n'osait le briser. Il aurait aimé avoir son courage pour fouiller le cadavre comme elle s'y employait soigneusement à présent, mais la vue de fourmis sortant en colonne par la narine décharnée de l'inconnu l'écœurait trop. Quant à récupérer la faisane en enjambant cette horreur, il n'y fallait pas compter.

Un haut-le-cœur le fit s'écarter lorsque Elora retourna le corps à pleines mains, révélant une cohorte d'insectes qui l'avaient colonisé. Sans s'en émouvoir, tandis que son compère vomissait, bras croisés sous l'estomac, Elora passa les doigts sous les tissus successifs, attirée par un renflement. Elle en sortit une fine pochette de cuir. L'ouvrit comme Mayeul s'essuyait la bouche. Sur le pli qu'elle contenait, une écriture fine et racée avait tracé à la plume le nom d'Hélène de Sassenage.

— Alors ? demanda Mayeul de loin.

Elora empocha la lettre, se releva et décrocha leur chasse. Le garçon était pâle encore lorsqu'elle s'arrêta devant lui.

— Je crois qu'on l'a assassiné pour l'empêcher de remplir son office, déclara la fillette en lui désignant le courrier.

Mayeul se mit à trembler.

— Tu crois qu'il est encore là ?

— Qui ça ?

Il rentra les épaules, marquant plus encore sa bosse. Baissa la voix.

— Le faiseur de malemort…

Elora se mit à rire, ses yeux vert d'eau pétillant.

— Non, petit bout, non. Ce sire-là croupit depuis plusieurs semaines déjà. À mon avis, quelqu'un l'aura pourchassé dans ces bois, l'éloignant de la route, puis tiré comme un lapin ; mais ce quelqu'un était moins malin que nous pour retrouver un gibier.

Elle lui tendit l'oiseau.

— Accroche ça à ta ceinture. On rentre.

— D'accord, mais on passe par la source… Tu pues, assena-t-il en tordant la bouche.

Elora éclata d'un rire clair.

Il en fallait davantage pour déstabiliser une enfant des fées.

*

Assise dans le jardin, sous une tonnelle de chèvrefeuille où elle profitait de la douceur de l'air, dame

Hélène fixait, les mains tremblantes, la lettre qu'Elora lui avait remise après sa macabre découverte.

Le rire frais des deux enfants qui s'étaient rejoints à l'autre bout du parc sitôt leur mission remplie parvenait jusqu'à la châtelaine. Rien n'entamait jamais leur gaieté.

Âgée de vingt-cinq ans, Hélène, dont l'éclatante beauté s'était patinée, ne pouvait en dire autant.

La joie de vivre l'avait abandonnée depuis longtemps.

Des larmes lui piquaient les yeux, pourtant elle retardait l'instant d'ouvrir ce pli, le tournant et retournant entre ses mains fines, s'attardant sur l'écriture de son nom.

Cette lettre, cela faisait des années qu'elle l'espérait.

Elle trouva enfin le courage de glisser son index sous le cachet de cire. À peine eut-elle déplié le papier qu'une volute de parfum épicé submergea l'odeur de charogne imprégnée jusque-là dans les fibres. Un sanglot lui comprima la gorge tandis que ses yeux parcouraient les signes élégants, à l'image de l'homme qui les avait tracés.

À l'image du seul homme qu'elle ait jamais aimé.

« Mon amour, ma lumière,

Votre père, le baron de Sassenage, me l'avait promis le jour où nous nous séparâmes, contraints et forcés par la raison d'État, mais je l'avoue avec honte, j'avais cessé d'y croire.

Ballotté depuis des années, trahi, l'exilé que je suis était devenu amer.

Plus encore depuis que je demeure ici, à Rome, sous la surveillance du pape. Si cet homme représente votre Dieu, alors croyez-moi, ma douce, je ne suis pas fâché d'être resté musulman. Fourbe, cruel, débauché, il vit dans le stupre et la fornication. Et ses mensonges à mon égard ne se voyaient compensés que par la trompeuse liberté dont je jouis au Vatican. Fort heureusement, il m'a été donné de rencontrer de brillants esprits, comme ce Leonardo da Vinci ou encore le cérémoniaire Burckhardt. Ils sont devenus mes amis à l'instant où ceux qui soutenaient ma lutte disparaissaient les uns après les autres. Combien d'hommes mon frère, le sultan Bayezid, a-t-il fait assassiner pour me perdre ? J'ai depuis longtemps cessé de les compter.

À la vérité, j'étais las, mon Hélène, bien las de tout cela.

Songez que voilà quinze années que je fus dépossédé de mon trône en Istanbul, douze années que je suis captif et que les monarques d'Europe se disputent la rente que mon frère leur verse pour me maintenir engeôlé, et dix enfin que je vous espère.

Ce sont ces dernières années qui me pesèrent le plus. Aucune de vos lettres ne me fut donnée. Je sais que vous les avez écrites, quelques mots de votre frère Louis ou de votre père Jacques de Sassenage vous dépeignent apaisée, auprès de cet homme qui a bien voulu vous épouser pour nous sauver tous deux.

Hélène, mon Hélène, je prie Allah pour qu'Aymar de Grolée respecte son serment et vous rende votre liberté à l'instant où je vais enfin recouvrer la mienne... »

Le cœur d'Hélène bondit dans sa poitrine, la lettre lui glissa des mains. Elle ne lui laissa pas le temps de toucher le sol qu'elle la rattrapait, le souffle court, les yeux humides, comme un trésor inestimable que sa vie durant elle aurait convoité. Elle se remit à lire, plus palpitante et bouleversée encore.

« J'espère que, comme toutes les autres, cette lettre vous trouvera en bonne santé, prête déjà à nos retrouvailles comme j'en ai rêvé, à chaque seconde. Et cependant, à l'instant si proche du but, le doute m'étreint. Voulez-vous encore de ce prince qui ne cessa jamais de vous chérir comme la plus somptueuse des fleurs de son jardin ? Accepterez-vous de quitter cette vie, cette terre qui est vôtre pour devenir ma sultane ? Jamais ma mère, chrétienne, n'abandonna son culte. Vous garderez le vôtre ainsi que vous avez, chez vous, accepté le mien.

Voici la grande nouvelle : le roi de France s'en vient pour reprendre Naples et me libérer au passage.

Je vous aime, Hélène.

Faut-il le rappeler encore ? C'est en caressant de nouveau votre visage que je vous le voudrais dire, hurler. Je vous aime. Et vous reviens bientôt pour mieux vous emmener...

Votre Djem, prince d'Anatolie, ce dix-huit août 1494. »

Un flot de larmes inonda le visage tourmenté d'Hélène. Elle pressa la missive sur son cœur transpercé de douleur. Une douleur incohérente, frappée d'un bonheur trop violent, trop longtemps disparu. Dix années. Dix années que les Hospitaliers de l'ordre de Saint-Jean de Jérusalem avaient emmené le prince, le déplaçant de forteresse en forteresse dans tout le Dauphiné avant de l'enfermer au sommet d'une tour pour le protéger des tentatives de meurtre de son frère. Hélène avait suivi son exil, le chagrin au ventre, quémandant des nouvelles à son père. Tout ce que Jacques de Sassenage avait entrepris jusque-là pour aider à sa libération avait échoué. Le roi de France avait mieux à faire. Serait-il possible qu'enfin... Il ne lui en avait pas parlé. Par crainte qu'elle ne fût déçue ? Toutes ces questions la ravageaient presque autant que cette phrase : « ... *comme toutes les autres, cette lettre...* »

Qu'étaient-elles devenues ces missives dont elle se serait régalée, nourrie, régénérée ? Avaient-elles été dérobées ? Leurs messagers assassinés à l'égal de celui trouvé par les enfants ? Un frisson la parcourut. Qui avait intérêt, ici, à les espionner ? Et dans quel but ?

Ragaillardie soudain comme si ces dix dernières années avaient levé leur voile, Hélène replia la lettre, la rangea dans son corsage, sécha ses yeux d'un revers de manche, se leva du banc de pierre près duquel un chaton jouait et marcha d'un pas nouveau vers le corps de logis du château.

Le jour déclinait.

Son époux devait être revenu et, dans cette affaire, il était le premier concerné.

3.

Petit Pierre tremblait. Il n'en laissait rien paraître, bien sûr, fier de se trouver là avec six cochons de lait et leur mère, au milieu de la route qui, longeant la rivière de la Bourne, menait au village de Pont-en-Royans accroché à la falaise.

Conscient que les autres le surveillaient, tapis en embuscade sur les branches hautes des arbres, il bombait le torse avec le sentiment oppressant que son cœur allait, à chaque inspiration, crever l'épaisseur de sa poitrine.

Celma, la devineresse de leur communauté, avait annoncé deux heures plus tôt le passage d'un charretier. Elle ne se trompait jamais.

Petit Pierre se remémora les consignes qu'on lui avait données. Bien garder le milieu de la chaussée, très étroite en cet endroit, avec ses bêtes, pour obliger le conducteur à s'arrêter. Le front moite, il tendait l'oreille. Se tétanisa lorsqu'il capta le martèlement lourd des sabots du bœuf derrière lui.

Un virage encore, prisonnier de part et d'autre de gros blocs de roches, et le conducteur l'apercevrait.

— Tiens-toi prêt, entendit-il murmurer dans un discret froissement de feuilles au-dessus de lui.

Fanette.

Petit Pierre singea un pas nonchalant.

« Ce soir, pensa-t-il pour se rassurer, plus personne ne songera à se moquer de moi. »

Comme prévu, le convoi s'immobilisa derrière lui et une voix le héla. Une voix forte, puissante, amicale.

— Hardi, mon garçon, pique-les au cul si tu veux les garer !

Petit Pierre se retourna, dévisagea cet homme qu'ils allaient détrousser. De figure avenante, il avait l'œil confiant et souriait, charitable, de l'inexpérience du garçonnet.

— Crois-moi. Faut pas hésiter à piquer, répéta-t-il.

Petit Pierre hocha la tête. Sa gorge était si serrée qu'aucun mot n'aurait pu la franchir. Obéissant, il pointa son aiguillon au jarret de la truie, l'obligeant à abandonner les glands qu'elle avait trouvés. Il devait passer les arbres pour se mettre à couvert. Laisser les autres agir.

— Où tu t'en vas comme ça ?

« Réponds, hurla une voix dans sa tête. Réponds ou il devinera tout. »

Petit Pierre bégaya :

— Chez ma tante, à une demi-lieue.

— La ferme des Moriset ?

— C'est ça, oui…

Le marchand fronça les sourcils. Il connaissait bien la famille et n'avait jamais entendu parler d'un neveu. Il perçut le danger au moment même où Petit Pierre, allongeant le pas, sortait du champ de l'embuscade.

— Bougre de… jura-t-il en arrachant une épée courte de sa ceinture.

Trop tard. Dans un hurlement animal qui donnait le signal de l'attaque, Fanette se laissa tomber sur les épaules de l'homme. Il s'agita pour se dégager de ces jambes qui emprisonnaient son col, de ce buste de femme qui se courbait au-dessus de lui avec un plaisir impitoyable, de cette main qui lui arrachait les cheveux pour lui tirer la tête en arrière tandis qu'une autre le défaussait de son arme.

Arrêté dans sa course par la violence du cri, Petit Pierre se retourna, le souffle court, l'angoisse au ventre, au beau milieu de la route. La charrette était cernée, le bœuf, inquiet, immobilisé par Villon.

Une fraction de seconde, l'œil du charretier s'arrêta dans celui du garçonnet, chargé de sa rancœur de condamné.

Petit Pierre hurla :

— Mman ! Non !

Il voulut s'élancer pour empêcher le meurtre, inutile, sauvage. Le sang gicla sous la lame, inondant le visage de Fanette. Petit Pierre eut un haut-le-cœur. Des larmes brouillèrent ses yeux.

À cet instant-là, il sut qu'il ne serait jamais des leurs.

À cet instant-là, Fanette, qui basculait le corps vers le fossé, se mit à rire en le fixant.

— Alors, pesneux, on a l'âme sensible ?

Incapable d'en supporter davantage, Petit Pierre détala dans la forêt.

Un coup de poing heurta la mâchoire de Fanette. Elle bascula en arrière, chuta de la charrette et s'écrasa sur le cadavre.

— C'était trop tôt, gronda Mathieu qui l'avait frappée.

Il sauta à bas à son tour, s'élança derrière son fils.

Villon s'attarda sur les traits de Fanette qui se redressait déjà, un rictus satisfait au coin de ses lèvres éclatées. Plus rien en elle ne rappelait la femme qu'il avait aimée. Elle le défia du regard avant de donner le signal de la retraite, indifférente au crachat qu'il venait de lui lancer.

*

Il en voulait aux hommes.

Il en voulait aux femmes.

Il en voulait à ces enfants qui, comme lui jusque-là, s'étaient imaginé que la mort avait un beau visage.

Tout n'était que mensonge.

Dans les récits d'embuscades dont ils se régalaient tous, le soir à la veillée, dans cette peur qui leur tenait le ventre devant le spectre entretenu de la potence.

Alors qu'il courait à perdre haleine, bondissant au-dessus des buis tel un chevreuil, Petit Pierre sentait la colère le submerger, la rancœur l'envahir contre les siens.

Ils ne tuaient pas pour se défendre comme ils le prétendaient. Ils tuaient par plaisir.

Un instant, il sentit le sol se dérober sous ses pieds. Un vertige le faucha. Il s'appuya d'une main au tronc tourmenté d'un genévrier. Puis, sans forces, les jambes flageolantes, il se laissa glisser le long de l'écorce. Il avait mal. Mal de haïr sa mère à ce point. Mal de penser qu'elle était l'être le plus abominable qu'il ait jamais rencontré.

*

Mathieu n'avait eu aucune difficulté à suivre la trace de son fils à travers les fourrés saccagés. Pourtant, à l'instant de le rejoindre, il se tassa contre un arbre sans bouger, le souffle court retenu entre ses dents serrées. De ce petit corps recroquevillé sur lui-même, secoué de sanglots, émanait une telle détresse qu'elle lui interdisait d'approcher davantage.

La nuit descendait sur la forêt des Coulmes. À quelques pas de là, ensevelies sous une végétation luxuriante, les ruines d'un ancien ermitage dardaient vers le ciel quelques pans de mur. Mathieu se laissa glisser à son tour contre les rejets d'un châtaignier.

Il attendrait.

Que l'enfant s'apaise. Que le jour revienne. Attentif aux bêtes sauvages qui pourraient les approcher.

Son regard s'arrêta sur l'arrondi d'un porche recouvert de lierre. La pénombre interdisait qu'on en pénètre le mystère. Mathieu connaissait pourtant chaque recoin de ce lieu abandonné.

Il détourna la tête.

Trop de souvenirs.

Trop de souffrance.

Trop de colère.

Jamais il n'oublierait ces êtres qu'il estimait responsables de la mort de son épouse, de la disparition de sa fille.

Jamais.

Le désir de vengeance était si violent en lui que chaque gorge tranchée lui donnait le courage d'affronter un jour nouveau, peuplé des mêmes fantômes.

C'était l'unique raison qui, jusque-là, l'avait empêché de poignarder Fanette. Elle était son seul lien avec le passé.

Ce jourd'hui pourtant elle avait passé les bornes. Villon lui-même était de son côté. Il ne la laisserait pas continuer.

Il risqua un œil vers son fils. Ratatiné contre l'arbre, le garçonnet s'était couché, le corps encore soulevé de spasmes, les yeux clos.

Il faisait plus frais ce soir. Bientôt, trop tôt, la neige gagnerait les sommets, les rochers, les routes. Comme les ours qui peuplaient la contrée, ils se terreraient dans les profondeurs de la terre et attendraient le printemps pour recommencer l'incessant ballet de leurs rapines.

Mathieu cala sa nuque contre l'écorce.

Dormir.

Il retint un soupir. Au petit jour, il s'éveillerait avec la même sensation de vide, usé par les mêmes cauchemars. Et la même certitude.

Seule la mort de Jacques de Sassenage et d'Hélène de Grolée pourrait lui rendre la paix.

*

Au château de Bressieux, son fief, Aymar de Grolée contemplait l'élégante signature du prince Djem au bas de la lettre. Assise confortablement dans un faudesteuil, près de l'âtre qui dispensait une tiédeur bienvenue, Hélène gardait le silence, les mains croisées, le regard fixé sur cette chevelure blanche qui cernait le visage de son époux. Malgré ses cinquante-sept ans, il avait belle allure et les yeux gris qu'il leva enfin sur elle n'avaient rien perdu de leur bonté.

— Veux-tu le rejoindre ?

Hélène lui sourit avec tendresse, le cœur bondissant dans la poitrine.

— En avez-vous jamais douté ?

Aymar de Grolée replia la missive, la lui rendit et, tandis qu'Hélène la remisait dans son corsage, s'abandonna contre le dossier, les doigts croisés sur un embonpoint marqué. Le temps où il guerroyait, svelte et alerte, auprès de son ami Jacques de Sassenage et du feu roi Louis XI était bien loin désormais. Pourtant, Aymar n'avait aucun regret. À l'automne de sa vie, il avait enfin la chance de vivre un amour ardent avec Jeanne de Commiers, la mère d'Hélène, qu'il avait attendue tout au long de ses jeunes années. Un amour partagé dans la discrétion d'un castel voisin et dont Hélène savait le secret. Aussi compliquée que soit leur situation, elle le rendait profondément heureux, pour la première fois de son existence.

— À dire vrai, Hélène, rien ne m'a échappé des négociations qui sont en cours depuis quelques mois à la cour de France.

Elle sursauta.

— Pourquoi ne m'avoir rien dit ?

Aymar de Grolée laissa échapper un geste de lassitude.

— Il y eut tant d'espoir avorté ces dix dernières années que ton père et moi sommes convenus de garder le silence jusqu'à ce que Djem soit véritablement libéré.

Des larmes vinrent piquer les yeux d'Hélène. Au fil du temps, elle avait appris à chérir Aymar. Non comme l'époux qu'il était devenu, encore que leur mariage n'ait jamais été consommé, mais comme un second père. N'était-il pas l'amant de sa mère ?

Une question pourtant la taraudait.

— Est-ce vous qui avez intercepté les précédents messagers ?

Le front d'Aymar de Grolée se plissa de contrariété.

— Non. Et si j'avais su que le prince t'écrivait, je me serais inquiété que tu ne m'en parles point. À dire vrai, cette découverte me déplaît. Elora a-t-elle ressenti quelque chose ?

Tous deux étaient conscients des pouvoirs hors du commun de la petiote, bien qu'ils n'en mesurassent pas l'étendue.

— Rien qu'elle eût envie de me confier.

Aymar laissa son œil courir vers la croisée.

— Elle grandit, Hélène, en beauté, en intuition. Tu le constates comme moi. Elle paraît cinq années de plus que son âge, au point que déjà des damoiseaux de nos relations songent à la marier. Sans parler de ses dons. Ils sont supérieurs à ceux que possédait sa mère. Et je me dis souvent qu'elle sait bien plus de choses qu'elle ne veut en montrer.

— À quoi pensez-vous ?

— À son père, Mathieu le Borgne.

Hélène frissonna.

— Il n'est jamais venu la reprendre et nous ne savons plus rien de lui.

Aymar se pencha pour lui saisir les mains.

— Inutile de nous voiler la face, ma mie. Même s'il n'avait rien à lui offrir après le drame, je ne peux pas croire qu'il l'ait abandonnée.

Elle blêmit.

— Que voulez-vous dire ?

— En dehors de nous, il est sans doute le seul à t'en vouloir assez de ce qui est arrivé pour abattre les messagers.

Le repoussant presque brutalement, Hélène bondit de son siège. Brûlant soudain de fébrilité, elle se mit à arpenter la pièce en se tordant les mains.

— Vous croyez donc qu'il nous espionne ? Qu'Elora l'a rencontré ?

Aymar se leva à son tour. En deux enjambées, il l'emprisonna entre ses bras épais, la forçant à darder sur lui ses grands yeux affolés.

— Je ne veux pas la perdre, Aymar.

— Calme-toi. Je doute qu'il veuille la priver de nos bienfaits. Mais je crois qu'il serait prudent de l'emmener avec nous à Rome.

De surprise, le cœur d'Hélène manqua s'arrêter.

— Mais…

Aymar lui embrassa le front.

— Rien ne s'oppose plus à ce que nous partions dès demain. J'ai vu ton père à Grenoble. Dans la dernière lettre qu'il a reçue, Djem affirmait que le pape avait accepté de se séparer de lui pour apaiser la colère du roi Charles à son endroit. Désormais sous la protection de la France, ton prince jouit d'une plus grande liberté et peut sortir du Vatican sans autre escorte que celle de ses janissaires. Djem n'en use pas, certain que son frère Bayezid ne perdrait aucune occasion de le faire assassiner, mais il espère fortement la visite de ceux qui lui sont chers. À dire vrai, la découverte macabre des enfants m'a simplement devancé de quelques heures. Rome est devenue une ville dangereuse et ton père et moi avions déjà résolu de t'escorter.

Hélène se remit à trembler d'émotion contre le pourpoint de son époux.

Son rêve allait enfin devenir réalité.

4.

Petit Pierre s'éveilla avec la faim au ventre comme chaque matin. Il chassa une feuille rousse de son visage, se frotta les paupières, bâilla à s'en décrocher les mâchoires, perdit un œil embrumé dans les frondaisons ocrées au-dessus de son visage, et jugea, à la trouée d'azur, qu'une belle journée s'annonçait. Il mit quelques minutes à s'apercevoir que le silence autour de lui était inhabituel. Il manquait le frottement des lames contre le silex, la gouaille des femmes, les plaisanteries grasses des hommes, les odeurs de mangeaille et surtout, surtout, la petite main de Jean sur son épaule, pressé de jouer. À peu près au même moment, la violence des cauchemars qui avaient perturbé son sommeil lui revint en mémoire.

Il se dressa sur son séant, rattrapé par l'horrible réalité, le cœur battant si fort qu'il s'en trouva désemparé.

Du coup, loin de le fâcher, la discrète présence de son père, assis à quelques pas sur un rocher plat, amena un baume sur ses frayeurs.

— J'ai ratissé les dernières baies, lui dit Mathieu en lui présentant l'intérieur de sa paume.

Le visage de l'enfant s'illumina. Quittant sa couche improvisée, il s'installa à côté de son père et piocha les mûres pour s'en rassasier.

— Faut qu'on parle, mon fils, lui assena Mathieu, tandis que l'enfant engloutissait sa récolte en quelques secondes.

Noirci de jus jusqu'au menton, Petit Pierre se contenta de hocher la tête. Il voulait bien. Avec son père, tout problème trouvait solution. Et il en avait un énorme, cette fois. Il ne voulait pas devenir un assassin.

Mathieu le laissa avaler les derniers fruits sans les mâcher, attendri par sa capacité à vivre malgré l'épreuve qu'on lui avait imposée.

— Je sais ce que tu ressens. Je l'ai éprouvé moi aussi la première fois.

Petit Pierre écarquilla les yeux.

— Je ne suis pas né brigand, tu sais. Je le suis devenu. Ce qui veut dire qu'autrefois j'étais quelqu'un de bien. Quelqu'un qui aimait rire, jouer. Comme toi.

— Mman aussi ? s'étonna l'enfant.

Mathieu soupira, rattrapé par l'image de la petite Fanette avec laquelle il avait grandi.

— Oui, ta mère aussi…

Petit Pierre plissa le nez. Il avait du mal à se l'imaginer. Mathieu lui passa un bras autour des épaules.

— Tu es trop jeune encore pour tout comprendre, Petit Pierre, mais il est arrivé un grand malheur avant ta naissance. Quelque chose de terrible. Une créature diabolique a pris possession du pays et une fée a déployé toute sa magie et son courage pour la contrer. Cette fée s'appelait Algonde et c'était la femme que j'aimais.

Haussant les épaules, Petit Pierre leva sur son père de grands yeux soupçonneux.

— Ça existe pas les fées…

— Si, crois-moi. Et les harpies aussi…

— C'est quoi, une harpie ?

— Un laideron puant aux pouvoirs maléfiques.

Le visage de Mathieu s'assombrit, convainquant son fils qui se serra contre lui.

— Cette Harpie voulait plus fort que tout un enfant né à Bressieux, le château que tu connais, là-bas. Une prophétie prétendait que cet enfant serait l'héritier d'une terre inconnue dont la Harpie voulait le contrôle. Alors, lorsqu'il vint au monde, Algonde tenta de le protéger. Elle l'emmena avec une autre petite fille, notre petite fille…

Petit Pierre s'étrangla de surprise.

— J'ai une sœur ?

Mathieu ferma les yeux, fauché par la douleur.

— Tu avais une sœur. Algonde se croyait assez forte pour sauver ces deux petits êtres. Elle s'est trompée…

Un frisson désagréable balaya Petit Pierre. Même s'il ne comprenait pas en quoi cette histoire pouvait régler son problème, il en pressentait l'influence sur sa fragile existence. Il déglutit.

— La Harpie les a tuées ?

— Pour ce qui est d'Algonde et de l'enfant de la prophétie, oui, je l'ai hélas vérifié. Pour ta sœur, à dire vrai je n'en sais rien. Le château de Bressieux fut déserté longtemps de ses seigneurs, comme s'ils craignaient mes représailles ou celles de la Harpie. Quant à cette dernière, malgré mes recherches, elle a disparu sans laisser de traces. J'ai fini par admettre qu'elle avait emmené Elora avec elle. Mais j'ignore à quelles fins. Ta sœur avait d'étranges pouvoirs. Déjà tout bébé, il émanait d'elle une lumière bleue qui pouvait te transporter dans les airs. En fait, elle n'était que lumière…

— Ouah ! lâcha Petit Pierre, malgré la tristesse poignante contenue dans cet aveu.

Comme son fils, Mathieu aurait voulu ne garder en mémoire que son émerveillement, la première fois qu'il avait été confronté à la magie d'Elora. Très vite, trop vite, la vision du corps déchiqueté d'Algonde avait emporté dans l'horreur chaque seconde de ce bonheur-là.

Il s'ébroua, pressé soudain d'en finir, de refermer sa carapace.

— Nous nous connaissions bien, tous les trois, Fanette, Algonde et moi. Nous avons grandi ensemble au castel de Sassenage. Fanette était jalouse d'Algonde. Elle m'aimait et j'ai eu la faiblesse, dans un temps où Algonde me repoussait, de lui laisser croire que je la marierais. Seulement, entre-temps, Elcra était née et c'est Algonde que j'ai épousée. Ta mère ne me l'a jamais pardonné. Elle s'est enfuie du castel.

— C'est comme ça qu'elle a rencontré Villon ?

— Oui. C'est aussi comme ça qu'elle est devenue méchante. Envers moi qui ai rejoint le campement quelques mois plus tard, et envers toi quand tu es né.

— Elle dit que c'est à cause de Celma que tu ne veux plus d'elle.

Mathieu lui frotta le crâne.

— D'où tu tiens ça, toi ?

— J'ai entendu la vieille Rabatelle le répéter à la Fanchon au moment de la lessive.

Mathieu soupira.

— Tu comprendras en grandissant, mon fils. Bien assez tôt, crois-moi. En fait, ce que je veux te dire, c'est qu'avec Villon nous avons laissé ta mère régenter notre communauté. Lui par amour pour elle, moi par lâcheté. On ne peut lui tenir rigueur des règles qu'elle a instaurées. Éliminer les témoins d'une embuscade en est une.

Petit Pierre se raidit instinctivement. Son père l'avait ramené au cœur de son dilemme. Mathieu planta son regard borgne dans celui, tourmenté, de son fils.

— J'ai de la haine au cœur, Petit Pierre. Mais jamais je n'aurais tué de sang-froid un innocent si cela n'avait été l'unique moyen de nous protéger tous.

— Je ne comprends pas… se buta Petit Pierre.

Mathieu lui empoigna les épaules.

— Tu m'as souvent accompagné à la foire à Romans ou même à Grenoble.

Le garçonnet hocha la tête.

— Tous ces marchands que nous avons rencontrés, ceux auxquels nous avons offert à boire dans les tavernes pour connaître leur chargement et leur itinéraire, crois-tu que la fois suivante ils ne nous auraient pas reconnus si nous les avions laissés reprendre route sitôt détroussés ?

Petit Pierre déglutit. Cette éventualité ne l'avait pas effleuré. Mathieu enchaîna :

— C'est ce qui se passait avant que Fanette n'instaure cette règle de survie. Nombre des compagnons de Villon ont été pendus pour avoir fait preuve d'humanité. Depuis plusieurs années, notre communauté grandit en se moquant du prévôt. Notre cache est sûre, nos visages inconnus. Mais cela a un lourd prix. Voilà pourquoi j'estimais que tu n'étais pas prêt.

Petit Pierre baissa la tête, rattrapé par la honte. Il comprenait, mais ne pouvait rien changer à ce qu'il ressentait. La vision du charretier égorgé bouleversait sa mémoire.

— Il avait de la bonté dans le regard, murmura-t-il, les yeux embués.

Mathieu le pressa plus fort contre lui.

— Et une famille aussi sans doute. C'est pour ça que ta mère se charge toujours de les exécuter. Elle est la seule pour qui cela ne représente rien. Il faut accepter Fanette pour ce qu'elle est devenue, mon fils. Un être dépourvu de remords et d'amour. Tu dois apprendre à détourner les yeux de ce qui te déplaît parce que tu n'as pas le choix. Il n'y a pas de place pour nous ailleurs que dans ces montagnes, tu comprends ?

Petit Pierre éclata en sanglots contre le gilet usé de son père. Il comprenait. Et c'était là tout son malheur.

— Je… suis… pas… un… pesneux ! hoqueta-t-il.

Mathieu sentit son cœur se broyer, sa mâchoire se contracter.

— Non, tu ne l'es pas. Tu l'as bien assez prouvé ces temps derniers. Nous allons rentrer et je ferai avaler sa langue à ta mère si elle s'avise de le laisser encore supposer !

*

Elora s'était levée avant l'aube, omettant de réveiller Mayeul qui terminait sa nuit dans l'arrière-cuisine du castel de Bressieux. Nul ne l'avait entendue sortir du corps de logis. Pas davantage se faufiler dans la forêt qui jouxtait le domaine. C'était là, au milieu des arbres, qu'elle se sentait le mieux. En harmonie avec elle-même. Elle aimait cette lumière imperceptible qui habillait le silence. Il lui suffisait de lever les yeux vers les frondaisons encore plongées dans l'obscurité pour apercevoir ce léger voile de clarté que peuplait une nuée d'étoiles. Au moment précis où le jour s'immisçait, les senteurs se démultipliaient. La mousse exhalait un parfum plus musqué, les bois une odeur de résine que chaque écorce rendait particulière. La terre elle-même, soulevée sous ses pas légers, amenait des effluves de cèpes et de girolles. Elora était capable sans se tromper de reconnaître l'endroit d'où elle avait été arrachée. Souvent, Mayeul avait tenté de la prendre en défaut, par jeu. Il n'y était jamais arrivé. C'était cette sensibilité si singulière qui, comme nombre de ses facultés, lui avait permis jusque-là de communiquer avec les forces invisibles de la nature. Elle connaissait le langage des bêtes, la vibration des végétaux, celle des roches, des sources.

Et savait reconnaître le mal lorsqu'elle le sentait.

D'un pas sûr, Elora retourna vers la dépouille du messager. Dans quelques heures, Aymar de Grolée lui ferait donner une sépulture décente. Elle avait peu de temps. Elle aurait pu récupérer la flèche la veille, mais la proximité de Mayeul l'avait gênée. Pour certaines choses, Elora avait besoin d'être seule.

Il faisait noir dans le sous-bois, plus encore à cet endroit. Les fougères lui battaient la taille de leurs hautes feuilles frangées, pourtant la fillette retrouva le cadavre sans peine. À l'odeur de charogne s'ajoutait celle, reconnaissable, d'un renard. L'animal la laissa approcher, le nez en l'air, avant de fourrager de nouveau les côtes du malheureux.

Elora avança sa petite main. Sans crainte. Aucun animal ne la blessait. Loups et chiens sauvages se couchaient devant elle, quand ce n'étaient pas les rongeurs de toute espèce qui s'invitaient à sa caresse.

Elle récupéra la flèche, abandonna le renard à son festin, et s'en fut s'asseoir à quelques pas, contre le vent, pour ne pas être gênée par d'autres effluves.

Les yeux fermés, elle passa le bois sous ses narines, laissa venir les images.

En une fraction de seconde, elle se trouva plongée au cœur du drame. Suivit la course éperdue du messager, s'attarda sur l'homme qui bandait l'arc.

Cicatrice sur le visage, pouce gauche arraché… La flèche se fiche entre les omoplates du fugitif, il titube, s'effondre. Le meurtrier s'avance, tourne la tête. Des voix lui parviennent, proches… Elora reconnaît le martèlement d'un sabot, le timbre de son père adoptif qui répond au veneur. L'assassin hésite. Le messager est à l'abri des regards. Pas de la meute. L'assassin se précipite, tâtonne les poches de sa victime. S'impatiente. Se retourne en entendant un grognement. Un chien. Décide d'écarter l'animal qui le fixe méchamment avant qu'il donne l'alerte. Il abandonne le mourant, part en courant, talonné par le chien. Bande son arc tout en sautant par-dessus les arbustes. Se ramasse sur lui-même, laisse le chien bondir. Tire. La bête s'effondre dans un gémissement. Il s'en approche, l'achève d'un coup de poignard, la précipite dans une saignée de terre, jette des branches dessus. Repart à la course, disparaît.

Elora revint au présent. Privé de repères, le meurtrier n'avait visiblement pas retrouvé l'endroit de son crime lorsque le sire de Bressieux s'était éloigné. À moins qu'il n'ait cru qu'Aymar de Grolée avait découvert le malheureux. Peu importait en réalité. La fillette savait à présent à qui elle avait affaire. C'était là l'essentiel. Toujours connaître ses ennemis pour protéger ceux que l'on aimait…

*

Petit Pierre n'était pas rassuré. Certes, son père lui avait promis de s'interposer entre sa mère et lui, certes, il gardait la tête haute, mais en réalité, à l'instant de pénétrer dans le campement après avoir passé la sentinelle, l'enfant avait le cœur qui tambourinait et les jambes qui flageolaient.

Aussi fut-il heureux de voir Jean courir vers eux, à peine eurent-ils approché le pied de l'imposante falaise blanche. Son demi-frère ne lui laissa pas le temps de s'expliquer. Il débita d'un trait la grande nouvelle :

— Elle est partie !

N'obtenant qu'un regard d'incompréhension, Jean se hâta d'ajouter en bombant le torse, fier de sa supériorité du moment :

— Maman est partie. Y a eu un conseil. Ils ont tous levé la main et elle est partie.

— Qu'est-ce que… gronda Mathieu que cette nouvelle avait pourtant toute raison de réjouir.

Plantant là les deux enfants, il se précipita à la rencontre de Villon qui s'en venait vers lui.

— Partie… partie ? demanda Petit Pierre qui n'osait y croire.

Jean hocha la tête.

— Elle voulait m'emmener, mais j'ai dit non. Je préfère rester avec papa… et avec toi.

Petit Pierre eut l'impression qu'un énorme bloc quittait sa poitrine. Un immense sourire envahit son visage, chassant les affres de son tourment. Il porta son regard vers les deux hommes qui se rejoignaient.

— Paraît que t'as coursé un chevreuil ? Tout seul ? repartit Jean.

— ?…

— C'est papa qui l'a dit…Tu racontes ?

— Ben…

Petit Pierre prit une profonde inspiration. Sa mère envolée, il n'avait plus rien à craindre. Il enroula son bras autour des épaules de son demi-frère et l'entraîna vers la falaise.

— Faut que je t'explique quelque chose, Jean. Quelque chose de terrible…

Tandis qu'il lui faisait le récit de l'embuscade et de la conversation qu'il avait eue avec Mathieu, ce dernier découvrait avec plaisir combien Villon, cette fois, avait assuré leurs arrières. Sitôt revenue au campement avec la charrette et sa cargaison, Fanette avait claironné haut et fort que la marque sur son visage était l'œuvre de

Mathieu, que son ancien amant avait perdu son sang-froid et qu'il devenait une menace pour eux. Sans parler de son rejeton ! Villon avait vu rouge. Séance tenante, il avait exigé une assemblée extraordinaire, avait exposé ses griefs contre Fanette et réclamé sa destitution. Fanette avait ri, sûre de son ascendant sur la communauté. Elle s'était trompée. Beaucoup la craignaient, mais peu la respectaient. Les femmes pour avoir dû partager leurs époux, les hommes parce que, malgré sa cruauté, Fanette restait une femme. Ses partisans ne furent pas assez nombreux. La majorité réclama Villon pour chef. L'orgueil de Fanette lui interdisait de rester.

Une heure plus tard, entourée d'une quinzaine de compagnons dévoués, elle jetait sur leur communauté un dernier regard vengeur avant de partir sans se retourner.

— La charrette était emplie de tonnelets de bière, et je ne connais rien de meilleur pour les grandes occasions ! conclut Villon en prenant Mathieu aux épaules.

Ce dernier ne se le fit pas dire deux fois. Ce jourd'hui était un grand jour. Le premier depuis longtemps où il se sentait guilleret.

5.

Réfugiée à moins d'une lieue de ses anciens compagnons, Fanette était rongée par l'amertume. La petite grotte dans laquelle elle avait établi son repaire se trouvait de l'autre côté des gorges de la Bourne. Bien moins vaste et agréable que celle de Choranche, ce n'était qu'un renfoncement de calcaire au pied d'une somptueuse cascade. Elle était aussi davantage exposée, même si la forêt de Chalimont, tout près, était plus giboyeuse que celle des Coulmes. Fanette avait bien conscience que ce campement était un pis-aller. D'autant qu'en cette fin novembre la neige avait commencé de tomber. Les sommets du Vercors se nimbaient de blanc et, avant longtemps, elle souffrirait du manque de confort que les autres avaient su recréer. Certes, elle avait emporté sa part de butin. Des ustensiles de cuisine, des peaux et des fourrures pour l'hiver à venir, des bijoux et des toilettes. Mais il lui manquait des hommes pour véritablement constituer une bande capable d'autre chose que de s'attaquer à des poulaillers. Sur les douze qui avaient pris fait et cause pour elle, cinq avaient disparu moins de deux semaines après leur installation. Fanette n'était pas dupe. S'ils s'étaient fait prendre, elle l'aurait appris. Les sbires du prévôt qui battaient la contrée se chargeaient toujours de faire circuler l'information d'une pendaison pour saper le moral des autres. Non. Fanette le savait bien. Voyant qu'elle se gardait d'en installer un dans sa couche, ils avaient compris n'avoir guère d'avenir à ses côtés. Ils avaient rejoint Villon, sous un prétexte quelconque. Et ce chien, trop content, leur avait pardonné.

Ce dix-huit novembre, alors qu'assise en surplomb du campement elle gardait l'œil sur la broche qu'un nommé Blanchet, fameux cuisinier, faisait tourner au-dessus du feu, Fanette comprit que la fumée montait haut et les dénonçait plus sûrement qu'un mouchard.

C'est ainsi qu'elle conçut sa vengeance.

Dès le lendemain, un froid sec s'abattit sur la contrée. En quelques heures, les arbres achevèrent de se dépouiller sous les assauts d'un vent furieux. Combien restait-il de temps avant qu'ils soient contraints d'hiverner ? Un mois tout au plus. Ensuite, les sentes deviendraient impraticables et il ne faudrait plus compter sur des chargements isolés. Fanette n'était pas de taille à brigander les grands axes. La saison ne se prêtait pas non plus à recruter et, objectivement, elle n'avait pas assez de provisions pour passer l'hiver. Certes, ses compagnons occupaient leurs journées à braconner pour avoir de la viande à fumer, mais ils n'étaient pas les seuls, et devaient se méfier des veneurs qui risquaient de les surprendre. Sans compter qu'ils commençaient eux aussi à se rendre compte de la situation. À plusieurs reprises, elle les avait entendus se plaindre entre eux. Combien resteraient à ses côtés lorsque la région tout entière serait prise dans la neige ? Un, deux peut-être. Elle n'était pas d'un caractère facile. Et les années avaient émoussé son potentiel de séduction. Au printemps, elle serait seule. Et seule, elle n'était rien. Il était temps de changer de métier.

Elle attendit qu'ils fussent tous partis relever leurs pièges et quitta la grotte à son tour. Mais au lieu de s'inquiéter des siens, elle dévala les bois en prenant garde de zigzaguer suffisamment pour s'éloigner sans donner l'alerte. Elle mit la journée à atteindre son but, mais elle ressentit une pointe de satisfaction en l'apercevant au loin sur la motte, octogonal, fier et altier.

Le château de la Bâtie.

Si elle jouait finement, avant qu'il soit longtemps, Fanette serait de retour chez elle, à Sassenage, et ses parents qui la croyaient noyée depuis dix ans ne demanderaient qu'une chose : justice pour ce qu'elle leur aurait raconté.

*

— Comment suis-je ? demanda Hélène en lissant les pans de sa robe rehaussée d'hermine aux manches et au col.

— Sublime, lui confirma Aymar en lui prenant les mains avant d'ajouter, un rien moqueur : Cesse donc avec cette toilette, tu vas finir par l'user !

Hélène n'entendit pas. Dix fois elle était revenue devant son miroir pour s'assurer de sa beauté. Une onzième n'y suffirait. Elle plaqua un doigt sous ses yeux cernés par le voyage qui les avait vus descendre le Rhône en bateau, puis embarquer pour Ostie aux mains des alliés du roi Charles de France, cheminer jusqu'à Rome et pour finir se frayer un chemin dans ses rues mal famées.

— J'ai des rides. Là. Et là aussi. Regarde ces pattes-d'oie. Oh, seigneur Dieu, que va-t-il penser ?

Aymar se glissa derrière elle.

— Crois-tu donc qu'il s'inquiétera de si peu ? Lui aussi a vieilli, davantage que toi sûrement.

— C'est différent. Sur vous les hommes, l'âge n'a pas de prise.

Aymar éclata d'un rire sonore.

— J'en suis flatté, mais pas aveugle, et juge mes traits avec autant de sévérité que tu le fais. À une exception près…

La prenant par les épaules, il l'arracha à sa critique et la fit pivoter.

— … je suis convaincu qu'il ne verra pas davantage les marques du temps sur toi que je ne les ai remarquées sur ta mère lorsque je l'ai enfin retrouvée. Crois-moi, Hélène. Il ne s'inquiétera que d'une chose, c'est de te serrer dans ses bras pour se remplir tout entier de ta chaleur, de ta lumière et de ce parfum de ta peau qu'il n'a sans doute, comme moi pour Jeanne, jamais oublié.

Son aplomb aurait dû apaiser Hélène. Pour autant, son cœur battait à ses tempes et rien ne le voulait calmer.

Lorsque la porte s'ouvrit pour laisser entrer son père, elle crut défaillir. Plus encore quand il annonça d'une voix tranquille :

— Il est arrivé…

*

En ce dix-neuf novembre de l'an de grâce 1494, une flamme s'était réveillée dans les yeux du prince Djem. Une flamme qu'il avait imaginée perdue depuis qu'il avait été dépossédé de son trône par son frère Bayezid, depuis que la Rome des Borgia, décadente et féroce, l'avait arraché à ses précédents geôliers, les chevaliers de l'ordre des Hospitaliers de Saint-Jean. Une flamme qui s'était mise à grandir, à danser dans le miroir accroché au mur de sa chambre somptueuse tandis qu'il enroulait le turban sur son crâne. Il s'était pris à sourire à son reflet. Puis au billet qu'on lui avait porté ce matin et qu'il avait posé juste à côté, sur la tablette dorée à l'or fin.

Un simple billet qui effaçait tout le reste. Humiliation, déception, trahison, solitude, angoisse, tristesse. Et même le temps perdu.

Quelques lignes d'une écriture fine et parfumée :

« Je n'ai jamais cessé de vous aimer. Et vous le prouve. Soyez à sexte, palais Altemps. Hélène. »

Mais à présent qu'il était là, si près d'elle, dans cet élégant cabinet aux tentures rabattues devant la croisée pour les protéger des regards indiscrets, le doute l'oppressait. Malgré l'accueil chaleureux de Jacques de Sassenage.

Son vieil ami l'avait étreint longuement, avec la même émotion fraternelle, avant de s'écarter pour aller chercher Hélène, le laissant seul avec ses mains moites et son oppression.

L'aimerait-elle toujours en le voyant tel qu'il était devenu ? Plus lourd, plus marqué, plus aigri… Aurait-elle le goût de lui rendre celui de la vie ? Elle qui en débordait ?

La porte s'ouvrit sans bruit et elle se glissa dans la pièce, comme une ombre qu'il avait crayonnée cent fois dans ses pensées.

L'un et l'autre la gorge serrée, les yeux humides, le corps brûlant. Elle avança d'un pas, lui de deux. Ensuite, ils cessèrent de compter. D'avoir peur. De trembler.

Leurs mains se cherchèrent. Leurs bras s'enroulèrent. Ils s'enlacèrent avec la même urgence.

Lorsque leurs lèvres se trouvèrent presque brutalement d'autant de temps gâché, ils n'avaient pas seulement eu l'idée d'échanger un seul mot.

*

Sidonie était une femme comblée. Elle était la dame d'un des plus beaux et riches castels du Dauphiné. Son époux, Jacques de Sassenage, l'aimait comme au premier jour, sa fille Claude, âgée de dix ans, grandissait en joliesse et en sagesse et les enfants de Jacques et de Jeanne, au nombre de six, étaient établis. Les garçons, Louis et François, auprès du roi reparti en guerre, les filles en ménage ou au couvent pour la dernière, Françoise, qui ne s'était jamais remise de la mort d'un des compagnons du prince Djem. Quant à Marthe, la Harpie qui l'avait si longtemps malmenée, Sidonie n'en avait plus entendu parler depuis le tragique assassinat d'Algonde.

Oui, Sidonie était une femme comblée. D'attention, d'amour, de richesse et de beauté, malgré l'âge qui avançait. Sa seule tristesse venait de ses autres enfants. Les deux aînés qu'elle avait eus d'un premier mariage n'écrivaient ni ne la visitaient jamais, trop occupés à leurs affaires. Sidonie savait qu'ils n'avaient pas véritablement accepté ses frasques passées et lui battaient froid. Elle l'avait admis, même si elle en souffrait. Ce qu'elle supportait moins, c'était de n'avoir plus de nouvelles de son troisième fils, Enguerrand, qui s'était un jour décidé pour l'aventure. Si l'on exceptait une lettre de change que Jacques avait payée alors qu'Enguerrand se trouvait en Sardaigne, cela faisait rien de moins que neuf ans qu'il avait disparu sans laisser de traces.

Faire le deuil de quelqu'un sur la tombe duquel on a pleuré est toujours difficile, mais moins que d'attendre jour après jour un être dont on redoute qu'il ne revienne jamais.

Sidonie était une femme comblée. Mais au fond d'elle-même lui manquait l'essentiel. Cet enfant chéri qu'elle ne voulait pas enterrer.

Ce dix-neuf novembre, elle sortait de la chapelle contiguë au corps de logis lorsqu'un équipage s'annonça dans la cour principale.

Depuis que le roi Charles de France avait convaincu ses vassaux de venir grossir les rangs de l'host dans son ambition de croisade et de reconquête de Naples, les courtisans se trouvaient moins nombreux au château de la Bâtie. Seules les dames de compagnie de Sidonie, comme elles privées d'époux, y séjournaient encore. Là où autrefois des dizaines de litières allaient et venaient dans un ballet joyeux, on ne voyait plus guère que les charrettes de marchands franchir les portes du corps de garde.

Aussi, comme ses amies qui venaient d'assister à l'office, Sidonie s'arrêta-t-elle sur les marches du parvis pour détailler cette troupe frappée d'armes inconnues, un pincement d'angoisse au cœur.

Les guerres laissaient de nombreuses années durant les castels à la merci des audacieux. Les châtellenies changeaient de main par le biais d'attaques intestines. Même si Sidonie voyait mal qui aurait eu assez de cran pour oser investir la Bâtie, elle n'était pas à l'abri d'un fou venu d'une autre région.

Déjà, autour d'elles, ses compagnes s'étaient resserrées, saisies d'une même curiosité.

Sidonie fit taire leurs cancaneries en les abandonnant sur place.

Tout en descendant les marches pour s'en venir à la rencontre du visiteur, elle se convainquit du fait que les gardes en faction n'auraient pas autorisé l'accès du château à une vingtaine de soldats si la personne qui ouvrait la porte de la litière n'avait été d'importance et, qui plus est, sans intention belliqueuse.

Lui la reconnut à peine le pied posé à terre. Il s'immobilisa près de la portière, se fendit d'un large sourire et, d'une main zébrée de fines cicatrices, repoussa sa lourde cape de voyage vers l'arrière, révélant une cotte de velours frappée d'une femme-serpent que traversait une plume d'aigle.

Le cœur de Sidonie s'emballa. Elle s'avança plus vite, scrutant le visage mangé de barbe, refusant d'y croire, mais déjà des larmes lui brûlaient les yeux.

Lorsque Enguerrand de Sassenage ouvrit ses bras, elle poussa un cri de joie et se mit à courir, indifférente à tout pour serrer contre elle ce miracle vivant.

6.

Hélène avait égaré la notion du temps dans la pièce sombre qui abritait ses retrouvailles avec Djem. Avides l'un de l'autre, ils s'étaient étreints à même le somptueux tapis, comme autrefois dans la paille d'une grange, avec la même fougue, la même urgence, le même manque. Ce jourd'hui pourtant, tout était différent. Ils n'étaient plus en fuite. Au contraire, dans cette Rome d'immoralité, leurs caresses nourries d'un amour sans faille évoquaient la pureté.

Blottie contre le torse épaissi de son amant, une jambe repliée sur sa cuisse, Hélène soupira d'un plaisir qui continuait d'irradier jusqu'à son âme. Aucun homme ne l'avait touchée depuis dix années. Elle eût pu se satisfaire d'une servante comme autrefois d'Algonde, mais Hélène n'avait pas réussi à en retrouver le goût. Elle l'avait compris avec désespoir. Elle n'aimait l'amour que dans l'amour. Et ce dernier était longtemps resté inaccessible.

Se nourrissant du parfum épicé de la peau brune, elle frotta sa joue contre la poitrine exagérément velue de Djem.

— Aucun autre que toi, assura-t-elle en relevant la tête vers son menton souligné d'une barbe taillée en pointe de lance.

Djem la pressa plus fortement contre lui de son bras replié et tourna vers elle un visage illuminé de félicité. Leurs lèvres se joignirent. Jamais il n'avait oublié leur goût framboisé. Jamais il ne s'était abreuvé avec autant de soif à d'autres sources.

Lorsqu'il la repoussa légèrement, ils manquaient l'un et l'autre de souffle et, comme deux enfants au terme d'une course, éclatèrent d'un rire léger.

— J'ai l'impression d'avoir tout oublié… murmura-t-il, son regard bleu saphir dans le sien piqueté d'or. Toutes les privations, tout qui ne fût toi. Je te veux à mes côtés, Hélène, jusqu'à ma dernière heure. Je veux te voir étendre sur l'Orient l'éclat de ta lumière. Je veux me nourrir de ta beauté comme d'un jour nouveau à chacun de mes réveils.

Le cœur de Djem s'emballa.

— Je veux te donner des fils, Hélène. Et faire avec toi, enfin, le deuil de celui que nous avons perdu.

La marée monta d'un coup dans les yeux de la dame de Bressieux, déborda leurs digues. Djem la serra contre lui avec toute la force du souvenir et la douceur de son amour.

— Tu es devenue ma terre nourricière, Hélène. Mon unique pays. Et je m'en contenterais si tu refusais le trône que je t'offre.

Dans un sanglot, elle s'écarta vivement, secoua la tête et hoqueta, bouleversée :

— Je suis ici pour faire annuler mon mariage par le pape. Je suis ici pour toi et toi seul. Rien ne nous séparera plus, mon aimé. Je chevaucherai à tes côtés pour guerroyer contre ton frère. J'apprendrai à me battre, j'apprendrai à tuer, j'apprendrai la peur et la confiance s'il le faut, mais je le jure devant Dieu, je serai ta sultane, Djem… Je serai ta sultane.

*

Enguerrand de Sassenage s'amusait beaucoup du manège de ces dames. Il avait suffi de quelques minutes pour qu'elles dévalent les escaliers de l'église, et se pressent avec curiosité autour de ce couple inattendu. Enguerrand se doutait que l'espace d'un instant, le curé avait, comme elles, frémi à la pensée d'une histoire d'adultère. S'empressant de les détromper, Sidonie s'était fendue d'un éblouissant sourire.

— Mon fils. Mon fils est revenu !

L'abbé Mancier avait réagi le premier. Se signant deux fois, il s'était exclamé :

— Seigneur Jésus ! Messire Enguerrand !

La suite n'avait été qu'une succession de petits cris, de pamoisons et de questions, pendant que Sidonie l'entraînait vers le corps de logis. Enguerrand n'avait répondu à aucune sinon par quelques onomatopées qui donnaient autant de mystère à sa disparition qu'à son retour.

Du coup, le chevalier se retrouvait là, dans la salle de réception, presque poussé dans ce faudesteuil, et examiné sous toutes les coutures par ces dames qui se souvenaient brusquement de lui bien davantage qu'il ne se les rappelait. Comme Sidonie qui irradiait de lumière, il eût aimé les chasser telles des mouches importunes, savourer ces retrouvailles en tête à tête. Mais s'enfermer avec sa mère n'aurait fait que renforcer l'intérêt qu'on lui portait. Il jugea que le moment était venu de donner à son aréopage de quoi nourrir la curiosité de cour qui ne lui avait pas manqué au cours de ces dix dernières années.

Se dressant d'un bloc, il réclama le silence d'un geste large.

— Suffit, vous me pressez de détails quand j'ai pour vous plaire une longue histoire à vous conter. Faites donc cercle confortablement, mesdames, et vous aussi, mon père. Quant à toi, ma chère, si chère mère, viens à mes côtés sur cette estrade.

Il s'installa sur un des coussins qui adoucissaient le bois de l'assise, laissant l'assistance s'asseoir sur ceux qui jonchaient le sol à la manière turque, vestige d'un temps où le prince Djem avait séjourné à la Bâtie.

Le silence tomba. Les yeux pétillaient. Enguerrand enleva la main de sa mère et embrassa sa paume, heureux de retrouver avec son parfum léger une part d'enfance. Un regard échangé, complice. L'impatience d'une explication qu'il était prêt à donner, mais, pour l'essentiel, en privé.

Enguerrand de Sassenage prit une profonde inspiration et, sachant d'avance l'effet qu'allait produire son annonce, laissa tomber sans la moindre fierté :

— Si je n'ai pu vous écrire, mère, c'est que je reviens de fort loin, d'une terre vierge, d'une terre à explorer.

Déjà des doigts étouffaient la surprise sur les lèvres rosées, des respirations se suspendaient.

— J'ai rencontré le sire Colomb il y a de cela de nombreuses années. Ensemble nous avons rêvé de terres nouvelles et, avec l'aide de Dieu et de Leurs Majestés Ferdinand et Isabelle d'Aragon, nous les avons trouvées.

Dans les heures qui suivirent, Enguerrand donna avec force détails le récit de son épopée.

Des mois durant, l'horizon d'azur à perte de vue. La peur qui succède à la témérité, à la confiance face à l'absence de vent. La mutinerie à bord des caravelles. La force de Colomb, convaincu de son fait. Son serment de céder le contrôle de la flotte aux marins si le lendemain rien n'a changé.

La tension, extrême. Et puis soudain, comme un signe du ciel, un rameau fleuri qui bat le flanc de leur vaisseau, la *Pinta*.

L'espoir qui renaît. Enguerrand se souvient de cette attente bercée du bruissement de l'eau contre l'étrave à la dérive. Du hurlement de la vigie. Du coup de canon. De la masse sombre et hautaine d'une terre émergeant de l'océan sous un manteau d'étoiles.

Son œil avait gardé la trace de son émerveillement, lorsque, accoudé au bastingage face à la splendeur du levant, il avait découvert la frange sableuse d'un nouveau monde. Il revoyait ces hommes, ces femmes et ces enfants, nus comme au premier temps de la Création, monter dans des barques d'écorce pour venir à leur rencontre en agitant leurs mains brunes. Il n'avait pas oublié l'innocence de leur regard. Pas non plus celui, avide, de Colomb qui s'était agenouillé sur le sable et y avait planté l'étendard d'Espagne sous le nez traversé d'or d'un des indigènes.

La suite, le retour, Enguerrand se contenta de l'évoquer. À quoi bon briser la magie, raconter sa dispute avec Colomb qu'il avait cru son ami mais qu'il découvrait assoiffé d'or, de richesses et d'honneur.

Le vingt-cinq septembre 1493, sans regret, Enguerrand l'avait laissé repartir au commandement de dix-sept caravelles et de mille cinq cents hommes, tous brûlants de cupidité. Il avait passé quelques mois à chercher de son côté un armateur susceptible de financer une autre expédition, plus au nord, avant d'abandonner son projet. Il avait eu son content d'aventure, n'aspirait plus qu'à retrouver les siens, à se poser.

Enguerrand étira ses longues jambes, poussa un profond soupir, puis se leva pour aider sa mère à se redresser. Sous le coup d'une émotion non feinte, nul ne bougea ; tous étaient enveloppés de ce silence recueilli que les confessions ont l'art d'éveiller.

D'une voix éraillée par son monologue, Enguerrand le brisa :

— Admettez ma lassitude, mes amis, et souffrez que je me retire à présent avec ma mère. Nous avons encore elle et moi beaucoup à échanger.

Sans attendre il descendit les deux marches de l'estrade, Sidonie, emplie de fierté, pendue à son bras, et, avec elle, fendit ce parterre coloré de jupes en corolle et de chevilles à peine dévoilées.

Ils eurent à peine passé la double porte massive que, semblant s'éveiller d'un rêve improbable, la basse-cour se remettait à caqueter.

— Allons dans le bureau de Jacques, nous y serons tranquilles, décida Sidonie.

Enguerrand se laissa guider, sans autre mot échangé. Sa mère avait compris que l'essentiel ne pouvait souffrir d'oreilles indiscrètes et c'était tout ce qu'il souhaitait.

*

Fanette se débattit pour la forme, car à aucun moment elle n'avait douté de ce qui l'attendrait en se présentant au corps de garde. Elle connaissait trop les manières des soudards et, à la vérité, avait fait ce qu'il fallait pour les aguicher en déchirant un peu plus ses hardes. Sans cela, ils l'auraient repoussée à l'entrée au lieu de l'entraîner dans la tourelle.

Lui brisant les bras sur les reins, l'un la tenait fermement tandis que l'autre, un géant aux cheveux aussi roux que les siens, malaxait ses seins à travers la toile de son corsage.

— Alors comme ça, t'étais prisonnière de brigands, l'empesta-t-il d'une haleine putride.

— Puisque je vous le dis, gronda-t-elle en gigotant de plus belle pour se dégager. J'exige de voir votre capitaine.

Le sourire aux dents gâtées chercha sa gorge.

— L'est pas là de c't'heure. Mais on va l'attendre gentiment. J'suis sûr qu'y t'ont appris à aimer ça dans les bois…

L'autre ricana bêtement.

Deux mains calleuses empoignèrent ses cuisses pour les écarter. Fanette abandonna toute résistance. Non seulement cela faisait longtemps qu'un sexe d'homme ne l'avait pas pénétrée, mais encore elle savait qu'ils seraient plus enclins à l'écouter lorsqu'ils se seraient satisfaits.

Elle chougna.

— Faut me mener à Dumas après… Je sais tout de leur bande. Je vous conduirai à leur repaire…

Le rouquin dégrafa ses braies.

— Fais ta putain et j'verra…

C'était une faveur que Fanette avait concédée à d'autres sans rechigner. D'un mouvement de reins, elle enroula ses jambes autour de la taille épaisse du rouquin et l'attira sous ses jupons relevés.

Il jouit si vite que Fanette eut à peine le temps de s'exciter, si bien que, libérée de la tenaille de l'autre, elle s'en fut d'elle-même se pencher en avant sur la table rectangulaire encombrée de hanaps qui meublait la petite tour de guet.

— Vite, vite, appela-t-elle en claquant son fessier d'une main impatiente.

Le rouquin éclata d'un rire satisfait et se rajusta tandis que son compère enfilait ce derrière dénudé.

Plus jeune et mieux doté par la nature, le second lui donna son content et Fanette s'accorda à reconnaître que quoi qu'il ressorte de son plan, elle n'avait pas perdu sa journée.

— Rajuste-toi, lui ordonna le rouquin comme son acolyte se rhabillait.

Elle obéit en silence, tout en louchant sur la gourde emplie de bière qu'il était occupé à vider.

— T'en veux ?

— J'en veux…

Il la reboucha et la lança dans sa direction. Fanette la récupéra au vol et termina le fond à la goulée avant de s'essuyer la bouche d'un revers de manche. Ses yeux roulèrent de l'un à l'autre des gardes.

— J'attends mon merci, dit-elle.

Le rouquin dodelina de la tête, frotta sa joue, plissa les yeux sous le poids d'une profonde réflexion avant de se décider sous l'œil de Fanette qui noircissait.

— C'est bon, j'va t'mener, mais jacte un mot de ta troussée et ce s'ra pas ton cul que j'va trouer !

Fanette acquiesça d'un hochement de tête et lui emboîta le pas.

7.

Dans un des salons, Hélène et Djem se tenaient côte à côte sur une banquette de velours grenat, face à la cheminée sculptée d'angelots. Près d'eux, installés dans des fauteuils à l'assise moelleuse, Jacques de Sassenage et Aymar de Grolée gardaient le front soucieux.

Djem venait de leur brosser de la situation à Rome un tableau bien sombre.

Sur la Ville régnait en maître la très puissante famille Borgia, et surtout son plus illustre représentant, Rodrigo. Servie par un caractère impitoyable et une aptitude toute particulière à la rouerie, l'ascension de Rodrigo Borgia dans la hiérarchie de l'Église avait été irrésistible. Déjà possesseur d'une fortune immense, maniant le poison aussi sûrement que le poignard, l'homme affectionnait le stupre. Au fil des années de sa jeunesse, fort de l'exemple d'une Église corrompue, il s'était abandonné de coucheries en débauches orgiaques où le vin disputait aux femmes son tempérament libidineux.

De cette vie dissolue étaient nés sept enfants, mais seuls quatre trouvèrent grâce à ses yeux. Faisant la fierté de leur père, Juan, César, Lucrèce et Gioffré s'imposèrent dès l'enfance par leur caractère trempé. Rodrigo eut tôt fait de leur inculquer le sens de la fratrie. Ne rêvait-il pas d'étendre l'influence des Borgia aux quatre coins du monde, y compris celui qu'un dénommé Christophe Colomb venait de découvrir par-delà les océans ?

Succédant à Innocent VIII, Rodrigo revêtit la tiare le douze août 1492, après avoir acheté au prix fort les cardinaux présents au conclave, mais il ne renonça pas pour autant à sa vie de débauche, loin de là.

Désormais, Rome vivait au rythme décadent d'Alexandre VI, dont les enfants, en grandissant, affichèrent sous des visages d'anges les mêmes penchants que leur père. La sainte ville voyait ses rues, ses places et ses palais grouiller de prostituées et de sodomites, de voleurs et de coupe-jarrets. Les meurtres s'y succédaient en toute impunité, les indulgences s'achetaient à prix d'or, et les prélats assoiffés de vice se livraient à toutes sortes de dépravations.

Mais depuis peu, Alexandre VI était malmené sur deux fronts à la fois. D'un côté, ses détracteurs se faisaient entendre haut et fort. Portés par la voix d'un prédicateur nommé Savonarole, beaucoup ne supportaient plus la décadence dans laquelle le Vatican avait sombré et exigeaient un retour aux valeurs moralisatrices de la chrétienté.

D'un autre côté, le roi Charles de France avait repris à son compte l'idée de croisade lancée par le précédent pape. Idée de croisade qui justifiait à la fois de soutenir le prince Djem contre son frère le sultan Bayezid et de reconquérir Naples, associée historiquement et depuis longtemps au tombeau du Christ. Or Alexandre VI ne pouvait se passer ni de Bayezid ni de Naples dont il avait fait ses alliés. Exaspéré, le roi Charles avait levé l'host royal et fondait sur Rome, défaisant de place en place les alliés du pape.

La guerre était aux portes de la ville et Djem, pour de nombreuses raisons, en était l'enjeu.

Le silence était retombé depuis quelques secondes, troublé par le crépitement des braises autour de la bûche humide qu'Aymar avait jetée dans l'âtre.

Hélène, que rien ne voulait attrister, haussa les épaules.

— Je ne vois là rien qui compromette notre séjour. Les débauches des Borgia m'indiffèrent. Nous n'avons pas à nous en mêler.

Jacques tordit la bouche.

— Tu oublies l'attirance de Lucrèce, la fille du pape, pour Djem. Les Borgia ne sont pas gens à s'embarrasser de rivalité.

Il se tourna vers le prince.

— Tout de même, Djem, je n'arrive pas à croire que ces rumeurs d'inceste soient fondées.

Le visage de Djem se barra d'une moue d'écœurement.

— J'ai surpris hélas ! nombre de gestes obscènes entre Lucrèce et son frère César. De plus, messire Burckhardt, le cérémoniaire du palais avec lequel j'ai noué amitié, m'a assuré que l'ambition la plus profonde d'Alexandre VI serait une descendance issue de l'union charnelle entre ses enfants pour asseoir une lignée de sang pur. Ces gens ne reculent devant rien… Absente de longs mois, Lucrèce est revenue hier avec son époux Giovanni Sforza. Ils n'étaient pas seulement installés qu'elle s'est empressée de venir me saluer.

Avec grâce, il enleva la main d'Hélène pour y porter un baiser.

— Elle m'a avoué sa flamme, affirmant qu'elle n'éprouvait aucun véritable plaisir dans les bras de César, sans parler de son époux trop gras qu'elle tient en stérilité avec ses poisons. Elle prétend n'accomplir l'acte de chair que pour satisfaire l'orgueil de son père. Ta présence ne peut que l'agacer, ma douce. En vérité, je crains pour toi.

Un frisson de jalousie rattrapa Hélène.

— Il en faut davantage pour m'effrayer !

Aymar et Jacques soupirèrent de concert.

— Vous avez attendu si longtemps cette liberté prochaine. Ne le peux-tu encore quelques mois, en sécurité, hors de Rome ?

Hélène tapa du pied sur le parquet marqueté.

— Non, non et non. Inutile d'insister.

Et pour bien marquer sa détermination, elle croisa les bras sur sa poitrine, afficha une moue furieuse et se rencogna dans la profondeur des coussins.

Jacques de Sassenage lissa sa barbe presque blanche. Il connaissait trop bien sa fille pour espérer la faire changer d'idée. D'autant que Djem, lui-même, transfiguré par sa présence, ne parvenait à l'en supplier.

— Il existe peut-être un moyen de la tromper, intervint Aymar de Grolée.

Hélène apprécia le sourire malicieux qui venait d'éclairer ses traits.

— Est-ce à dire que je reste ?

— Pas en tant que telle, ma mie, pas en tant que telle, car un semblable engagement exige des sacrifices et celui qu'il te faut accepter n'est rien de moins que de perdre ta beauté…

*

Le sire Dumas commandait la garde de Jacques de Sassenage depuis plus de vingt ans et l'escortait d'ordinaire dans tous ses déplacements. Cette fois pourtant, avec ces malandrins qui tenaient le prévôt en échec et rançonnaient jusqu'en les fermes isolées, le baron Jacques n'avait voulu confier à personne d'autre qu'à lui la garde de la Bâtie en son absence. Dumas avait donc délégué à son bras droit le soin de mener leurs seigneuries à Rome. Sans le moindre regret, à la vérité. Une des lingères de la maisonnée allait bientôt lui donner ce fils qu'il n'espérait plus, et lui qui n'avait jamais songé aux épousailles se prenait d'envie de marier cette jeune veuve qu'il aimait.

Lorsque, à son invitation, le rouquin pénétra dans l'annexe de la salle des gardes où il tenait ses quartiers, Dumas se trouvait occupé à vérifier les comptes des pièces d'armurerie. L'homme lui exposa l'histoire servie par Fanette.

— Alors je m'suis dit… termina le rouquin, mal à l'aise face au visage fermé de son supérieur retranché derrière la barrière du bureau disparaissant sous les registres.

Dumas prit le temps de ranger sa plume dans l'encrier et de rabattre la couverture de cuir qui protégeait les feuillets avant de décider :

— Fais-la entrer.

Le rouquin se hâta d'obtempérer. Le sire Dumas, pour juste qu'il soit et apprécié de ses hommes, n'était pas de ceux qu'il fallait chatouiller.

Fanette le connaissait bien. Nombre de fois, elle l'avait vu à Sassenage lorsqu'il y escortait le baron Jacques. Et souvent même dans la maison de son propre père, le forgeron du château.

Pour autant, lorsqu'elle se planta devant lui, il ne sembla pas la remettre. Fanette s'y attendait. Non seulement la vie l'avait transformée, mais elle était censée avoir péri noyée dans les eaux du Furon, dix ans plus tôt.

Il la jaugeait durement derrière ses sourcils en brosse et sa barbe éternellement remontée jusqu'aux oreilles décollées. À l'exception des fils blancs qui parsemaient son poil brun et des poches alourdies sous ses yeux, il n'avait pas changé.

— Comme ça, tu prétends connaître ces trousse-chemises que tout le pays recherche…

— Je ne prétends rien. J'ai été une des leurs, contrainte et forcée. De toutes les manières d'ailleurs, ajouta-t-elle en affichant un masque de détresse.

Dumas mordit l'intérieur de sa bouche. Il se repoussa contre le mur de pierre qui lui servait de dossier, réunit les mains et croisa ses gros doigts sur une satisfaction intérieure. Si cette fille disait vrai, c'en était terminé de cette bande armée.

— Tu as participé à leurs attaques ?

Fanette se signa.

— Jamais. Ils avaient bien trop peur qu'on me reconnaisse.

Dumas esquissa un sourire narquois.

— Voyez-moi ça… Et qui es-tu donc, princesse, pour qu'on fasse autant de cas de toi ?

Les yeux de Fanette s'embuèrent, son menton trembla. Elle balaya l'air lourd de la pièce d'un geste désabusé et, d'une voix morte constata :

— Plus personne, si même vous qui m'avez tenue sur vos genoux ne me croyez pas.

Dumas tiqua.

— Je t'aurais tenue sur mes genoux, moi ? répéta-t-il en reprenant une posture et une voix plus fermes.

Comme une petite fille malmenée, elle noua les mains dans son dos, hocha la tête, des larmes plein les joues.

— C'est moi, sire Dumas, la petite Fanette du Jeannot de Sassenage. C'est moi qui la première ai fourbi cette épée à votre flanc. Mon père vous l'a livrée le jour où damoiselle Hélène est revenue de Saint-Just-de-Claix. C'est moi que mes pauvres parents ont cru noyée.

Dumas sursauta. Le visage d'une fillette rieuse, constellé de taches de son, se superposa à celui de cette femme en larmes dont chaque ride précoce semblait raconter l'horreur. Oui, maintenant il se souvenait.

— Foutredieu ! jura-t-il en bondissant de son siège.

Et tandis qu'il fondait sur elle pour la prendre contre lui, tout enclin à présent à l'entendre et à la réconforter, Fanette songea qu'ainsi invoqué le Très-Haut ne pouvait être que de son côté.

8.

Derrière cette allure de conquérant qui venait, en moins d'une heure, d'envoûter les dames de compagnie de Sidonie, Enguerrand de Sassenage cachait une blessure que le temps ne parvenait pas à refermer.

Dix ans auparavant, tout juste embarqué pour l'Orient, il avait rencontré la belle Mounia que le prince Djem, son époux, venait de condamner à mort pour haute trahison. Reconduite à Rhodes sous la protection des Hospitaliers de l'ordre de Saint-Jean, l'Égyptienne n'avait dû la vie qu'à l'intervention d'Enguerrand.

À partir de cet instant, leur existence à tous deux avait basculé. D'un seul regard, ils avaient su qu'ils étaient destinés l'un à l'autre.

Hélas ! l'homme qui commandait le détachement de l'ordre avait jeté son dévolu sur Mounia. Ils avaient dû fuir. Ensemble se cacher en Sardaigne où Mounia s'était convertie à la religion catholique et était devenue sa femme. Au soir de leurs noces, elle lui avait raconté l'étrange histoire d'un flacon bleu de forme pyramidale dérobé au prince Djem, d'une carte antique que détenait son père resté en Égypte, et de la prophétie qui y était rattachée[1]. Au cœur d'un des nuraghes de la région de

1. Voir, du même auteur, *Le Chant des sorcières*, tomes 1 à 3, XO, 2008-2009 ; Pocket n° 13882, n° 13920 et n° 13921.

Goni où ils avaient trouvé refuge, Enguerrand avait assisté au macabre ballet de l'âme des Géants de l'île. Il avait perçu jusqu'en sa chair le pouvoir des Anciens et découvert enfin le sens de leur existence. Lors, forts de l'enfant que Mounia attendait, ils s'étaient rendus en Égypte pour se confronter à leur destin.

Un voile douloureux balaya le visage d'Enguerrand à cet instant de son récit. Captivée, Sidonie en avait oublié la ronde des heures et sursauta quand les cloches de la chapelle appelèrent l'office de complies. Sidonie ne bougea pas pourtant, le souffle court, cherchant le regard fuyant de son fils. Rattrapé par des images qu'il avait tenté d'oublier tout au long de son périple marin, Enguerrand se leva brusquement et s'en fut se planter face à la fenêtre. Par-delà les meneaux, accompagnant le crépuscule, une neige fine s'était mise à tomber, crevant le plafond bas.

Il se racla la gorge, déglutit, puis noua ses mains frémissantes dans son dos.

— Nous avons retrouvé les parents de Mounia au Caire. Lui était un haut dignitaire attaché au sultan Keït Bey. Il nous a menés au plus secret d'un antique palais, par des souterrains inconnus de tout autre mortel. J'y ai vu la preuve de l'existence des Géants, des premiers êtres de ce monde que les Égyptiens avaient adorés pour dieux. C'est là que j'ai vraiment pris conscience de l'importance de cette carte pour Mounia. Cette carte qui menait à des terres au nord-ouest de la mer océane, immenses et fertiles. Cette nuit de juin 1484, nous étions tous quatre impatients d'en goûter les fruits, certains que l'enfant à naître aurait là-bas un fabuleux destin.

Ses bras retombèrent d'impuissance. Dix années qu'il se mentait à lui-même. Il n'avait pas oublié.

Sa voix s'était brisée.

— Continue, mon fils, l'encouragea Sidonie en se levant pour le rejoindre.

Il attendit qu'elle fût là, derrière lui, posant sur ses épaules soudain affaissées des mains marquées de taches brunes mais toujours aussi réconfortantes. Il les recouvrit des siennes, glacées. Laissa le haut de sa nuque chercher le front de sa mère.

— Lorsque nous sommes sortis du palais, un Turc nous attendait. Houchang. Un des amis du prince Djem qui nous avait retrouvés.

Sidonie laissa échapper un petit cri de surprise qui le figea. Elle s'excusa.

— Tandis que tu vivais tout cela, Djem fut transféré au château voisin de Rochechinard et devint notre ami. C'est ainsi que nous avons appris qu'emporté par la fougue d'un cheval, Houchang était mort et son corps introuvable au fond d'un ravin…

Enguerrand étouffa un soupir de détresse.

— Djem vous a menti. Il avait chargé Houchang de récupérer le flacon pyramide que lui avait autrefois donné une sorcière, parce qu'il contenait un puissant contrepoison destiné à le sauver de la menace de son frère le sultan. Houchang captura Mounia et nous força à gagner une ancienne resserre à huile, au fond de la cour intérieure du palais.

Ses doigts pétrirent avec fébrilité ceux de sa mère nichés à la naissance de son cou, tendu. La suite lui faisait mal, comme au premier jour.

— Hélas pour nous, et pour lui que nous avions réussi à fléchir, Houchang n'était pas seul. Il avait lancé sur nos traces cet hospitalier de l'ordre de Saint-Jean qui avait jeté son dévolu sur Mounia durant la traversée vers Rhodes. Cet homme qui voulait sa vengeance… Il l'a eue, mère…

La gorge nouée à son tour, Sidonie se pressa plus encore contre cette carrure massive qui s'alourdissait de seconde en seconde. Les mots sortirent, hachés, fusant sous les images insoutenables.

— Tout est allé très vite ensuite. Houchang est tombé, fauché par leurs flèches. Les suivantes me blessèrent à la poitrine. J'ai vu s'effondrer le père de Mounia. Ce diable s'approcher… J'ai voulu m'interposer. Empêcher qu'il…

Il pinça les lèvres, serra les mâchoires, regagna un peu de souffle avant de murmurer :

— Lorsque j'ai repris conscience, plus de dix jours s'étaient écoulés. J'étais chez des fellahs qui m'avaient trouvé et soigné. Ce sont eux qui les ont enterrés. Aziz, Fatima, Mounia… mon fils qu'elle portait… Je n'ai pu qu'aller pleurer sur leur tombe, jusqu'à n'avoir plus de larmes, jusqu'à décider de retrouver cette terre des Anciens dont ma femme avait tant rêvé. La suite, vous la connaissez, mère…

Une pluie discrète roulait sur les joues de Sidonie. Elle aurait tant aimé une autre fin. Une autre vie pour lui. Ils demeurèrent ainsi longuement soudés l'un à l'autre dans le recueillement de leurs pensées, aussi silencieux que cette neige qui forcissait derrière la croisée et drapait la contrée d'un linceul. Elle devait le lui dire, pourtant, alourdir encore son fardeau. Avant qu'il l'apprenne de quelqu'un d'autre.

Sidonie n'en eut pas le temps. Des coups brefs et répétés choquèrent soudain le bois de la porte. Elle tressaillit contre le dos de son fils, tourna la tête pour crier.

— Je ne veux pas être dérangée !

— Pardonnez-moi, Votre Seigneurie, mais c'est de toute importance.

La voix de Dumas. Il n'était pas dans les habitudes du capitaine de sa garde de se présenter à pareille heure. Elle s'excusa à l'oreille d'Enguerrand.

— Quelques secondes et je reviens. J'ai tant à te dire…

Il tapota le dessus de sa main. La libéra.

— Plus tard, maman… Plus tard. Nous avons tout le temps désormais.

Déjà Enguerrand lui faisait face. D'un doigt tendre, il essuya une larme qui avait suivi le sillon du nez, sourit tristement. Il s'en voulait de l'avoir laissée si longtemps sans nouvelles, mais qu'avait-il en dehors du désespoir à lui faire partager ? Du plus loin qu'il se souvienne, sa mère l'avait toujours compris et consolé. Toujours.

— Je me permets d'insister, dame Sidonie…

— Voilà, voilà, j'arrive.

Comme son fils, Sidonie se drapa dans un voile de dignité et marcha droit sur la porte.

Dumas tenait son chapeau d'une main. L'autre était accrochée au bras d'une souillon qui gardait le visage baissé.

— Que se passe-t-il ? s'inquiéta Sidonie en s'effaçant pour le laisser entrer dans le bureau de Jacques de Sassenage, où son fils et elle s'étaient retranchés.

Dumas et l'inconnue s'immobilisèrent sous le christ en croix qui ornait le mur.

— J'ai ici quelqu'un qui demande votre protection et réparation pour le mal qui lui a été fait.

Sidonie le foudroya du regard.

— Où avez-vous la tête, Dumas ? Je ne vois là rien qui n'ait pu attendre demain.

— Mille excuses, Votre Seigneurie. À vous aussi, messire Enguerrand…

À ce nom, un petit cri de surprise s'échappa de la bouche pincée de la jouvencelle qui se précipita aux pieds du chevalier et s'agenouilla, les mains jointes, le visage tendu avec une chaleureuse ferveur.

— Mais enfin… s'insurgea Sidonie.

— Vous devez m'aider, messire. Au nom de notre enfance, il vous faut me venir en aide. Me venger. C'est moi. Vous me reconnaissez, n'est-ce pas ?… La petite Fanette.

— Fanette… répéta Enguerrand, la fille du forgeron ?

Fanette hocha la tête avant de se tourner, ruisselante de larmes, vers Sidonie.

— Je vous en supplie, dame Sidonie. Ils me tueront s'ils savent que j'ai parlé.

— Mais qui, grand Dieu ? demanda Sidonie, troublée.

Ce fut Dumas qui répondit, l'œil noir de vengeance, la main sur le pommeau de son épée.

— Les brigands menés par Villon. Ce sont eux qui l'ont capturée voici dix années.

*

Elora dodelinait de la tête, amusée de la transformation qui s'opérait devant elle et pour laquelle cette fois elle n'avait eu besoin d'aucune magie. La jeune fille pouffa devant l'œil noir que lui renvoya le miroir.

— Cesse de te moquer, la gronda Hélène, désespérée quant à elle de voir s'effondrer une à une sur le sol marqueté de sa chambre ses jolies boucles châtain.

À défaut d'obtempérer, Elora appuya une nouvelle fois sur les ciseaux qu'elle manœuvrait d'une main inexpérimentée.

— Voilà, c'est fait.

Hélène soupira à fendre l'âme. Elle ne se reconnaissait plus. Et comme si cette coupe courte et irrégulière ne suffisait pas, il fallait encore qu'elle passe ce qui lui restait de cheveux au brou de noix.

— Moi, je vous trouve très jolie comme ça, assura Elora en posant l'instrument du malheur de sa mère adoptive sur la coiffeuse, juste à côté de la poudre brune.

Hélène grogna.

— Comment pourrait-il m'aimer encore avec cette tête ? C'est de la folie. De la folie pure. Et je suis plus folle encore d'y céder, au lieu d'affronter ouvertement cette catin de Lucrèce !

Elora, qui, en taille, rivalisait déjà avec Hélène au point qu'on en oubliait son âge, noua ses bras autour de son cou et rapprocha sa bouche de son oreille.

— Croyez-moi, mère. C'est mieux ainsi.

Leurs regards se rejoignirent dans le miroir. Le vert d'eau des yeux d'Elora était devenu sombre soudain et Hélène frissonna.

— Elle est si dangereuse que ça ?

Elora lui sourit, une once de défi dans ses yeux de nouveau limpides.

— Laissez-moi régler cette affaire. Vous le savez, je suis mieux armée que vous contre les diableries.

Hélène lui prit la main et l'embrassa tendrement. Le temps passant, Elora ressemblait de plus en plus à Algonde, sa mère naturelle, mais elle serait plus belle encore, plus altière, plus grande aussi. Quant à ses pouvoirs de divination et de défense, si aucune occasion n'avait été véritablement donnée à la jouvencelle d'en faire étalage, il suffisait à Hélène de se souvenir de ce qu'elle avait vu dix ans plus tôt pour imaginer ce qu'il en était ce jourd'hui.

— Finissons-en, décida-t-elle, résignée, en s'emparant elle-même de la teinture.

Moins d'une heure plus tard, avec ses cheveux noirs qui dépassaient à peine du turban noué à la turque, le visage dépourvu de fard, foncé à l'eau de noix, la poitrine écrasée d'un bandage sous la tunique et les épaules couvertes d'une étole rouge, elle était en tout point semblable aux serviteurs du prince. Djem lui-même ne la reconnut pas lorsqu'elle passa la porte du salon dans lequel il était resté avec Aymar et Jacques, mêlant la politique d'aujourd'hui aux souvenirs d'hier.

Un plateau d'argent en main, chargé d'une assiette de pâtisseries et de tasses fumantes de tisane, elle se planta tour à tour devant chacun d'eux pour les inviter à se servir, puis, voyant qu'ils continuaient à converser en toute aise, déposa son fardeau sur la table basse, entre la banquette où était resté Djem et le fauteuil de son père. Ni l'un ni l'autre ne tiqua. Alors, tandis qu'Aymar, lui, s'attardait sur ses traits, elle recula et s'installa sur la banquette aux côtés de Djem, un franc sourire aux lèvres.

La première réaction du prince devant l'incongruité de la conduite de son valet fut de se tourner brutalement vers lui, piqué de stupeur et de colère. Ce furent les yeux d'Hélène, moqueurs et brûlants d'amour, qui emportèrent la vérité.

L'instant d'après, ils riaient ensemble à gorge déployée.

Lorsque, parée des bijoux et d'une des somptueuses robes d'Hélène, coiffée et fardée comme elle, Elora passa la porte à son tour de longues minutes plus tard, prête à jouer le rôle de sa mère adoptive, le silence se fit, spontanément.

La fillette aussi était métamorphosée.

Ils durent admettre d'un commun accord qu'ils n'avaient jamais rencontré plus parfaite beauté.

9.

Ce n'était pas la première fois que Petit Pierre faisait ce rêve. Il se voyait prendre une des torches et, dans le fracas des deux rivières souterraines, s'enfoncer au plus profond de la grotte de Choranche qui leur servait de repaire. Il frissonnait chaque fois qu'une goutte d'eau tombait d'une des fines aiguilles blanches accrochées au toit de roche, s'effrayait du chemin parcouru avec le sentiment de s'y perdre mais ne pouvait s'empêcher d'avancer, guidé par une voix douce, un chant si mélodieux et triste que son ventre en était noué, son cœur bouleversé.

De salle en salle, les cascades succédant aux gours, les concrétions aux fistuleuses de calcaire, il finissait par rejoindre un lac, balayait l'espace de son flambeau sans parvenir à définir les bords tant la pièce haute et voûtée était immense. Sans hésiter, il avançait dans l'eau jusqu'à mi-cuisse et là se penchait pour regarder en deçà du miroir. Il s'éveillait toujours au même moment. Lorsque le visage d'une femme remontait à la surface et qu'il découvrait avec effroi la queue de serpent qui lui prenait la taille en place des jambes. Il se dressait alors sur sa couche, le souffle court, la poitrine soulevée de battements désordonnés, l'oreille bourdonnant d'une phrase que lui criait la créature :

« Il ne faut pas avoir peur de moi. »

Petit Pierre n'aurait demandé qu'à la croire, mais il n'y parvenait pas. Pas plus qu'il n'osait raconter ce songe, de crainte qu'on ne se moque de lui. Il avait mis trop de temps à ce qu'on cesse de le traiter de pesneux, à faire valoir sa force et son courage pour remercier son père de sa confiance. Le décevoir avec l'angoisse que lui causait un simple cauchemar était inconcevable.

Pourtant, ce jourd'hui il n'avait pu s'en défaire.

Entraîné sitôt levé par Jean, son demi-frère, il avait passé le goulet de l'entrée et, pendant que les hommes de la bande partaient en chasse, il avait joué comme d'ordinaire avec les autres enfants dans le bois. Après le déjeuner, il avait répondu à l'appel de Mathieu. L'avait aidé à fourbir les épées, à vérifier les lance-pierres, à remplacer la corde usée des arcs. Il avait même, pour la première fois, entaillé le bois des flèches pour y adjoindre de fines ailettes.

Rien dans son attitude ou son propos n'avait laissé poindre son tourment, mais Petit Pierre eût aimé qu'on lui explique pourquoi cette vision le pourchassait. Si encore cette créature avait eu le visage détesté de Fanette, sa mère, il eût pu l'admettre, mais au contraire l'inconnue était belle malgré sa pâleur, auréolée d'une masse imposante de cheveux couleur châtaigne. Chaque fois que Petit Pierre fermait les yeux dans un frisson, il lui semblait revoir de la douceur, presque de la tendresse dans les siens. Était-il à ce point en manque d'affection pour prêter autant de bonnes intentions au diable ? Il avait passé sa journée à se convaincre du contraire.

Dans quelques mois, il aurait dix ans. Il n'était déjà plus un enfançon et n'avait besoin que de respect. S'accrocher aux jupons était bon pour les filles. Une autre idée lui vint. Et si tout simplement c'étaient elles qui le perturbaient ? Il se remémora ce que leur avait dit le frère Bernard qui, deux après-midi par semaine, leur donnait le catéchisme. L'histoire d'Ève et du serpent. Au fond, peut-être était-il simplement prêt à donner son premier baiser ?

Lorsque la neige commença de tomber, il avait fait le tour des possibilités qu'offrait leur communauté. Une seule fillette, d'un an son aînée, avait trouvé grâce à ses yeux. Menue, souple et féline, de grands yeux bleus en amande dans un visage triangulaire aux joues rosées, Bertille était la fille de Celma, la devineresse, et d'un père tué en embuscade.

Son fardeau s'allégea sur-le-champ et il se traita de sot tant l'évidence l'avait berné. C'était à côté d'elle qu'il dormait depuis que Fanette avait été bannie, depuis que Celma, la nouvelle compagne de Mathieu, l'avait adopté.

Certain que désormais son cauchemar allait disparaître, Petit Pierre se dirigea vers un des recoins de la salle d'entrée qu'ils avaient aménagés en village.

Comme il s'y attendait, la mère et la fille étaient penchées avec d'autres au-dessus d'un gour d'eau claire. D'un même geste, elles raclaient des racines au couteau en vue du dîner.

Des impatiences dans les doigts dont soudain il ne savait plus que faire, Petit Pierre se planta en face de Bertille, près d'une concrétion de forme indéterminée qui, fermant à demi le goulet, permettait à l'onde de s'écouler.

Il demeura là, dansant d'un pied sur l'autre sans que l'on fasse cas de lui, tant les femmes étaient habituées au mouvement autour d'elles. Bertille s'appliquait si méticuleusement à sa tâche qu'elle ne releva pas la tête durant un long moment.

Ce fut Celma qui, la première, remarqua enfin son manège. Elle le cueillit d'un sourire engageant, faisant se dresser les visages autour d'elle.

— Oui, Petit Pierre ?

Pris de court alors qu'il avait passé les minutes précédentes à s'empêtrer de mots, le garçonnet rougit, bégaya :

— R… r… rien…

Il était trop jeune pour comprendre qu'ajoutée à son regard en coin qui caressait Bertille, cette négation valait tous les aveux. On se mit à pouffer autour du bassin. Celma lui sourit avec indulgence avant de se tourner vers sa fille.

— Tu en as assez fait pour aujourd'hui. Allez, va…

Sans malice, Bertille accepta avec reconnaissance cette levée de corvée, se redressa, se sécha les mains à son tablier et, indifférente aux quolibets des aînées, rejoignit Petit Pierre qui l'attendait.

En quelques enjambées ils se retrouvèrent seuls.

Dans la grotte, grâce aux dizaines de torches perpétuellement renouvelées, été comme hiver, la température restait douce. À l'entrée, la rivière qui en jaillissait autant que les rochers escarpés hérissés de végétaux ne laissaient que peu d'espace pour passer. Il suffisait que les guetteurs épaississent les abords de branchages à la moindre alerte et disparaissent au faîte des arbres pour qu'une centaine de personnes deviennent introuvables. Cet endroit était le plus sûr qu'ils connaissaient pour se cacher, mais certes pas, se dit soudain Petit Pierre, pour dissimuler l'échange d'un baiser.

La bande avait déjà pris ses quartiers d'hiver autour d'un lac peu profond. Des ponts de pierre, naturellement creusés, répondaient çà et là aux besoins des différents lieux de vie. Grâce aux fruits de la rapine, les recoins s'habillaient d'apparat et offraient aux couples un peu d'intimité, isolant les familles les unes des autres.

Dans l'endroit le plus vaste de la grotte, sur le sol de calcaire poli, se trouvait l'espace communautaire. Des bancs de bois, la table en forme de fer à cheval, simples planches posées sur des tréteaux mais que les femmes garnissaient à plaisir de nappes, changées deux fois par semaine. Si la vaisselle était dépareillée, c'était que chacun ayant reçu sa part de butin ramenait la sienne pour les repas. De même que les chandeliers à deux, trois ou cinq branches qu'on allumait pour manger. Du coup, quel que fût le menu, riche ou pauvre de viande selon la saison et la chasse, le moindre dîner s'habillait de faste comme en un château.

Les seigneurs du lieu vaquaient pourtant en valets, dans un ballet incessant. À cette heure, les hommes s'activaient autour d'un large feu, proche de l'entrée. Deux sangliers et un chevreuil doraient sur la broche tournée par des jouvenceaux qui tiraient la langue. C'était un mets qu'ils ne goûteraient bientôt plus et apprécieraient pour tel dans quelques heures. Au-dessus d'un deuxième foyer, plusieurs marmites frémissaient. Là, une fumée âcre s'échappait des branchages qu'on avait disposés au-dessus de la viande découpée en lamelles. Elle servirait, avec les jambons accrochés plus loin, de ravitaillement pour les jours maigres de l'hiver. Un groupe d'hommes s'en occupait. Un second rechargeait les brasiers. Reprenant son ancien métier, et malgré le moignon de son poignet droit, Mathieu repoussait à la pelle de belles miches de pain à la farine de châtaigne dans le four qu'il avait confectionné avec Villon.

Le forgeron assisté de ses fils refroidissait des fers de lance dans un autre gour.

Les plus petits des enfants se pourchassaient en une guerre imaginaire. Les grands formaient des clans, les filles fourrageaient dans les coffres en quête de beauté, les garçons dans les armes qu'ils espéraient essayer à la prochaine embuscade.

Malgré l'espace dont disposait leur communauté, il n'était pas un endroit où Petit Pierre pouvait entraîner Bertille sans qu'aussitôt quelqu'un le remarquât.

Il lui suffisait de se souvenir de toutes les fois où il avait pisté les amoureux avec son frère et ses compagnons, s'amusant de leur colère, pour en être convaincu.

C'est sans doute cela qui lui donna le courage. Il inspira une grande bouffée et, prenant l'air le plus mystérieux qui soit, planta son regard ocré dans celui d'azur de Bertille.

— J'ai découvert quelque chose, dit-il. Quelque chose de…

Il hésita, voyant son œil s'allumer.

— … Faut que je te montre.

D'autorité, il lui prit la main et l'entraîna à la course vers le fond de la grotte. Là où il savait que les petits n'oseraient pas s'aventurer.

À peine le tunnel passé, l'obscurité retomba autour d'eux et Bertille freina son élan. Le souffle aussi court qu'elle, Petit Pierre s'immobilisa mais garda ses doigts dans les siens.

— C'est encore loin ? hurla-t-elle.

Malgré le bruit sourd des cascades et de la rivière qui grondait, sa voix rebondit sur les roches, figurant la profonde et haute galerie dans laquelle ils venaient d'entrer.

— En fait… répondit-il en l'attirant à lui.

— Qu'est-ce que tu fais ?

— Ben, je…

Pas facile de trouver une bouche dans le noir. Il visa au hasard, accrocha une peau douce sous ses lèvres. L'arrondi d'une joue. Il avait raté son effet. Pour comble, Bertille se mit à rire en le repoussant doucement.

— Alors, c'était ça ton secret ? Tu es amoureux de moi ?

Petit Pierre se tétanisa.

— Qu'est-ce que tu vas chercher ! Je voulais juste te rassurer, c'est tout.

Retrouvant son sérieux, la fillette lui reprit la main dans le noir.

— Excuse-moi, je ne voulais pas te blesser. C'est que je ne m'y attendais pas. Tu n'es pas fâché au moins ?

Il ne répondit pas. Elle se rapprocha de lui.

— Si tu vises tout droit cette fois…

Le cœur de Petit Pierre s'emballa.

— Vrai ?

— Vrai…

Il approcha son visage tout doucement. C'est au moment où leurs lèvres se rejoignaient qu'il entendit le chant. Celui de son rêve. Il pressa Bertille plus fort contre lui, certain que la magie était tout entière dans ce baiser. Mais de nouveau elle le repoussa.

— Tu entends ? Qu'est-ce que c'est ?

Petit Pierre se figea. Couvrant le fracas, la voix était infiniment mélodieuse, mais elle ne venait pas de l'endroit qu'ils avaient quitté. Il déglutit. Son cauchemar semblait vouloir rejoindre la réalité. Il s'en glaça, mais se gorgea d'importance pour impressionner Bertille.

— C'était ça que je voulais te montrer, mais j'ai oublié la torche. Une prochaine fois…

Elle se laissa entraîner par le bras, à regret. Sitôt qu'ils enfilèrent le tunnel, le chant cessa comme il avait commencé. En face d'eux tremblaient les lueurs diffuses des torches. Elles rassurèrent suffisamment Petit Pierre pour l'inciter aux confidences.

— Tu me jures de garder le secret ?

— Du baiser ?

— Aussi…

— Je jure.

— Parce que si mon père apprenait que je me suis aventuré au-delà des limites, il serait très très fâché…

— Je jure, je t'ai dit ! Alors, c'était quoi ?

Il prit une grande bouffée d'air et lâcha dans un souffle, au risque de l'entendre s'esclaffer :

— Une femme-serpent.

Pendant quelques secondes, seuls les bruits étouffés de la communauté leur parvinrent. Puis Bertille rompit le silence d'une voix assourdie par sa propre angoisse :

— Tu l'as vue ?

— Comme je te vois, mentit-il, servi par l'ombre.

Bertille ne perçut pas la nuance. Elle lui agrippa les bras à pleines mains.

— Il ne faut pas que tu retournes là-bas. C'est dangereux. Très.

Il sursauta.

— Pourquoi ? Qu'est-ce que tu en sais ?

— J'ai surpris un jour ton père qui en parlait.

— Mon père ? s'étrangla Petit Pierre, interloqué.

Qu'est-ce que son père venait faire dans cette histoire ? Était-ce à cause de lui que cette créature l'attirait ?

Bertille prit une voix grave :

— Elle s'appelle Mélusine et hante la contrée depuis des siècles, au gré des cours d'eau. C'est une démone, Petit Pierre. Une démone, tu entends. Je n'ai retenu que ça de ce qu'il en disait. Ça et une chose encore, terrible. Je crois que c'est à cause d'elle qu'autrefois ton père a rejoint notre communauté.

10.

Alexandre VI avait toujours aimé les jolies femmes. Sa prime jeunesse s'était terminée entre les bras de sa nourrice dont les seins plantureux avaient accueilli ses lèvres d'enfançon. Il l'avait culbutée sans scrupules le jour où, impérieusement, le simple fait de s'en souvenir lui avait dressé le vit entre les cuisses. Il venait tout juste d'avoir onze ans. Son tempérament n'avait jamais failli depuis.

Ce jourd'hui, malgré ses yeux noirs et gourmands, sa bouche sensuelle et son front altier sous le crâne chauve, il n'était plus qu'un homme de soixante-deux ans. Le pape ne se berçait pas d'illusions. Les trois maîtresses qu'il entretenait accordaient plus d'attention à sa charge qu'à son physique. Il ne s'en offusquait pas. Il jouissait. Avec plus d'ardeur encore qu'autrefois, inquiet d'un jour la voir disparaître. Son médecin lui affirmait le contraire, arguant qu'il était au meilleur de sa forme, d'une exceptionnelle résistance aux pressions et qu'il n'existait rien de mieux pour entretenir une bonne tension que le complot et l'intrigue.

À ce titre, il était servi.

Alexandre VI reposa la plume dans l'encrier, replia la lettre qu'il venait d'écrire à Orso Orsini et chauffa un bâtonnet de cire. Il la cacheta du revers de la bague imposante qu'il portait à l'annulaire, sous le coup encore de la colère. Ensuite de quoi, il se repoussa dans son fauteuil et perdit son regard dans une des fresques qui ornaient son vaste cabinet de travail. Il les avait commandées à Pinturicchio. Des femmes. Partout. Installées pompeusement sur des sièges de marbre, et vers lesquelles des savants levaient leur regard. Ces allégories cachaient en leur sein nombre de secrets. Celle de la rhétorique dissimulait un camérier près de la petite porte menant à ses chambres dites de repos, dans lesquelles il forniquait avec l'une ou l'autre. À ses côtés, la dialectique, la grammaire, la musique, la géométrie, l'astronomie et l'arithmétique avaient les visages d'êtres chers. Un surtout. L'épouse d'Orso Orsini, Julie Farnèse. De dix ans plus âgée que sa fille Lucrèce, dont elle était la dame d'honneur, Julie l'avait séduit dès leur première rencontre avec ses yeux d'ébène, sa peau mate qui les rehaussait, la rondeur de ses traits délicats et son allure pulpeuse. Il ne l'avait mariée à Orso que pour mieux éloigner celui-ci et la garder tout entière pour lui, dans le palais de Santa Maria in Porticu qu'elle occupait avec sa belle-mère et Lucrèce. L'endroit était idéal pour des rencontres discrètes. Rattachée à la basilique Saint-Pierre par une chapelle privée, cette demeure somptueuse offrait un accès facile à la chapelle Sixtine et, de là, aux appartements d'Alexandre VI.

Le pape ne comptait plus le nombre de fois où il avait emprunté ce passage pour rejoindre sa belle, accordant espèces sonnantes et trébuchantes à Orso pour le faire taire.

Cette fois encore…

Il s'attarda devant le portrait fidèle qu'avait fait d'elle Pinturicchio. De toutes ses maîtresses, Julie était la seule qu'il aimait vraiment. Jalousement. La seule qui avait réussi à détrôner dans son cœur Vanozza Cataneï, la mère de ses enfants. À peine avait-il appris les projets d'invasion du roi Charles au printemps qu'il l'avait expédiée en sécurité à Pesaro avec Lucrèce. Mais au début de l'été, Lucrèce, enceinte, avait fait une fausse couche. La chaleur étouffante de la petite ville aidant, son ventre avait continué de pourrir. Sitôt qu'il l'avait appris, Alexandre VI avait craint de la perdre. Il lui avait envoyé son meilleur médecin, avec l'ordre de tout tenter pour la sauver, y compris la pratique employée pour renouveler le sang gâté de feu son prédécesseur au Saint-Siège.

L'histoire n'ayant pas quitté les murs du Vatican, deux sots avaient accepté l'écu qu'on leur offrait pour s'allonger près de sa fille. Tandis qu'elle reprenait couleur et vie à la faveur de la transfusion, ils s'étaient endormis pour ne plus s'éveiller. Lucrèce s'était remise lentement, mais il avait dû la rappeler à Rome dans le sillage de son époux Giovanni Sforza, pour éviter que l'affaire ne s'ébruite. Quant à Julie, elle s'était rendue auprès de son époux à Bassanello où il tenait campement, au mépris du danger que la guerre lui faisait courir. Alexandre s'y était opposé vivement, préférant la voir regagner Rome et la compagnie de Lucrèce qui, comme lui, s'ennuyait d'elle. Il ne comprenait pas pourquoi Julie retardait sa venue, alléguant des prétextes irrecevables.

« Je dois auparavant demander le consentement de mon mari… » Et depuis quand ce sot gras et insipide s'accordait-il le droit d'avoir un avis ?

Ce vingt-trois novembre, Alexandre VI venait de lire le manifeste solennel qu'avait publié le roi Charles la veille. Cette fois, plus moyen d'ergoter. Les choses étaient claires. Dressant en bannière l'argument d'une croisade, la France exigeait de lui la libre circulation sur ses terres, sous peine de dommages collatéraux.

Il fallait pour Julie la sécurité du Vatican. Le pape n'avait d'autre choix que de rabattre les prétentions d'Orso, à défaut de celles de la France, et il savait comment.

Il se leva pour tirer le cordon qui activait une sonnette dans la pièce voisine et, quand un prélat se courba cérémonieusement devant lui, lui remit la lettre qu'il venait d'écrire avec l'ordre de la confier à un émissaire. Dès ce soir, Orso tiendrait entre ses gros doigts boudinés la promesse d'une importante somme d'argent. De quoi régler la question et voir revenir Julie toutes affaires cessantes.

Cela réglé, une autre urgence faisait antichambre. Le pape regagna l'assise de son bureau. La jeune personne qui avait demandé audience, escortée de son époux, était d'une beauté inégalable selon son fils César qui avait eu le plaisir de la rencontrer. Alexandre VI décida qu'il était temps de la recevoir pour en juger par lui-même ; une femme pouvant aisément en chasser une autre dans son cœur.

*

Les yeux de Fanette brillaient d'impatience et de convoitise. Elle les avait bernés. Tous. Dumas, dame Sidonie et jusqu'à messire Enguerrand qui, à peine revenu dans la contrée, avait accepté la charge de la rendre aux siens. Elle avait d'autres ambitions en vérité, servie par cet heureux hasard. Enguerrand de Sassenage l'ignorait encore, mais elle n'avait pas l'intention de le quitter. Mieux valait devenir sa maîtresse en sa maison forte de la Rochette qu'il avait prévu de rejoindre, que de moisir de nouveau à Sassenage où elle finirait tôt ou tard mariée à un benêt. Elle avait tout à y gagner. S'ajoutait à cela une satisfaction personnelle. Comme Mathieu, Enguerrand avait aimé Algonde. Comme Mathieu, Fanette le voulait. Question d'équilibre. De vengeance posthume.

« Sacrebleu, Fanette, que tu as changé ! » lui avait-il dit en la relevant alors qu'elle était agenouillée à ses pieds. Il comprendrait trop tard à quel point c'était vrai.

Pourtant, lorsque la voiture qui les menait tous deux s'immobilisa dans la cour intérieure du siège de la prévôté à Romans, elle ne put retenir un frisson désagréable. Elle n'avait aucune raison d'être inquiète. Son histoire se tenait puisque dame Sidonie l'avait placée sous sa protection.

Percevant son tressaillement, Enguerrand lui sourit avec bienveillance.

— Bientôt ton cauchemar sera terminé, lui dit-il au moment où Dumas, qui les escortait jusque-là à cheval, ouvrait la portière.

Elle accepta le poing du chef des gardes pour descendre, engloba d'un regard qu'elle voulut serein les deux bâtiments austères en angle droit, mais refusa de s'attarder sur les fenestrons fermés de grilles derrière lesquels se devinaient les cachots. Lorsque Enguerrand la rejoignit, elle reprit un peu d'assurance, malgré le gibet devant lequel ils passèrent et qui balançait sa corde sous un vent glacé. Nouveau frisson. Un instant, l'image de son fils Jean, pendu là, la rattrapa. Fanette la refusa fermement. Elle lui avait laissé le choix. Tant pis pour lui. Tant pis pour eux.

Il n'y avait rien à regretter. Non.

Rien.

Elle remonta plus haut le col de son mantel, comme sa robe donnée par dame Sidonie. Accepta froidement le regard du soldat qui les reçut à l'entrée, drapée dans la certitude qu'aucun ici ne pourrait la confondre, et enfila un long corridor aux fenêtres étroites entre les deux seules personnes qui lui accordaient pour l'heure un peu d'humanité.

Le prévôt était en visite auprès du gouverneur de la ville. Nul ne savait à quelle heure de la journée il rentrerait. Enguerrand accepta d'attendre et on les abandonna dans une pièce sobre et glaciale attenante à son cabinet, sur des bancs inconfortables. Le lieu n'appelait pas aux confidences et Fanette préférait, à dire vrai, les éviter pour ne pas risquer de se trahir. Évoquer sa captivité à la merci des hommes du clan Villon avait suffi à sa cause. Point n'était besoin d'en rajouter. Alors autant savourer le silence puisqu'il lui était donné.

Enguerrand n'en était pas fâché.

Le lendemain de son arrivée au château, sa mère l'avait pris en aparté alors qu'il achevait de s'habiller. Elle avait l'air grave et il pensa sur l'instant que c'était en relation avec cette bande armée que cette fille allait enfin leur permettre de boucler.

De fait, les premiers mots de Sidonie furent pour le convaincre de la livrer au prévôt, qui jugerait mieux qu'aucun d'eux si Fanette disait vrai. En souvenir de son enfance à Sassenage, Enguerrand n'avait trouvé quant à lui aucun argument pour l'accuser.

C'était là que Sidonie s'était laissé choir avec lassitude sur le bord du lit.

— Beaucoup de choses me permettent à moi d'en douter. À la faveur de ce que tu m'as confié hier, je suis navrée de te les apprendre aussi brutalement, mon fils, mais les circonstances ne me laissent pas le choix.

Il l'avait rejointe sur la courtepointe, avait emporté sa main dans la sienne et avait cherché ses yeux assombris.

— Il n'est rien que je ne puisse entendre, mère, croyez-moi.

Il se trompait.

Il l'écouta sans l'interrompre comme elle l'avait fait la veille. Apprit la nature diabolique de la dame de compagnie de sa mère, cette Marthe qu'il avait toujours détestée. La résurrection de Jeanne de Commiers, le rôle qu'elle avait joué pour sauver l'enfant d'Hélène et de Djem. Et pour finir la mort atroce d'Algonde qu'il avait, enfant, tant aimée.

Il était anéanti lorsqu'elle se tut. Pour autant, Sidonie n'avait pas terminé.

— Des rumeurs prétendent que Mathieu a rejoint la bande de Villon après le drame. Or non seulement Fanette n'a rien dit à son sujet, mais elle n'a pas non plus parlé de cette femme qui les dirige depuis dix ans. Une femme rousse, aux dires des petites gens qui braconnent parfois dans la forêt des Coulmes. Ayant aperçu ces malandrins en branle, ils se sont aussitôt cachés pour ne pas être tués. Quant aux hommes que le prévôt envoya pour infiltrer la bande, ils ne revinrent jamais. Voilà, mon fils. Je ne sais pas qui est Fanette aujourd'hui et ce qu'elle a à gagner à se jeter dans la gueule du loup. Mais j'ai appris beaucoup de choses ces dernières années, et une en particulier. Crois-moi, personne n'est véritablement celui qu'il paraît.

Dans l'heure qui suivit, tout en laissant supposer à Fanette qu'elle était sauvée, Sidonie envoyait un émissaire à Romans pour prévenir le prévôt de leur arrivée.

Enguerrand échangea un regard avec Dumas. Si le capitaine s'était laissé convaincre de prime abord, les confidences de ses hommes de faction le lendemain lui avaient révélé une autre facette de la fillette qu'il avait fait danser sur ses genoux. Comme Enguerrand, il s'était dès lors engagé à découvrir la vérité, par égard pour le Jeannot de Sassenage qui lui avait autrefois forgé son épée.

Lorsque des voix se rapprochèrent dans le corridor, malgré l'épaisseur de la porte qui faisait face à Enguerrand, Fanette se durcit sur son siège. Son pouls s'accéléra, exagérant sur son visage le désespoir qu'elle y affichait depuis quatre jours et qui lui avait si joliment servi. Enguerrand se leva, satisfait de pouvoir déplier enfin ses membres engourdis.

La porte s'ouvrit sur le soldat qui les avait introduits.

— Ils sont ici, monsieur, dit-il en s'effaçant pour laisser entrer le prévôt.

— Je suis navré de vous avoir fait attendre, Dumas.

Enguerrand reconnut la voix en même temps que le visage pourtant vieilli. Tandis que le prévôt s'éberluait de son improbable présence, une soif inassouvie de vengeance se réappropria le cœur d'Enguerrand.

Il venait de retrouver Hugues de Luirieux, l'homme qui l'avait laissé pour mort en Égypte.

Le monstre qui lui avait pris Mounia.

11.

Il ne fallait que quelques secondes à Elora pour jauger les gens qui se trouvaient en face d'elle. Depuis trois jours qu'elle habitait le personnage de sa mère adoptive, elle n'avait rencontré personne qui soit de confiance. Servi par le regard tendre de Djem qui jouait à la perfection son rôle, César Borgia avait été confondu et rassuré ; Lucrèce, enragée. D'autant que c'était chez elle, en la villa Santa Maria in Porticu, que Elora-Hélène leur avait été présentée avec Aymar de Grolée et Jacques de Sassenage, à la faveur d'une soirée.

« Vous êtes les invités du prince, pas les miens », avait-elle craché, perfide, sans rendre le salut qu'on lui offrait.

César, lui, avait tempéré, un rire sur ses lèvres gourmandes.

— N'écoutez pas ma sœur, messire de Sassenage. Elle ne connaît rien à la politique. Vous recevoir est un plaisir, d'autant plus grand que vous pourriez nous servir d'otages si votre roi nous malmenait.

Sous le ton de la plaisanterie ne jaillissait rien de moins que la vérité. Lucrèce ne s'était pas radoucie pour autant et s'était démenée toute la soirée pour captiver les regards, à l'inverse d'Elora que sa beauté suffisait à imposer. Légèrement souffrant, le pape ne s'était pas montré.

Elora connaissait la raison véritable de cette absence. Une de ses visions l'avait éclairée sur nombre de choses qu'il cachait. Et c'était un atout qu'elle ne manquerait pas d'utiliser.

Pour l'heure, elle s'inclina avec déférence devant le Saint-Père, juché sur le siège papal dans la salle d'audience. Comme toutes celles qu'elle avait traversées, cette pièce regorgeait de dorures à la feuille d'or, de fresques et de bas-reliefs sculptés. Mais, à l'inverse d'Hélène qui, grimée en valet de Djem, s'était émerveillée des richesses du Vatican, Elora n'en avait que faire. La misère des petites gens lui avait davantage sauté aux yeux que la splendeur de son Église.

Voilà pourquoi, à peine Alexandre VI eut-il consenti à ce qu'ils se redressent, planta-t-elle son regard dans le sien, l'adoucissant de son plus gracieux sourire.

Elle lui plut dans l'instant. Mélange parfait d'innocence et de détermination. De formes et de carnation. C'est pourtant à son époux que le pape s'adressa :

— J'ai entendu votre requête en annulation de mariage, mon fils. Mais je comprends difficilement ses raisons, dix années après qu'il a été validé.

— Il n'a pas été consommé, Votre Sainteté.

— Vraiment ? s'étonna le pape.

Il se tourna vers Elora.

— J'ai du mal à concevoir, ma chère enfant, que vous ayez si longtemps refusé votre couche à votre époux. Votre devoir…

Aymar de Grolée l'interrompit d'une voix coupable :

— Mon impuissance en est seule responsable…

Alexandre VI caressa son menton tombant d'une main fébrile. César lui avait rapporté une rumeur que le prince Djem semblait ne pas vouloir cacher : il était épris de cette femme rencontrée dans le Dauphiné. Si pour elle il acceptait d'abjurer sa foi, Charles VIII aurait le meilleur des arguments pour sa croisade. Or, ce n'était pas exactement ce que le pape voulait.

Il jeta à Aymar de Grolée un regard de prédateur.

— Ce manque de virilité vous était-il connu au moment de vos noces ?

— J'espérais que mon épouse le guérirait. Hélas…

— Vous vous en satisfaisiez pourtant jusque-là. Je suppose donc que c'est vous, ma chère enfant, qui avez poussé votre époux à vous rendre votre liberté.

Elora hocha la tête.

Le pape joignit ses mains et tapota des doigts.

— Une annulation de mariage est un acte grave qui ne peut se concevoir sans un examen approfondi des consciences et des faits. Il me faudra donc vous entendre, séparément, pour véritablement juger de son équité.

— Nous y sommes préparés, Votre Sainteté.

Alexandre VI se leva, imposant sa carrure altière.

— Mon *camerligho* vous signifiera l'heure et le jour de notre entretien. Jusque-là, je vous souhaite un agréable séjour à Rome. Allez dans la paix du Christ…

L'entretien était terminé. Ils s'agenouillèrent au bas des marches et courbèrent le front pour recevoir sa bénédiction avant de retraverser la vaste salle que des cardinaux animaient de leur présence, Aymar, inquiet d'imaginer sa fille adoptive aux mains de ce monstre, Elora, impatiente déjà de s'y mesurer.

*

Le moment ne s'y prêtait pas.

Mais l'un comme l'autre sentaient le besoin de crever l'abcès comme un sang noir dans leurs veines.

Quelques minutes plus tôt, surmontant sa surprise, Hugues de Luirieux avait salué Enguerrand d'un mouvement de tête. Puis, sans se laisser envahir par les questions qui le submergeaient, il avait traversé la pièce d'un pas vif pour gagner son cabinet à l'autre bout.

— Suivez-moi, les avait-il invités.

Avant même que la porte ne se soit refermée sur son pire ennemi, il s'était retranché derrière son bureau, les mains crispées sur les accoudoirs de sa chaise, et avait écouté d'une oreille distraite le mensonge servi par Fanette. Son opinion sur elle était déjà faite. Les trois témoins qu'il avait convoqués sitôt reçu le courrier de dame Sidonie l'avaient regardée avec attention descendre de voiture depuis une des fenêtres. Sans hésitation et d'un même accord, ils avaient signé sa condamnation. C'était elle la rousse qui dirigeait les attaques. Si Hugues de Luirieux se prêtait à ce simulacre, c'était qu'il voulait la bande tout entière.

Évitant de regarder Enguerrand qui le foudroyait d'éclairs vengeurs, il attendit qu'elle eût terminé pour la fixer sans complaisance.

— Je n'ai rien entendu là qui me prouve ton innocence.

Fanette blêmit.

— Pourquoi vous mentirais-je ?

— Je me le demande…

Le silence retomba. Fanette se mit à trembler.

— Je connais leur cachette. Je vous y mènerai.

— Pour que mes hommes tombent dans une embuscade que les tiens auront préparée ? Me crois-tu aussi stupide ?

Il forcit le ton, la bouche cruelle, l'œil narquois. Comme Fanette, Enguerrand se tendit sur sa chaise.

— Tu voudrais me faire croire qu'avant ce jour et dix ans durant tu n'as jamais eu la moindre occasion de leur fausser compagnie ?

— Je…

— Tais-toi ! Tu pues le mensonge ! Ils ont fait de toi leur putain et tu aimais ça, voilà la vérité.

Elle chercha le soutien de Dumas. Il détourna la tête. Celui d'Enguerrand. Blême, il ne la voyait pas. Un sanglot noua la gorge de Fanette. Si elle ne les convainquait pas, là, maintenant, elle était perdue. Elle plongea son visage entre ses mains. Hoqueta.

— Je les hais. Je les hais de ce qu'ils m'ont forcée à devenir… À faire…

Hugues de Luirieux jubila. Reprendre l'avantage, rappeler à Enguerrand de Sassenage le bon vieux temps, la manière dont il était encore capable de dompter les rebelles, voilà l'enjeu. Il s'adoucit.

— Je veux des aveux, Fanette. Complets. Tu les signes et tu auras ta vengeance…

Elle leva la tête, en larmes.

— Et la liberté ?

— Et la liberté.

Déjà il avançait une plume trempée dans l'encrier et une feuille sur le bureau, griffonnée d'une écriture qu'elle était incapable de déchiffrer. Il avait tout préparé. Avait-elle d'autre choix que d'accepter ? Elle tergiversa pourtant.

— Je ne sais pas lire…

La voix se fit tranchante.

— Signe !

Elle était prête à s'y résoudre lorsque Enguerrand arrêta sa main tremblante.

— Elle ne signera rien que je n'aie validé, Luirieux.

Fanette retrouva un peu d'espoir à le voir prendre le document à sa place, l'examiner. Elle regagna des couleurs lorsqu'il le déchira avant de le jeter à la face du prévôt, crispé.

— Emmène-la, Dumas. Fanette est sous mon unique protection désormais.

Un sourire mauvais balaya la face de Luirieux. Il ne tenta rien pour s'y opposer. La porte n'était pas refermée qu'Enguerrand écrasait ses poings sur le bois du bureau pour éviter de le frapper.

— Les temps ont changé, Luirieux. Et moi avec. Tu veux cette bande, tu l'auras, puisque la contrée a tout à y gagner, mais ce sera à mes conditions.

Luirieux haussa les épaules, nullement impressionné. Il se savait en position de force. En ce lieu il représentait l'autorité. Un seul mot et ces trois-là se retrouvaient au cachot et au secret.

— Tu aurais dû rester où tu étais, chevalier.

— Sous la lame de ton épée, je suppose…

Luirieux se leva à son tour. Ils s'affrontèrent du regard par-deçà la table.

— Dix ans. Tu as plutôt bonne mine pour un revenant. Tu ne crois pas qu'il est temps de tirer un trait sur le passé ?

— Jamais…

Luirieux ricana.

— Si tu crois pouvoir sauver cette putain, je ne ferai rien pour t'en empêcher. Elle t'égorgera dans ton sommeil. C'est ce qu'elle fait le mieux.

— Tu mens… Ce document n'est qu'un ramassis de mensonges !

Luirieux s'emporta :

— Alors quoi, qu'est-ce que tu crois, que j'ai monté ça de toutes pièces pour te contrarier ? Que je t'attendais ? Dis-toi bien que s'il y a une chose qui n'a jamais pesé sur ma conscience, c'est ce que je vous ai fait, à toi et à Mounia.

Incapable de résister plus longtemps à l'appel de sa haine, Enguerrand le saisit au col et le coucha violemment sur le plateau de hêtre, lui piquant la gorge du poignard qu'il avait arraché à sa ceinture. Impavide, le prévôt ricana.

— Je l'aimais. Autant que toi, alors vas-y, goûte au sang comme j'y ai goûté et tu comprendras enfin à quel point j'ai joui de ma vengeance. Vas-y ! Tue-moi.

La lame trembla d'impatience dans la main du chevalier. Il avait espéré ce moment-là dix années durant. Pas une nuit de sommeil sans rêver d'elle. Pas une seule. Le souffle court, la poitrine déchirée, il chercha une raison, juste une, de laisser vivre ce monstre. Il n'en trouva pas.

Pourtant sa main retomba. Il s'écarta, rangea sa lame et recula d'un pas, le timbre brisé d'un effort surhumain.

— Tu mourras, Luirieux. Tu mourras dans les pires souffrances, je t'en fais la promesse. Mais pour l'heure, je n'ai d'autre choix que de m'allier à ton combat. Voici ce que nous allons faire. Et si Fanette s'avère coupable, fais-moi confiance, elle non plus n'en réchappera pas.

*

Cette nuit-là, Fanette dormit en paix dans une des souillardes du château de la Bâtie, un sourire léger flottant sur ses lèvres. L'idée de recourir à Enguerrand pour confondre ses anciens compagnons de misère était la meilleure qui soit. Bien sûr, le prévôt questionnerait Villon et Mathieu. Mais Enguerrand le lui avait promis, quoi qu'ils disent pour la punir de les avoir fait prendre, il avait négocié son pardon. Elle jouissait dès à présent d'une impunité totale et avant longtemps retrouverait les siens. Pour le remercier, elle avait offert de servir Enguerrand à la Rochette. Le chevalier avait accepté et même souri en lui replaçant une mèche rousse derrière l'oreille. Fanette avait gagné.

C'est du moins ce qu'elle pensait, car, dans une autre aile du château octogonal, Enguerrand faisait part à sa mère de l'accord qu'il avait passé avec le meurtrier de son épouse et d'un autre gardé secret, destiné à mettre enfin en paix une part de sa mémoire.

Étendu sur sa couche au premier étage du corps de garde de ce même castel, Dumas regardait avec tendresse tressauter le ventre rebondi de la femme qu'il aimait. Elle venait d'accepter qu'il la marie, sans lui reprocher ces longs mois d'espoir durant lesquels, malgré son état et les ragots, il avait eu peur de la demander. Il ne lui avait pas dit que sa décision avait été emportée par une confidence. Celle d'Enguerrand concernant le crime de Luirieux, sur Mounia et leur futur enfant. À l'instant où il promettait au chevalier de l'aider dans sa vengeance, Dumas avait compris que rien ne serait plus précieux à ses yeux que cet enfant à naître. Et qu'il faudrait éradiquer jusqu'au dernier cette bande d'égorgeurs afin qu'ils ne le lui prennent pas ainsi que Fanette l'avait été.

Dressé sur sa paillasse en plein cœur de la montagne, Petit Pierre venait, lui, de s'éveiller en sursaut. Mais cette fois, il n'était plus seul face à son cauchemar. Il tendit la main, secoua l'épaule de Bertille qui dormait à côté. Les torches éteintes pour les économiser, la pénombre régnait dans la grotte de Choranche. Sans mot dire, la fillette roula pour se rapprocher et se pelotonna contre lui. Cela suffit à le rassurer. Refusant l'appel de plus en plus pressant de Mélusine, il se félicita d'avoir trouvé le courage de lui révéler toute la vérité.

À quelques pas de là, Mathieu venait de la même manière d'apaiser Celma. Sa compagne avait eu une vision. Une vision terrible qui l'avait bouleversée. Si les compagnons d'exil de Fanette n'étaient pas revenus la veille au campement pour annoncer que cette dernière avait disparu, sans doute aurait-il minimisé ce que la devineresse prophétisa. Mais Mathieu ne pouvait ignorer le danger. Il demeura toute la nuit l'oreille aux aguets, se promettant dès le lendemain de chercher avec Villon une autre issue à cette grotte pour ne pas y rester emmurés.

Au Vatican, dans l'aile des appartements Borgia mise à la disposition de Djem et protégée par des janissaires, la danse lascive de deux corps mêlés troublait le silence. Son accoutrement de valet jeté au pied du lit, Hélène se donnait à l'homme qu'elle n'avait cessé d'aimer, forte de la certitude que son déguisement était parfait.

Elle se trompait.

Par un œil-de-bœuf qui s'ouvrait silencieusement dans une des fresques murales que Pinturicchio avait peintes à sa demande, un homme les regardait. Un homme qui, avant de jouir de la jolie Hélène ainsi qu'il l'avait décidé, avait espéré s'exciter de ses turpitudes à la faveur des chandelles. Un homme de Dieu qui comprenait le mensonge mieux qu'aucun autre et qui, à cet instant, choisit de préserver leur secret. Non qu'il fût touché par leur grâce, mais parce que cela servait ses intérêts. Et sa curiosité. Car s'il comprenait aisément que cette belle jeune femme cambrée sur le vit de Djem était la véritable Hélène de Sassenage, celle qu'on lui avait présentée possédait un mystère beaucoup plus attrayant à dévoiler. Quant au roi de France, s'il avait prévu d'utiliser à ses fins cette idylle, Alexandre VI Borgia saurait y remédier. Tout le monde le savait. Un valet était bien plus facile à faire disparaître qu'une damoiselle bien née…

Cette même nuit, en plein cœur de Rome, dans le palais qu'elle occupait avec Aymar de Grolée et Jacques de Sassenage, Elora fut réveillée par un hurlement sous sa fenêtre. Elle se leva, ouvrit les volets et, à la faveur de la lune pleine, se pencha pour regarder. Un jeune gueux se mourait sur les pavés, la main ensanglantée sur le ventre. Elora entendit s'éloigner la cavalcade de ceux qui l'avaient agressé. Malgré la douleur qui tordait son visage et bien qu'elle ne l'eût jamais rencontré auparavant, elle sut qui il était. D'un regard elle balaya la ruelle. Personne, à part un petit singe qui revenait vers son jeune maître en poussant des cris craintifs. Sans hésiter, Elora enjamba le parapet et sauta dans le vide. Malgré les deux étages qui la séparaient du sol, elle se reçut sans mal et se précipita au chevet du blessé.

Le jeune garçon avait fermé les yeux, mais elle savait que son destin n'était pas de mourir là, dans la puanteur de cette ruelle. Repoussant l'animal qui, inquiet, lui soulevait les paupières, Elora s'agenouilla près de lui, écarta ses mains molles et sales et posa une des siennes à plat sur l'estafilade. Une intense lumière bleue naquit sous ses doigts jusqu'à peu à peu le baigner en entier. Lorsqu'elle s'éteignit, il bascula violemment vers l'avant, la poitrine sifflant en quête d'air. Il jura entre deux quintes de toux et finit par cracher un caillot de sang aux pieds velus du singe qui se tordait les poignets d'angoisse. L'animal grimpa aussitôt le long du bras pour se percher sur son épaule, un rictus à la bouche.

— Ça va, Bouba, ça va ! le rassura-t-il avant de fixer Elora. T'es quoi au juste ? Un ange ? Comment t'as fait ça ?

— Cela fait beaucoup de questions, Khalil.

Il béa de la bouche.

— Tu connais mon nom ?

— Et deux ou trois choses dont tu n'as pas seulement idée, approuva-t-elle dans un bâillement en se relevant. Rentre chez toi, ça vaut mieux.

— J'ai pas de chez-moi.

— Si tu le dis…

Le temps des réponses n'était pas venu pour lui. Elora leva les yeux vers sa fenêtre. Sitôt évoqué en pensée ce lit confortable qui l'attendait, elle s'éleva du sol, portée par un souffle léger qui laissa le jeune gueux médusé. Sans qu'il en ait conscience, par le simple fait de leur rencontre, une part de l'enfance d'Elora venait, elle aussi, de s'envoler.

— À charge de revanche, lui dit-elle en guise de bonsoir avant de refermer ses volets.

Oui, pour beaucoup d'êtres, cette nuit-là fut longue. Mais moins que pour Hugues de Luirieux qui, avec le retour d'Enguerrand, voyait ressurgir le passé. Avant de rouler, ivre mort, sous la table jonchée de bouteilles vides, il se demanda ce qui serait le pire pour Enguerrand de Sassenage. Continuer de croire à la mort de Mounia ou apprendre qu'en réalité il ne l'avait pas assassinée…

12.

Recueillie dans une auberge de Romans, la nouvelle atteignit la grotte trois jours plus tard. Revenu du Nouveau Monde avec le sire Colomb, un seigneur grenoblois rentrait au bercail, chargé d'or. Craignant une attaque, il attendait le pire de l'hiver pour longer l'Isère, avec un simple chariot à bœuf et trois hommes pour l'escorter.

Les femmes vaquaient à la vaisselle, les enfants jouaient à l'abri d'un vent d'est glacial qui charriait de lourds nuages blancs. La neige épaisse et collante, celle qui barrerait définitivement les routes et les contraindrait à hiverner, était en chemin. C'était l'affaire d'un jour, peut-être deux.

Villon avait réuni le conseil. Quarante-sept valeureux brigands. Et Celma. Assis en cercle dans un recoin de la salle d'entrée, sous une arche de pierre.

D'ordinaire, ils n'étaient pas longs à se décider. Mais ce jourd'hui, la prédiction de la devineresse pesait lourdement et Villon avait beaucoup de mal à rétablir le silence. Le clan était divisé.

— On peut pas laisser passer cette chance, Villon. Un chargement pareil ! Et si peu gardé ! s'insurgea Briseur, un colosse que rien n'impressionnait jamais sinon l'idée de fortune.

Des exclamations fusèrent. Ils étaient nombreux à soutenir cette initiative. Ce fut un dénommé La Malice, malingre doté d'une ingéniosité sans pareille qui exprima le fond de leur pensée :

— Du temps de Fanette…

Aussitôt un silence de mort s'abattit sur le cercle. La Malice haussa les épaules.

— Ben c'est vrai, quoi…

Villon comprit en cet instant combien elle avait imprimé sa marque en eux. Chacun avait des raisons de la haïr, mais autant de louer son sens tactique et sa témérité. Il se dressa et leur fit face.

— Celma nous recommande d'abandonner. Pas une seule fois par le passé elle ne s'est trompée. Toi, Grogniar, ne t'a-t-elle pas dit que tu aurais la jambe brisée par un éboulis ? Et toi, Tadam, l'oreille arrachée ? Benoît, que ta femme mourrait en couches si tu l'engrossais ? Emportés par les moqueries de Fanette, l'avez-vous crue alors ?

Les concernés baissèrent le nez. Villon appuya son avantage.

— Vous connaissez Fanette autant que moi. Si elle a abandonné ses hommes, ce n'est pas sans raison.

Il se tourna vers un de ceux qui avaient suivi l'exilée à Bournillon et était revenu ces jours derniers.

— Tu lui as toujours été fidèle, Blanchet.

— Elle aimait ma cuisine… se défendit-il en haussant les épaules.

En vérité, le clan tout entier savait qu'il avait toujours espéré la récupérer. Villon poursuivit, la mine sombre :

— Ne m'as-tu pas confié que Fanette avait juré de se venger ?

— Pour sûr qu'elle en avait l'idée.

— Qui peut croire une seule minute qu'elle y ait renoncé ? Aucun de nous. Celma a vu les soldats nous assiéger et du sang, beaucoup de sang, rougir la neige. Je vous le dis, Fanette nous a trahis, voilà ce que moi je pense.

Il se rassit entre Mathieu et Celma, qui partageaient son sentiment et son inquiétude, laissa l'onde de choc se propager. Bientôt, un brouhaha de voix implosa sous la voûte, rehaussé par l'écho de la salle. Villon le laissa s'étendre de longues minutes durant, puis, se levant de nouveau, imposa le silence :

— Je me rangerai à la majorité, comme c'est la règle dans notre communauté. Mais avant de passer au vote, si l'un de vous…

— Moi, j'ai quelque chose à ajouter.

Briseur se dressa et se tourna vers la devineresse.

— T'as toujours dit la vérité, Celma, j'suis là depuis le début pour en témoigner, mais j'sais aussi que grâce à Fanette et à La Malice, on a réussi beaucoup d'expéditions que tu nous déconseillais. Si cette garce nous a vendus, faudra qu'elle paie, c'est sûr, et je s'rai le premier à lui cogner dessus. Mais j'crois pas, sinon les hommes du prévôt s'raient déjà venus nous prendre au piège. Z'ont pas besoin d'un convoi pour ça.

Villon pinça les lèvres. Les autres acquiesçaient d'un mouvement de tête. Enhardi par le soutien de ses compagnons, Briseur enchaîna :

— Si ta prédiction doit se réaliser, elle se réalisera. Alors autant l'anticiper, comme Fanette le suggérait chaque fois. Avec ce trésor, nous s'rons riches. Nous pourrons nous ach'ter une nouvelle vie. Quitter c'trou à rat. Avant que ça arrive.

— Ouais, conjurons le sort encore une fois ! beugla La Malice.

Au grand désarroi de Mathieu, de Villon et de Celma, livide, toutes les mains, à l'exception d'une dizaine, se levèrent en faveur de cette option. Ils n'avaient d'autre choix désormais que d'accepter le combat.

Deux heures plus tard, tandis que Villon préparait l'embuscade avec ses hommes, Mathieu prenait une torche et, sous le regard de son fils, s'enfonçait dans les profondeurs de la grotte.

Persuadé qu'il allait y rejoindre Mélusine, Petit Pierre n'hésita qu'une seconde, le temps de chercher Bertille des yeux. Ne la trouvant pas, il partit à la course pour rejoindre son père, bien résolu à rencontrer avec lui cette créature qui refusait de le laisser en paix.

*

Elora était prête bien avant les recommandations des deux hommes qui croyaient veiller sur elle depuis son enfance. Elle les chérissait sincèrement. Aymar de Grolée et Jacques de Sassenage. Parvenus devant la double porte du cabinet du Saint-Père où ils avaient tenu à l'escorter, elle perçut leur appréhension au moment de la laisser entrer. Elle ne s'en troubla pas, au contraire, elle les rassura d'un sourire confiant.

Le *camerligho* qui les avait reçus puis guidés jusque-là tourna vers eux sa tête lourde et carrée.

— Vous pouvez attendre en ce lieu si vous le souhaitez, leur proposa-t-il avec une amabilité que démentait le pli entre ses sourcils trop fournis. Quant à vous, mon enfant, si vous voulez bien entrer…

D'un geste du poignet, il donna l'ordre aux mercenaires suisses en faction, armés de hallebardes, d'écarter les battants frappés de deux clés entrecroisées.

Elora souleva le bas de sa robe de brocart, empruntée aux dernières tendances de la cour, et s'avança dans une vaste pièce luxueuse. Planté au milieu de cette superbe, Alexandre VI exhalait la sienne. Le rubis qu'il portait sous son cou relâché, pour retenir les pans d'une étole, elle-même enchâssée de pierres précieuses et rebrodée de fils d'or, aurait pu soulager la moitié de Rome de sa misère.

Elora n'en conçut que mépris. Elle vint pourtant mettre un genou à terre et baiser la bague qu'il lui tendait. Derrière elle, les bruits s'étaient estompés. Ils étaient seuls ainsi que l'un et l'autre le souhaitaient.

Depuis fort longtemps, Alexandre VI prônait l'art du mensonge comme une vertu. L'Église du Latran elle-même reposait sur ce principe. Prêter à Dieu la parole des hommes. Mais il avait appris aussi qu'en certaines et rares circonstances, mieux valait étaler franchement des cartes pour protéger ses atouts.

— Accompagnez-moi, voulez-vous, j'aimerais vous montrer quelque chose, dit-il avec affabilité en la relevant.

Elora se laissa entraîner par cette main moite vers une petite porte basse qu'il déverrouilla. Un couloir tout en longueur formait cloître devant eux. Ils l'empruntèrent dans un silence profond, seulement troublé par le martèlement de leurs chaussures sur le marbre et par le ruissellement d'une fontaine qu'Elora aperçut au-delà des arcades.

Sans davantage d'explications, Alexandre VI déboucla une nouvelle serrure et s'effaça pour la laisser entrer. La chambre somptueuse qui s'ouvrit devant elle offrait au plafond une nuée d'étoiles et sur les murs une vision merveilleuse du paradis. Un lit en occupait le centre.

Elora ne s'en offusqua pas. Se tournant vers lui, elle lui adressa un sourire moqueur.

— Curieux endroit pour une confession, Votre Sainteté…

Il en convint d'un signe de tête avant de se diriger vers une des fresques au centre de laquelle, à hauteur d'homme, un œil gigantesque dardait sur le monde un faisceau de lumière. Répondant à l'appel de sa main tendue, Elora l'y rejoignit et appliqua sa prunelle contre l'ouverture.

Le prince Djem, de l'autre côté, tenait sur ses genoux un valet au cul dénudé et tous deux s'accordaient d'un mouvement de reins particulièrement explicite. Elora s'écarta, autant par pudeur que par respect. Tandis que le pape rabattait un clapet de bois peint sur l'œilleton, elle rejoignit la fenêtre et s'appuya d'une épaule contre le montant. César Borgia traversait la cour avec son homme de main, Michelotto, mais l'épaisseur du verre lui vola leur conversation, visiblement animée.

— Auquel de vos enfants avez-vous donné cette information ? demanda-t-elle.

Le pape qui l'avait rejointe la couvrit d'un œil faussement marri.

— Vous me jugez bien sévèrement, ma fille. Le prince Djem n'est pas mon ennemi. Quel intérêt aurais-je à le mettre dans l'embarras ?

Elora le toisa avec froideur.

— Le même que celui qui vous fit accepter l'argent de son frère le sultan, ainsi que son soutien contre le roi Charles, peut-être.

Alexandre VI se troubla. Cette petite garce était moins ingénue qu'elle n'y paraissait.

— Vous vous égarez…

Elora se mit à rire. Il était temps pour elle de reprendre l'avantage.

— Pas autant que votre envoyé en Istanbul, Giorgio Buzardo. À l'heure où nous conversons de si jolie manière, il vient d'être capturé à Sinigaglia en possession de lettres fort compromettantes et d'un ambassadeur turc. Je crains que votre rival, le cardinal Julien, n'empoche à votre place les quarante mille ducats de la pension de Djem. Ducats qui auraient été plus utiles à votre armée qu'à la sienne, ne trouvez-vous pas ?

Pas un seul des muscles du visage d'Alexandre VI ne bougea, et Elora dut lui reconnaître une belle maîtrise de lui-même. Mais à cela aussi elle était préparée. C'était la principale caractéristique des Borgia.

— Quel talent d'affabulation, mon enfant !

Une pointe d'agacement. Elora éclata d'un rire frais.

— De divination serait plus juste, Votre Sainteté.

Cette fois, la colère empourpra les traits d'Alexandre VI.

— Ne blasphémez pas ma fille.

Elle se dressa devant lui, releva le menton avec défi.

— Le Vatican lui-même est devenu blasphème.

La gifle partit, s'imprima avec violence sur la joue d'Elora, griffant sa lèvre. Elle l'accusa d'un mouvement de nuque, mais ramena aussitôt vers lui ses yeux à la limpidité du péridot. D'une langue gourmande, elle effaça la goutte de sang qui perlait et se plaqua contre lui.

— Tu veux ma virginité, vieux porc, je te l'offre. Mais ne t'y trompe pas. Tu ne jouiras pas de moi. Personne ne peut jouir de moi. Et tu sais pourquoi ? Parce que je suis le diable et que le diable obtient toujours ce qu'il veut mettre en croix.

*

Mathieu se trouvait au début de la galerie, à l'endroit même où Bertille et Petit Pierre avaient échangé leur baiser, lorsque, se distinguant du fracas habituel, le bruit d'une cavalcade l'arrêta.

— Qui va là ? demanda-t-il en promenant vers l'arrière les flammes de sa torche, accrochant dans une fissure le corps translucide d'un protée.

Petit Pierre se dirigea vers sa lumière pour le rejoindre, le souffle trop raccourci par sa course pour répondre.

— Petit Pierre ? Mais qu'est-ce que tu fais ici ? s'étonna son père.

L'enfant s'immobilisa enfin à quelques pas de lui, les mains sur les genoux. L'angoisse au ventre, Mathieu s'empressa vers lui et le secoua.

— Parle, voyons !

Les joues rouges, Petit Pierre hoqueta.

— Je viens avec toi.

Mathieu soupira de soulagement. Il avait craint que la prédiction de Celma ne les ait rattrapés déjà. Il froissa la chevelure brune et bouclée de son fils.

— Voyez-vous ça ! Et qui te l'a permis ?

— S'il te plaît, papa, implora le garçonnet, la figure si grave que Mathieu fléchit.

— Très bien. Mais à une condition. Tu marches dans mes pas et uniquement dans mes pas. Compris ?

Petit Pierre hocha la tête. Mathieu reprit sa route. Dès les premiers jours de leur installation, accompagné de Villon, il s'était enfoncé dans les concrétions tumultueuses des grottes de Choranche. Aucune des salles n'avait échappé à leur inspection. Ils n'avaient pas trouvé d'autre issue que celle découverte fortuitement douze ans plus tôt. La seule pièce qu'ils n'avaient pas explorée était recouverte intégralement d'une eau profonde. Ils avaient bien eu l'idée de fabriquer une embarcation légère pour s'y promener, mais de jours en semaines et de mois en années, ils en avaient perdu la nécessité. C'était là que Mathieu avait décidé de se rendre. Somme toute, ils n'avaient pas envisagé la possibilité de contourner le lac. Peut-être existait-il un passage invisible qui permettrait d'atteindre l'autre rive. Bien que raréfié, de l'air circulait. Partout. Laissant supposer l'existence d'une autre sortie.

Ils marchèrent longtemps en silence, attentifs à l'endroit où ils posaient les pieds, aux fistuleuses de calcaire qui, par endroits, leur piquaient le crâne, s'émerveillant du spectacle qui s'ouvrait dans la fenêtre de lumière que Mathieu brandissait. Si Petit Pierre s'inquiétait de se perdre, Mathieu, lui, avançait sans crainte.

Lorsqu'ils parvinrent enfin au bord du lac, un silence majestueux les enveloppa, et Petit Pierre sentit son cœur se serrer. Aucune mélodie n'était venue guider leur marche, mais il glissa sa petite main dans celle de son père et leva vers lui un visage inquiet.

Mathieu lui sourit.

— Nous y sommes, fiston.

Petit Pierre déglutit. Il allait enfin savoir. Fixant les eaux émeraude dans la lueur du falot, il chuchota :

— Elle est là, tu crois ?

Mathieu fronça les sourcils.

— Qui ça ?

— Ben… Mélusine…

Un frisson glacé s'abattit sur les épaules de Mathieu. Dix années que ce nom-là n'avait pas été prononcé devant lui. Il s'agenouilla devant son fils, furieux qu'on lui en ait parlé.

— D'où tu tiens ça, toi ?

Petit Pierre ne se laissa pas impressionner par la souffrance dans ses yeux. Il était bien trop heureux de se libérer enfin du fardeau qu'il portait. Il lui raconta tout. Son cauchemar. Le baiser. Le chant.

Lorsqu'il eut terminé, Mathieu était si défait que son fils le crut fâché.

— J'y serais pas allé tout seul, tu sais.

Mathieu le serra contre lui. Il y avait plusieurs lieues d'ici au Furon. Ce n'était pas la même rivière. Mélusine ne pouvait pas avoir traversé, hurlait sa raison. Mais il connaissait aussi le pouvoir destructeur de la démone. Elle ne lui prendrait pas son fils comme elle lui avait pris Algonde.

— On s'en va, décida-t-il.

— Mais…

— Ne discute pas. On s'en va.

Il entraîna Petit Pierre par la main. Ils n'avaient pas atteint le tunnel qu'un gigantesque éclat fit vibrer l'air au-dessus d'eux. Ils sursautèrent et se retournèrent de concert. L'eau tremblait d'une vague qui venait presque lécher leurs pieds. Mathieu poussa son fils dans le passage.

— Cours, hurla-t-il. Cours !

Mais Petit Pierre était statufié. Un buste serti de longs cheveux couleur châtaigne venait d'émerger de l'onde et, tels qu'en son rêve, de grands yeux tristes les fixaient.

Un instant, Mathieu crut défaillir face à ces traits ruisselant d'eau claire. Un instant seulement. Car si Algonde et Mélusine étaient semblables de visage de par leur parenté, c'était tout ce qu'il pouvait concéder de beauté à la femme-serpent. Refusant l'appel du regard désespéré, il s'empara de la main de son fils et déguerpit pour lui échapper.

— S'il te plaît, Mathieu, s'il te plaît… implora la créature.

Cette voix. Traîtrise. Mensonge. Mathieu s'interdit d'y succomber.

Petit Pierre était à bout de souffle. Il volait presque, accroché à cette paume qui écrasait la sienne, malgré l'étroitesse du passage. La rivière paraissait trop peu profonde pour que Mélusine l'emprunte, mais Mathieu n'était plus sûr de rien désormais. Ils arrivèrent enfin devant le tunnel conduisant à la salle d'entrée.

— Il ne faut pas avoir peur de moi, leur porta l'écho étouffé.

Ils étaient hors d'atteinte. Mathieu tomba à genoux, épuisé de lutter contre sa propre douleur, contre cet appel insidieux en lui qui, sans son fils, l'aurait sans doute poussé à y retourner. Retourner et mourir. Car tel serait le prix pour pouvoir contempler encore la copie du visage de sa bien-aimée.

À bout de souffle, Petit Pierre s'était laissé choir sur le sol. Son poignet lui faisait si mal qu'il le pensait brisé. Des larmes de douleur et d'angoisse vrillaient son visage. Mathieu se désola.

— Tu es le seul qui me reste Petit Pierre. La seule personne que j'aime en ce monde. Alors, je te le demande : quoi qu'il advienne, n'y retourne jamais.

— Jamais, répéta Petit Pierre.

Au moment où ils se levèrent pour rentrer, une mélopée explosa sous la voûte, relayée par l'eau vive à leurs pieds. Si pure, si bouleversante de détresse qu'ils se mirent à courir de nouveau pour lui échapper.

*

Dès le premier coup de reins, il s'enflamma d'une lubricité excessive. Était-ce ce chant qu'elle glissait à son oreille, son parfum d'eau vive ou la texture ferme de sa peau, il n'aurait su le dire, mais son excitation atteignit son paroxysme au bout de quelques secondes sans qu'il parvienne à la soulager d'aucune manière. Elora n'en avait cure. Elle ne ressentait rien qu'elle ne voulait ressentir. N'éprouvait rien qu'elle ne s'autorisait. Tout au contraire, elle s'amusait de cet homme, sans doute le plus puissant au monde, qui s'épuisait sans parvenir à ses fins.

Lorsque, une bonne heure plus tard, elle le comprit à bout de souffle, le cœur prêt à lâcher, elle tut sa mélopée et le repoussa sur le côté. Il se laissa tomber sur le dos, en nage, les cernes profondément creusés, la face écarlate, la poitrine barrée d'une douleur aiguë, les mains crispées sur les draps. Ses reins continuaient de frémir, son vit de se dresser. Son esprit de s'embraser.

Elora écrasa le torse du pape de son coude et essuya d'un coin de drap la sueur qui dégoulinait sur son crâne tonsuré. Elle se réjouit de voir passer un éclair de panique dans ses yeux. Alexandre VI avait cessé de douter des pouvoirs qu'elle possédait.

— Je crois qu'il est inutile de te rappeler que le mariage d'Hélène de Sassenage et d'Aymar de Grolée doit au plus tôt être annulé, n'est-ce pas ?

Il voulut acquiescer mais en fut incapable, tant la douleur le vrillait. Elora lui sourit, cette fois avec bienveillance.

— Pas un mot non plus de ce joli valet turc, nous sommes bien d'accord.

Un râle jaillit de la bouche du pape. Elora l'accepta comme un assentiment.

Elle se redressa, quitta la couche et se rhabilla, prolongeant sans plaisir la torture qu'elle lui infligeait encore. Lorsqu'elle fut prête, elle se tourna vers son regard suppliant.

— Je vais te délivrer, Rodrigo Borgia, mais avant, pour te prouver que je ne t'en veux pas, je vais te donner un conseil. Prépare-toi. Tu n'as acheté qu'un seul des Orsini. Virginio, le condottiere, ne va pas apprécier que des Turcs soient reçus fastueusement dans sa propre ville de Naples. Surtout pour s'allier à ton cher ami le roi Alphonse contre les Français. C'est un fervent chrétien, lui. Je crains fort qu'il n'incite les siens à soutenir le roi Charles. Avec Anguillara et Bracciano, tes frontières vont s'abattre. Et comme si cela ne suffisait pas, cette chère Julie Farnèse risque fort de tomber entre de mauvaises mains. Mais bien sûr, dans ton état présent, tout cela t'indiffère, n'est-ce pas ?

Elle gagna la porte, se retourna sur un sanglot. Pour la première fois de sa vie, Rodrigo Borgia devenu Alexandre VI implorait une femme. Elora tendit son index vers lui. Il se cabra sur la couche, les mains broyant les draps, le vit démesuré. Il explosa en une gerbe de semence qui lui arracha un hurlement de damné. Elle attendit qu'il retombe, anéanti par cet orgasme improbable, inimaginable, pour répéter d'une voix sépulcrale :

— N'oublie pas, Rodrigo. Le diable obtient toujours ce qu'il veut mettre en croix.

L'instant d'après, elle n'était plus là.

13.

Khalil était enfant de bohémiens. Du plus loin où portaient ses souvenirs, les chaos de la route avaient bercé son enfance, et ce qu'il savait du monde parcouru sans relâche dans la roulotte de ses parents, c'était qu'il leur appartenait, puisque les villes et les villages dans lesquels ils s'arrêtaient leur payaient tribut. Malgré leurs mines misérables, leurs animaux dressés et leur réputation houleuse, on les autorisait à monter campement où bon leur semblait et à circuler librement.

Depuis qu'ils s'étaient arrêtés à Rome pourtant, le garçonnet d'une dizaine d'années, bien que d'une corpulence déjà impressionnante, se voyait confronté à un changement radical d'attitude. Il en avait eu la preuve trois jours plus tôt, quand il avait été agressé par la bande de gueux qui en voulaient à la bourse rebondie gagnée dans la journée avec les pitreries de son singe. Personne n'aurait eu l'idée de le voler jusque-là, par crainte des représailles qu'impliquaient les lettres de protection détenues par son grand-père, le noble Nycola, comte de petite Égypte Sarrazin, et signées par le duc d'Allemagne et l'empereur de Bohême.

Son grand-père, Khalil ne l'avait pas connu. Tout ce qu'il en savait lui venait de Nycola le jeune, son propre père, qui, reprenant le flambeau, commandait leur troupe de cinq familles. À la veillée qui rassemblait leur communauté, Khalil pouvait rester des heures à se bercer des chants, de la musique des guitares et des danses chaloupées des femmes dont les jupons frangés semblaient vouloir s'envoler. Tandis que le feu crépitait à la faveur de l'air et de la poussière qu'elles soulevaient au rythme de leurs pieds nus cerclés de grelots, Khalil s'évadait, plus loin qu'il n'était allé encore. Vers l'Inde et cette province du Sindh, luxuriante et généreuse, que son père décrivait comme le berceau de leur peuple. Souvent, la nuit, Khalil rêvait qu'il s'y rendait, chevauchant à cru avec d'autres, dont les visages restaient cachés. Au bout de la course pourtant, l'un d'eux lui apparaissait, celui d'une femme dont la beauté farouche, la peau mate et les grands yeux noirs emplis d'amour le bouleversaient.

Pour l'heure, un autre visage le hantait. Celui de l'ange qui l'avait sauvé dans la ruelle, réparant sa blessure dans une lumière divine. Il s'était bien gardé de mentionner sa présence, justifiant la perte de son gain par la course qu'il avait été obligé de prendre pour se protéger. Son père avait tempêté contre cette ville immorale et ce pape qui tardait à le recevoir, avant de se signer pour chasser le blasphème. Khalil savait combien étaient précieuses pour leur communauté de nouvelles lettres de protection. On regardait avec de moins en moins de bienveillance celles de son grand-père, leurs signataires étant, comme lui, morts depuis longtemps. Mais depuis deux mois qu'ils étaient en ville, réfugiés derrière la chapelle du Latran, ils n'avaient reçu que des promesses. Rien de concret, pas même les vingt florins que le Vatican s'était engagé à leur donner.

De semaine en semaine, la situation se dégradait.

C'est la raison pour laquelle, le cœur battant déraisonnablement dans sa poitrine, il suivait depuis trois jours et de la manière la plus discrète qui soit tous les déplacements de cette fille qui l'avait sauvé. Khalil n'avait aucun doute là-dessus. Si cet ange réincarné, auquel le Vatican ouvrait les portes, avait volé jusqu'à lui, c'était pour l'aider à obtenir ce que son peuple désirait.

Elora s'amusait beaucoup de ce jeu de cache-cache, où le jouvenceau détalait à toutes jambes pour ne pas perdre de vue la litière dans laquelle elle était montée. D'une grande agilité, il se faufilait à travers la population crasseuse qui emplissait les rues, repoussait les appels et les attouchements des putains comme des prêtres, évitait les malfaisants et sautait régulièrement par-dessus les immondices que chats, chiens errants et miséreux se disputaient. Elle lui aurait volontiers ouvert sa portière pour le laisser monter, mais cela n'aurait pas été du goût d'Aymar de Grolée ni du baron Jacques. Depuis qu'Elora était ressortie du cabinet du pape en leur affirmant sans autre explication que l'affaire était réglée, ils craignaient tout et son contraire. Il aurait sans doute suffi à Elora de leur raconter pour qu'ils soient convaincus qu'elle ne craignait rien, mais elle savait qu'ils auraient été profondément choqués. Rien en elle jusque-là ne les avait préparés à semblable perversité. Elle n'en avait pas usé par plaisir, encore moins par nature. Elle était seulement capable de s'adapter à l'ennemi qu'elle rencontrait. Difficile de le faire entendre à ces deux hommes qui, malgré son apparence d'aujourd'hui, voyaient en elle une fillette de onze ans. L'âme d'Elora était pétrie de centaines de milliers d'années. Mais cela, elle seule le savait.

Les cris du singe lui parvinrent à travers la porte pleine de la litière, suivis des hurlements d'un maraîcher. Elle étouffa un rire. Longeant le Tibre, ils approchaient du vieux pont qui permettait l'accès au château Saint-Ange. Chaque jour, à cet endroit, le même rituel se produisait. L'animal chapardait une pomme à l'étalage et son maître devait courir plus vite. Les pensées d'Elora s'envolaient alors vers le castel de Bressieux et vers Mayeul qu'elle y avait laissé. Son compagnon de jeux lui manquait. Elle ne pouvait s'empêcher de penser qu'un jour, pas si lointain, ces deux-là s'entendraient à merveille, pourchasseraient le même but et partageraient avec elle les mêmes aventures. Ce jour-là, tous trois auraient perdu ce qui les rattachait à leur enfance, mais pas à leur passé.

Pour l'heure, Aymar de Grolée était soucieux et Jacques de Sassenage, ronchon. Ce dernier, installé à ses côtés sur le siège, tourna vers elle un visage fermé.

— Ta légèreté me dépasse, Elora. As-tu seulement conscience du danger que nous encourons à traverser chaque jour ces rues mal famées ? !

Elle le couvrit d'un œil affectueux, posa une main légère sur sa manche.

— Vous vous inquiétez pour rien, grand-père. On ne nous attaquera pas davantage aujourd'hui qu'hier. Notre escorte est solide, vos soldats aguerris. Ils impressionnent les coupe-jarrets. Je vous le répète. Nous sommes plus en sécurité à Rome qu'au Vatican.

— Mais loin d'Hélène…

Elora fixa Aymar de Grolée qui venait de parler.

— Elle s'accommode fort bien de son état de valet, vous avez pu en juger vous-même. Tous les regards sont braqués sur nous et nous seuls. Je ne crains pas le poison et encore moins les Borgia. Mais vous ne pouvez en dire autant.

Jacques de Sassenage se désola :

— Tu es aussi têtue que l'était ta mère. Algonde aussi se croyait invulnérable… Ça n'a pas empêché la mort de la faucher.

Elora prit une profonde inspiration.

— Les apparences ne sont pas toujours vérité.

Ils la dévisagèrent sans comprendre.

— Il faut parfois abandonner les siens pour permettre à un enfant-roi de grandir en secret.

Ils blêmirent.

— Qu'essaies-tu de nous dire, Elora ?

Elle sourit avec tendresse. Comme elle les aimait !

— Le fils d'Hélène et de Djem est toujours en vie. Et moi, j'ai une mère aimante avec laquelle je n'ai pas cessé de communiquer.

Ils n'eurent pas le temps de comprendre. La litière venait de toucher le sol et un doigt recourbé toquait au panneau de bois qui recouvrait la vitre de la portière.

— Nous sommes arrivés devant les gardes suisses. Faites bonne figure, messires. Quelque chose me dit qu'aujourd'hui nous aurons le plaisir de voir Sa Sainteté, s'amusa Elora.

*

Mathieu avait refusé de laisser Petit Pierre à Choranche, à la merci de Mélusine. Il se souvenait trop du pouvoir d'un chant pour annihiler toute volonté. Certes, c'était celui de Marthe qu'il avait autrefois subi lui-même, mais ces deux démones partageaient la même mère et la même cruauté. Et puis, il y avait un appel bouleversant dans cette voix. Si lui, sachant tout ce dont Mélusine était capable, avait dû lutter contre lui-même pour lui échapper, Petit Pierre n'avait aucune chance. De deux maux, Mathieu avait choisi le moindre. Il l'avait emmené avec eux.

Les autres n'avaient pas discuté. L'enfant s'était raisonné depuis sa première embuscade, fort des paroles de son père. Il avait compris que tuer était une nécessité. Il s'en savait incapable, lors, les deux fois suivantes où il avait servi de leurre, il s'était contenté de détourner la tête, de réprimer la nausée qui lui venait et de penser à la potence.

S'il s'était senti soulagé de la décision de son père, craignant leur séparation plus encore que le sang versé, l'enfant serrait maintenant les dents de douleur. La neige s'était invitée la nuit précédant leur départ. Elle continuait de tomber en lourds paquets et ils avaient dû attacher un entrelacs de branches et de cordes sous leurs chaussures pour pouvoir avancer sans trop s'enfoncer. Malgré cela, les pieds du jouvenceau étaient trempés et glacés. La douleur lui remontait le long des jambes et jusqu'à l'aine. Comme il savait que tous souffraient de même, il refusait de se plaindre. Selon les dires du soudard qui les avait renseignés moyennant quelques pichets de vinasse, le convoi partirait de Romans-sur-Isère, longerait le fleuve et traverserait au pont de Saint-Quentin pour reprendre la rive sud. C'était là qu'ils devraient le rejoindre s'ils tenaient la cadence de marche, dormant quelques heures seulement dans des abris sommaires. Mais dans cette tourmente qui ne voulait pas cesser et cinglait épaules et visages malgré capuches de cuir, écharpes et manteaux de fourrure, Petit Pierre, fatigué de lutter, se demandait s'ils y parviendraient.

Tout en mastiquant une tranche de lard séché, Mathieu l'avait rassuré. Le mauvais temps n'aidait en rien le cheminement d'un chariot, même en bordure de la rivière et sur la grand-route. Si les rafales y étaient certainement moins virulentes, les congères avaient le temps de se former d'une heure sur l'autre. Il n'était pas rare d'y laisser une roue, surtout avec un chargement aussi lourd que l'or. Bien qu'il y eût fort à parier que son propriétaire avait anticipé ces difficultés, il avancerait au moins aussi lentement qu'eux, dont la distance à parcourir était de moitié.

Restait à savoir si, au point de rencontre, il leur resterait assez de force et d'agilité pour le détrousser. Au vu de ses doigts gelés, de ses membres tétanisés, Petit Pierre en doutait. D'autant qu'aucun feu ne pouvait être envisagé. Quand bien même les chutes de neige ne l'auraient pas éteint, ils ne pouvaient prendre le risque que la fumée trahisse leur avancée. Autre chose le taraudait. Au fil des heures, il avait vu les paysages se ressembler tellement sous ce manteau immaculé qu'il avait du mal à croire que les anciens savaient où ils allaient. Aucun sentier ne se voyait plus. Leurs traces étaient recouvertes sitôt après leur passage. Lorsque l'Isère et son long serpent sombre lui apparurent à la hauteur des gorges du Nan, Petit Pierre en aurait pleuré.

— Nous allons longer le fleuve. Ce sera plus facile à présent, lui assura son père, empli de fierté devant son courage.

Ils étaient tous éreintés. Face à une masure abandonnée dont le toit s'effritait, Villon accorda ce que tous espéraient. Une vraie nuit de sommeil et l'assurance de se réchauffer puisqu'ils seraient les uns contre les autres serrés.

*

L'endroit était mal choisi pour développer la confidence que leur avait faite Elora dans la voiture. Aymar de Grolée et Jacques de Sassenage avaient donc dû surseoir et masquer cette joie qui les envahissait de minute en minute. Comme chaque jour, depuis que la demeure de Santa Maria in Porticu, contiguë au Vatican et située à gauche de l'entrée du palais pontifical, leur avait été ouverte, ils y étaient reçus aimablement par César Borgia et supportés par Lucrèce. Cette dernière avait très rapidement compris que le meilleur moyen de surveiller sa rivale était de ne pas la lâcher d'un pouce. Mieux valait qu'Hélène de Grolée rencontre son amant en public qu'en privé. Ravie de gâcher leurs retrouvailles, elle était devenue plus aimable et riait volontiers avec Elora sans savoir que Djem, occupé à discuter avec les Français, frémissait de désir chaque fois qu'un de ses valets lui servait à boire. César Borgia, lui, allait d'un groupe à l'autre selon son humeur du moment. Il éprouvait une grande satisfaction à étaler sa prestance, la superbe de ses habits, mais plus encore à plonger son regard dans le décolleté des deux femmes qui rivalisaient d'une gorge blanche et idéalement formée. S'il ne pouvait tolérer que Lucrèce prenne un autre amant que lui, il brûlait d'envie de soumettre cette Hélène au feu de ses caprices. Tant qu'elle était chaperonnée par son époux et son père, il n'y pouvait songer, mais cette situation était, heureusement, sur le point de changer.

Enlevant d'une coupe à fruits une belle grappe de raisins, il en décrocha un grain de ses dents blanches, s'alanguissant plus encore sur les coussins au milieu desquels, comme les autres convives, il s'était vautré. Lucrèce venait de demander le silence et, debout devant les fresques, lumineuse dans sa robe mordorée qui rehaussait l'éclat de ses cheveux blonds sertis de perles, elle présentait à l'assistance un petit homme replet que César connaissait déjà.

— Voici un de mes anciens maîtres, Pomponius Laetus, que j'apprécie tout particulièrement. Il vient d'achever une nouvelle mise en scène de *Ménechme*, qu'il a fait jouer à l'occasion de mes épousailles avec Giovanni Sforza, l'année dernière.

Prenant un air navré, elle se tourna vers Elora.

— Imaginant aisément combien les distractions doivent vous manquer en Dauphiné…

Elora la coupa d'un rire clair :

— Il nous arrive quelquefois de nous amuser, croyez-moi, chère Lucrèce.

— Certes, certes, mais sans doute pas d'aussi jolie manière, vous verrez, puisque Pomponius nous fait la surprise de nous donner cette comédie. Maître Laetus ?

Le vieil érudit humaniste la laissa s'installer à son tour près de Djem, tripota ses doigts gras et se racla la gorge.

— Je n'ai changé que peu de choses en vérité. Quelques accessoires, deux ou trois déplacements. Quant aux acteurs principaux, ce sont encore des familiers du cardinal Colonna qui ne s'en lassent pas et, bien sûr, des étudiants costumés de peaux de bêtes. J'ai l'espoir, dame Hélène, que vous prendrez plaisir à leur jeu.

— J'en suis persuadée…

Elora tourna la tête vers l'homme qui venait de parler. Visiblement remis de ce qu'elle lui avait infligé, le pape venait de faire son entrée par un passage encadré de stucs dorés. Tandis que tous se levaient pour le saluer, Pomponius Laetus se baissa, lui, jusqu'à terre.

— C'est trop d'honneur, Votre Sainteté.

Alexandre VI lui pinça délicatement l'épaule.

— Relevez-vous, mon ami, et joignez-vous à moi pour regarder. Ainsi, vous pourrez mieux commenter si, d'aventure, nos invités ne goûtaient pas totalement le latin. Encore que les scènes se passeraient parfois de répliques… J'espère, ma chère enfant, que vous n'en serez pas choquée, ajouta-t-il à l'intention d'Elora.

— Rien dans Plaute n'y a réussi jusque-là, même si je lui préfère, sans hésiter, la finesse des poèmes amoureux d'Ovide, répliqua-t-elle en acceptant l'anneau papal qu'il lui tendait.

— C'est un heureux choix en effet… Baron de Sassenage, sire de Grolée.

— Votre Sainteté, s'inclinèrent-ils à leur tour avec déférence.

L'instant d'après, c'était au tour de Djem de s'avancer. D'enjoués ses traits s'étaient assombris à la vue du pape.

— Et vous, mon cher ami, je me souviens que vous n'aviez que modérément apprécié notre poète l'an dernier. Serez-vous d'humeur cette fois à le goûter ?

— Davantage que votre présence, c'est certain, le faucha le prince, le front plissé de colère.

Alexandre VI tiqua dans le silence incrédule qui s'était brusquement installé. Un tel affront était inconcevable. Il choisit de ne pas s'en choquer.

— Aurais-je, par inadvertance, froissé notre amitié ?

— Nous ne le saurons jamais, Votre Excellence, puisque, le scandale frappant à votre porte, vous ne pouvez décemment accepter les trois cent mille ducats que mon frère vous offrait par courrier pour m'assassiner.

Un murmure d'indignation passa cette fois de bouche en bouche. Alexandre VI ne laissa rien paraître de sa contrariété. Buzardo, intercepté trois jours plus tôt ainsi que l'avait prédit son impitoyable maîtresse, lui avait été rendu ce matin avec les lettres de Bayezid, lesquelles avaient fait le tour de ses principaux détracteurs, dont le roi Charles. Toutes précautions ayant été prises, il ne pensait pas que la rumeur atteindrait Djem aussi vite, mais c'était sans compter cette diablesse.

Un Borgia n'étant jamais pris de court, Alexandre VI écarta ses paumes en signe d'apaisement.

— Le sultan Bayezid est habile stratège, je ne vous l'apprends pas, mon cher prince. Quelle meilleure tactique pour désorganiser la marche des soldats de Dieu que de prêter à son plus haut représentant des intentions qu'il n'a pas ? Je ferais injure à ma charge, pire, je me damnerais si j'acceptais l'aide d'un musulman contre la chrétienté. Quel intérêt prendrais-je à vous faire disparaître ? L'argent ? Il n'en manque pas dans les caisses du Vatican. Allons, Djem...

Il lui posa affectueusement une main sur l'épaule, secoua la tête d'un air navré.

— ... des émissaires turcs annoncent leur venue à Naples et j'en serais responsable ? Seuls mes ennemis, pressés de me destituer, le peuvent penser. Croyez-moi, je conçois votre colère puisqu'elle rejoint la mienne, aussi, je vous le demande, n'entachons pas cette soirée et nos relations d'aussi désagréables pensées...

Djem s'inclina et, en gage de paix, offrit au pape une place à ses côtés. Il n'était pas dupe, mais il n'avait d'autre choix que de capituler.

L'instant d'après, les tableaux de Plaute se succédaient. Ils offrirent aux Français un portrait de la Rome antique si conforme à celle d'aujourd'hui avec ses débauches de luxure, ses intrigues et sa cupidité qu'ils furent heureux lorsque la course effrénée d'un cardinal les interrompit.

— Votre Sainteté, Votre Sainteté, c'est affreux, scandaleux !

— Quoi donc, mon ami ? demanda le Saint-Père qui goûtait peu cette intrusion intempestive.

— Vos cousines Farnese ont été interceptées par l'avant-garde française près de Montefiascone.

Alexandre VI ne put s'empêcher de jeter un regard d'effroi en direction d'Elora. Elle n'avait pas cillé. Son sang cogna à ses tempes.

— Qu'en est-il de Julie ? demanda-t-il d'une voix morte.

Le cardinal tomba à ses pieds.

— Hélas ! Votre Sainteté. Yves d'Allègre réclame trois mille écus pour vous la renvoyer.

14.

Certaines choses n'ont pas de prix.

Pour cette mère qui venait d'accoucher dans la grotte de Choranche, c'était ce nourrisson qu'elle portait à son sein.

Pour cette autre, rongée par des années de vie clandestine, c'était de vérifier la fumaison des jambons de sanglier, indispensables à la survie du clan, l'hiver.

Pour l'aïeule, c'était cette pommade de simples et de tourbe qu'elle mélangeait au pilon et qui soulagerait ses rhumatismes aggravés par l'humidité.

Pour ces petites filles en haillons, c'étaient ces toilettes qui débordaient des coffres et dont elles se paraient pour jouer les dames.

Pour ces garçons, c'étaient ces armes restées au râtelier, lances, arcs, flèches, épées, que le vieux forgeron gardait amoureusement en réserve.

Pour Bertille et Jean qui trompaient l'ennui avec une partie de dés, c'était Petit Pierre.

Pour Celma, c'étaient ces runes qu'elle venait de jeter une nouvelle fois sur le sol et dont la menace imminente endeuillait le visage.

Oui, certaines choses n'ont pas de prix.

Pour Fanette, c'était la vengeance.

Du moins était-ce ce qu'elle croyait en cette fin d'après-midi du huit décembre de l'an de grâce 1494, alors qu'elle surplombait Choranche au mépris de toutes ces vies qu'elle s'apprêtait à briser.

Elle tourna la tête vers Hugues de Luirieux, tapi à quelques pas d'elle derrière un rocher et, d'un index tendu, montra chacune des silhouettes dissimulées en contrebas dans les arbres. Ainsi qu'elle l'avait dit, les quatre guetteurs leur tournaient le dos. Ils surveillaient la forêt, mais pas la falaise abrupte par laquelle leur troupe de soixante fantassins était arrivée. À l'exemple des chamois que souvent Fanette avait observés, ils avaient emprunté des sentes invisibles depuis le bas, utilisant le rempart naturel des anfractuosités pour masquer leur avancée, confiants en le roulement du torrent et des cascades pour taire les éboulis sous leurs pieds.

Il ne leur restait plus qu'une faible déclivité à descendre, entrelacs de rocs et d'arbustes. Cinq minutes, pas davantage, pour atteindre leur but. Fanette connaissait chaque parcelle du terrain, chaque recoin de la grotte. Elle savait les habitudes de ses occupants, le fracas de l'eau vive qui la traversait, les allers et venues des hommes, les travaux des femmes, les jeux des enfants.

C'est pourquoi elle pouvait assurer au prévôt que le campement livré aux femmes ne serait pas difficile à maîtriser.

De l'endroit où ils se trouvaient, Fanette avait vue sur le passage discret qui, suivant la rive de la Bourne, s'enfonçait sous la roche. Légèrement à l'écart, quelques garnements bataillaient à coups de boules de neige et de rires. Elle les reconnaissait tous. Elle les avait vus naître, avait assisté leurs mères en couches. Elle s'était préparée à les voir mourir. Mais pas à ce qu'une douleur viscérale la poignarde, là, maintenant. Il n'était plus temps d'avoir des remords. Les survivants se balanceraient au bout d'une corde. Femmes, enfants, vieillards. Tous, sans exception.

Eux tous contre sa réhabilitation.

Eux tous en prix de sa haine.

Eux tous.

Même son fils, Jean…

Elle leva les yeux vers les arbalétriers, serra les dents, refoula ce stupide instinct maternel et suivit les traits. Ils firent mouche presque simultanément, fauchèrent les guetteurs dans les arbres et les rires sur la neige. Des larmes improbables piquèrent les yeux de Fanette. La bousculant sans ménagement contre l'arête acérée d'un roc, Hugues de Luirieux passa devant elle, puis ses soldats. Elle les vit courir, taches sombres, vers ces fleurs de sang, surprise de découvrir que quelque chose de bon avait survécu en elle.

Lorsqu'elle s'élança à son tour derrière eux, ce fut avec cette certitude irraisonnée.

Il était peut-être temps, encore, de sauver son fils. Ses fils.

Jean. Et Petit Pierre aussi.

Car c'est souvent ce que l'on a refusé d'aimer qui s'avère le plus difficile à perdre…

*

Celma ramassa ses runes, la poitrine barrée d'une douleur sourde. D'un regard circulaire, elle embrassa l'intérieur de la salle d'entrée. Tout y était paisible, normal. L'air pourtant charriait une odeur de sang. C'était imminent. Du plus loin qu'elle se souvienne, Celma avait toujours possédé cet instinct animal.

Il lui venait de son arrière-grand-mère qu'on avait brûlée pour crime de sorcellerie. Celma ne l'avait pas connue. Pas davantage son père, charpentier à Sassenage. Il était déjà marié lorsque sa mère l'avait rencontré. Une étreinte d'un jour, vite oubliée pour lui qui buvait plus que de raison. La mère de Celma avait quitté la contrée, s'était embauchée comme ventrière au château de la Bâtie. La seule vision que Celma avait eue de lui, c'était le jour de ses cinq ans. Elle s'était approchée de sa mère et lui avait annoncé qu'il était tombé d'un toit, agacé par un épervier qui lui tournait autour.

Une gifle lui avait cinglé le visage, comme un vent mauvais, un vent de peur dans le regard de sa mère. Fataliste, Celma avait toisé cette femme dure et avait répliqué :

— T'y changeras rien. La camarde l'a emporté.

Ils avaient appris son décès par hasard, une année plus tard. Tout s'était passé ainsi que Celma l'avait décrit. Sa mère lui avait fait jurer de ne jamais, jamais révéler à quiconque le don qu'elle possédait. Elle-même ne voulait plus en entendre parler.

Celma y avait consenti. À la Bâtie, elle menait une existence heureuse. La domesticité y était importante, mais Jeanne de Commiers, la dame du lieu et première épouse du baron Jacques, était avenante et juste. Le premier accouchement de la baronne avait été sans douleur et elle menait sa deuxième grossesse lorsque tout avait basculé.

Celma venait d'avoir huit ans. La vision l'avait poignardée à trois heures du matin. Ruisselante de larmes, elle s'était dressée sur la couche qu'elle partageait avec sa mère, dans une des soupentes du château. À la lueur d'une chandelle, elle l'avait vue debout, occupée à enfourner leurs maigres affaires dans un sac de voyage. Un regard échangé. La même panique. Le même sentiment d'urgence.

C'était cette nuit-là que Celma avait compris que le don était transmis de mère en fille.

Elles s'étaient sauvées dans l'espoir de conjurer le sort. Elles étaient sorties de l'enceinte extérieure du château par une porte basse, rarement usitée.

Hideuse de visage et d'allure, les ongles recourbés telles des serres de rapace, la peau collée aux pommettes saillantes, les yeux petits, rapprochés, profondément engoncés dans des orbites noires, le nez osseux, presque un bec, la créature de leur cauchemar commun les y attendait.

Sa mère lui avait ordonné de fuir. Fataliste, Celma avait obéi, sans se retourner. C'était inutile. Elle savait ce qui allait arriver. Qu'au petit jour on retrouverait le corps de sa mère, mutilé.

En pleurs, elle s'était réfugiée dans la forêt des Coulmes.

C'est ainsi qu'elle avait rejoint les six de la bande de Villon, nouvellement formée. Et que plus tard, grâce à sa propre histoire, Mathieu avait donné un sens aux actes du passé.

Celma rangea ses runes dans la bourse suspendue à sa ceinture et, d'un pas accéléré, se hâta vers Bertille, livide, qui, à une cinquantaine de pas de là, laissant Jean la disputer pour un point, venait de tourner vers elle un œil épouvanté.

« De mère en fille », songea Celma. Le don de divination était en elles. Bertille venait de le recevoir.

La mort allait frapper.

Un nouveau regard vers l'extérieur. Trouée de lumière aveuglante entre les branches dénudées qui barraient l'entrée. Le flot continu de la rivière. Rien qui justifie de donner l'alerte. Les guetteurs n'avaient pas bougé. Personne ne réagirait. Celma était seule avec sa fille. Seule avec son intuition. Seule avec la camarde, comme autrefois sa mère avant elle.

Bertille s'était levée. Le visage de Jean allait de l'une à l'autre, hébété. Celma adressa un signe de tête à sa fille, lui fit signe de se hâter vers le fond de la grotte. Il fallait trouver un endroit où se cacher. Conjurer le sort. Peut-être. Réussir là où autrefois elle avait échoué.

Bertille attrapa la main de Jean, l'entraîna avec autorité.

Sans courir, Celma s'empressa de les rejoindre.

Lorsque la douleur vrilla ses omoplates, elle était sur le point d'enfiler le tunnel à son tour. Elle sut pourtant qu'elle n'avait pas été touchée, pas encore. Elle se retourna. Protégeant l'avancée des soldats qui venaient de surgir dans le goulet, les traits fusaient sous la voûte blanche. Des hurlements retentirent. Cris de surprise, d'effroi, de douleur, d'alerte. S'adossant à la paroi humide, Celma se renfonça dans l'obscurité du passage, le cœur battant à tout rompre, la nausée au bord des lèvres.

Comme Villon et Mathieu, elle ne s'était pas trompée. Suivant de peu le prévôt, Fanette la traîtresse venait d'entrer.

*

Il ne fallut que quelques minutes avant que les survivants ne s'agenouillent, mains croisées sur la nuque, ou ne se couchent en hurlant sur les corps sans vie des êtres chers.

Fanette engloba d'un regard douloureux le massacre qu'elle avait provoqué.

La jeune mère était morte en même temps que son nouveau-né, soudés par le même trait. L'aïeule aussi, le nez dans son mortier. Deux fillettes gisaient au milieu d'une corolle de tissu. Un jouvenceau avait été cloué au râtelier de bois, la main tendue vers une épée. Des corps se tordaient à terre, piqués de flèches aux jambes, au torse, aux bras. Vieillards, femmes, enfants. Sans exception.

Fanette s'était attendue à de la haine dans leurs yeux lorsqu'ils la verraient. Elle n'y lisait que de l'incompréhension, de la souffrance.

Un seul cracha en passant près d'elle. Un des hommes, contraint par une méchante entorse de rester au campement.

Ce fut lui qu'elle apostropha :

— Où sont mes fils ?

— Va au diable !

Elle détourna les yeux. Laissa les soldats rassembler les blessés, emmener les valides à l'extérieur, Luirieux ouvrir des coffres pour jauger du butin.

Elle ne voulait pas croire que Jean et Petit Pierre aient suivi leurs pères. Elle s'engouffra sous la courtine qui protégeait les appartements de Celma. Une chandelle brûlait sur un rocher aménagé, inondant de sa lumière l'arc et le baudrier que la devineresse emportait toujours en embuscade. Une rune oubliée craqua sous son soulier. Le cœur de Fanette s'accéléra dans sa poitrine. Celma avait anticipé l'attaque. La connaissant, elle avait dû emmener les trois enfants en sécurité.

Fanette ressortit, rassérénée. Se heurta à Hugues de Luirieux. N'aima pas le rictus cruel à ses lèvres, le ton goguenard de sa voix.

— Je me demandais à quel moment je verrais ton vrai visage, la Fanette, je suis servi.

Elle haussa les épaules.

— Me croyez-vous sans âme, sans cœur ? Ces femmes et ces enfants ne m'ont rien fait, il est normal que je sois bouleversée.

Un rire cynique lui répondit.

— Bouleversée ? N'importe qui le serait…

Il lui empoigna le bras avec violence, la ramena derrière le couvert de la toile.

— … N'importe qui sauf toi. Pas une once d'humanité. Pas une.

Il serra plus fort sa tenaille, l'œil brûlant.

— Vous me faites mal.

— Et à qui vas-tu t'en plaindre ? À ton beau chevalier ? Crois-tu qu'il voudra te protéger lorsqu'il saura que tu as condamné tes propres enfants ? Deux fils, m'a confié ce bougre que tu as questionné. Deux, Fanette. Quelle mère le ferait ? Quelle mère, dis ?

Les doigts lui broyèrent le coude. Elle plia sous la douleur, des larmes dans les yeux. Hugues de Luirieux la força à s'agenouiller.

— C'est Villon, leur père ? Ou le Mathieu de Sassenage ? Tu vois, je suis bien renseigné. Sur toi aussi crois-moi, assez pour te faire pendre.

Il la lâcha d'un bloc et la gifla. Elle s'écrasa sur la natte de jonc tressé qui recouvrait le sol, se démit l'épaule contre un amas de calcaire, hurla de douleur. Un violent coup de pied lui enfonça une côte.

— Réponds !

Tremblante de douleur, la lèvre ensanglantée, recroquevillée sur la certitude de sa fin, elle hoqueta :

— Les deux.

Hugues de Luirieux frotta son poing.

— Une chienne, voilà ce que tu aurais pu être, Fanette. Mais même pas. Une chienne ne sacrifie pas ses petits. Où sont-ils ?

Elle secoua la tête. Qu'il la batte à mort s'il voulait. Elle ne dirait rien.

— Tu te trompes, Luirieux. Je n'ai jamais été plus humaine qu'en cet instant…

— Il est trop tard pour le découvrir.

Il écarta la tenture, héla un soldat à proximité :

— Enfoncez-vous dans la grotte et ramenez-moi ceux qui s'y cachent… vivants. Ils nous seront utiles si Villon et Mathieu réchappaient de l'embuscade.

Fanette voulut se relever.

— Laissez-moi y aller. Je saurai vous guider.

La tenture retomba. Luirieux lui fit face. La regarda chercher un appui, le prendre, avant de lui agripper les cheveux en arrière et de lui flanquer un méchant coup de genou dans l'estomac. Elle s'écroula devant lui, le souffle coupé.

— Tu ne comprends pas, Fanette. Ton rôle est terminé.

Elle toussa, cracha une glaire ensanglantée.

Luirieux s'empara à pleine main de la chandelle, de l'autre, il lui releva le menton, révélant en pleine lumière son visage défait où le remords le disputait à la haine. Il rapprocha la flamme de sa joue. Elle hurla sous la brûlure, le repoussa à pleines mains, n'obtint que d'embraser ses cheveux. Il s'écarta en ricanant. La laissa se débattre avec les flammes qui montaient à l'assaut de ses boucles rousses. Se brûler la paume des mains à les éteindre.

Lorsque l'obscurité retomba, un sanglot de détresse empoigna la gorge de Fanette, amenant un râle de désir dans celle de Luirieux. Il y avait bien longtemps qu'il n'avait pas joui de semblable manière. La dernière femme qu'il avait torturée était elle aussi sous la protection d'Enguerrand de Sassenage. Pas plus que Mounia, Fanette ne le reverrait. Pas plus que Mounia, elle n'aurait sa pitié.

— À chacun sa vengeance, Fanette. Il serait normal que tes victimes aient la leur, tu ne crois pas ?

Il s'approcha d'elle, le poing serré.

— Il va falloir que tu cries très fort pour couvrir le bruit du torrent, mais ne t'inquiète pas, je vais te motiver.

15.

La neige avait laissé place à un froid sec et un ciel dégagé, que la fin du jour affadissait de minute en minute. Si Fanette avait vu juste, Enguerrand n'était plus loin du point de jonction avec les brigands. Avec Mathieu. Car c'était lui qu'Enguerrand, bousculant le plan établi, était venu sauver.

Sa décision avait été prise le soir où sa mère lui avait révélé la triste fin d'Algonde. Ce soir-là, il avait compris ce qui avait poussé Mathieu à se perdre. Il avait connu les mêmes affres, regretté les mêmes choix au long de ces dernières années. Tant qu'il s'était imaginé atteindre le monde des Anciens, retrouver ces Hautes Terres dont lui avaient parlé Mounia et les siens, il avait gardé tête haute. Mais les actes de Colomb à l'égard des indigènes, traités comme des animaux et affirmés sans âme, avaient eu raison de sa quête. Mieux valait que personne, jamais, ne souille cette terre autrefois sacrée. Il était revenu, avait brûlé la copie de la carte qu'il possédait.

Les trésors qu'il avait rapportés dans ses coffres n'étaient pas ceux d'une terre promise, mais le butin d'une année entière sur les flots. Enguerrand avait menti à sa mère, à tous. Il n'avait pas cherché d'armateur. Il avait trouvé un pirate dans une auberge mal famée de Lisbonne. Il avait rejoint leur bord, troqué son épée de chevalier contre un sabre d'abordage et découpé en morceaux sa noblesse d'âme. Il avait essayé de laver dans le sang sa souffrance, sa soif de vengeance.

Il aurait pu mourir dans le déshonneur. C'est un prêtre qui l'avait sauvé. Un soir qu'ils mouillaient dans une petite anse discrète où ils avaient coutume de se ravitailler, il avait bu jusqu'à plus soif. En revenant vers le navire, l'envie de déféquer l'avait pris, si violente qu'il avait couru vers un amoncellement de rochers en surplomb de la plage. La dernière chose dont il se souvenait, c'était de s'être entravé. Il s'était réveillé trois jours plus tard, dans la petite chapelle du village voisin, le front ceinturé d'un bandage qui suintait. Le navire avait levé l'ancre sans lui, avant de se faire arraisonner par un corsaire. Lorsque, un mois plus tard, Enguerrand avait quitté son sauveur, ses anciens compagnons des mers se balançaient au bout d'une corde au terme d'un procès bâclé. Aucun survivant, sinon lui.

La voix du Seigneur, lui avait affirmé le prêtre.

Le temps de la rédemption.

Enguerrand était retourné sur la plage, avait longé la côte à marée basse, plongé sous l'arête d'un rocher qui émergeait, et s'était retrouvé dans une grotte emplie du trésor pirate. Il avait engagé des mercenaires, leur avait fait coudre des livrées. C'était avec eux qu'il était revenu à la Bâtie.

Voilà pourquoi il avait été conciliant avec Fanette. Il savait le poids du malheur sur la vaillance des êtres. Ailleurs, dans un autre lieu où nul n'aurait su ses origines, peut-être aurait-il rejoint cette bande, continué ses exactions. Ici, il ne le pouvait plus. Même si déplaire à Luirieux lui eût été jubilatoire, même si son cœur de nouveau et plus fort que jamais s'était durci de haine. Il était redevenu Enguerrand de Sassenage, le fils de Sidonie que tous estimaient dans la contrée. Par égard pour elle, par respect pour le baron Jacques, il n'avait pas le choix. Sinon d'en sauver un parmi tant d'autres. Un qui fût son ami. Un dont il comprenait, pour la partager, la douleur qui avait décidé de sa destinée. Il avait des choses à lui dire. Des choses qui l'aideraient à renaître, comme lui lorsqu'il en aurait fini avec Hugues de Luirieux.

Alors peut-être tournerait-il la page. Il partagerait avec Mathieu cette richesse mal gagnée et se mettrait enfin en paix.

*

Midi les avait vus longer à couvert le péage du pont, raser la lisière des arbres et choisir l'emplacement le mieux adapté à une embuscade, à moins d'une lieue de Saint-Quentin-sur-Isère, que leur proie devait rallier.

Villon et Mathieu étaient partis en reconnaissance, laissant les autres se reposer et manger. La contrée était déserte, les berges de la rivière tranquilles. La neige avait déposé partout sa toison immaculée seulement troublée d'empreintes d'animaux. Renards, biches, belettes, perdrix, lapins... Elles traçaient des sillons parallèles, se recoupaient, s'écartaient, se hasardaient à découvert, se perdaient dans les fourrés, contournaient les roches, les troncs d'arbres, plongeaient sous les ronciers, révélant la vie sauvage. Mais de pas d'homme, de traces de roues, nenni. Il avait fait trop mauvais jusqu'à la veille pour que quiconque se soit aventuré en chemin.

Chemin qui lui-même ne faisait plus qu'un avec les bas-côtés. Les deux malandrins ne s'y risquèrent pas.

Ils ignoraient quand le convoi passerait et ne voulaient pas marquer la neige. Ils se contentèrent de border le sentier, à couvert, jusqu'à découvrir l'endroit idéal pour fabriquer une ornière.

Moins d'une heure plus tard, La Malice était à pied d'œuvre. Il était maître dans l'art de tendre un piège et celui-ci, profondément creusé dans la largeur de la route, rebouché de branches et recouvert de neige, verrait, sans faillir, les pattes des animaux de tractée se briser.

Petit Pierre était épuisé, davantage que ces hommes aguerris à la route, à l'hiver, au froid. Ses pieds abîmés d'engelures étaient devenus si douloureux que Briseur avait dû le charger sur ses épaules la dernière partie du trajet. Petit Pierre en avait rougi de honte, au point de se débattre en scandant un courageux :

— Je peux marcher, je veux marcher !

La main du colosse s'était écrasée sur son épaule.

— Fais pas l'chiard, petit, tu nous retarderais. Ton courage, tu l'as déjà montré. Grimpe.

Personne ne s'était moqué, au contraire. Le regard empli de fierté de son père l'avait décidé. Petit Pierre avait obéi, conscient soudain qu'il avait effectivement gagné le respect de la troupe, qu'il était devenu du haut de ses dix ans, l'un d'entre eux à part entière. Briseur avait repris sa marche, aussi puissamment qu'avant, et Petit Pierre s'était allégé de ses scrupules pour mieux l'en remercier.

Il n'en restait pas moins qu'il était incapable d'un pas de plus et avait été soulagé lorsque Villon l'avait dispensé d'attaque. Ils se trouvaient en nombre suffisant pour régler son compte à l'aventureux. Mieux valait que Petit Pierre reste en retrait.

Il s'endormit comme une masse au pied d'un châtaignier pour ne s'éveiller qu'à la tombée du jour, glacé malgré la peau tannée qu'il avait étendue sur la neige et la fourrure de son manteau. Il était seul. Avec un frisson d'angoisse, il se dressa, sonda les fourrés alentour. Les bruits portaient loin dans le silence de l'hiver. Oublieux de ses blessures, il bondit sur ses pieds, le sang battant ses tempes. Un trille rebondissait d'arbre en arbre. C'était le signal.

Le convoi avait franchi le pont. Il approchait.

Sans qu'il s'explique pourquoi, Petit Pierre fut saisi par une irrésistible sensation de danger. Refusant de demeurer au campement, il se faufila de tronc en tronc jusqu'à avoir vue sur la route qu'un simple quartier de lune éclairait désormais avec les vestiges du jour.

Il se remémora le plan d'attaque, conçu la veille à la nuitée. Deux archers en position dans les branches hautes des arbres pour découdre la poignée de soldats qui gardaient le péage, au cas où ces derniers s'aviseraient de le quitter. La moitié des malandrins en tenaille autour de l'ornière pour piquer de flèches une escorte potentielle. L'autre en retrait, prête à intervenir si besoin était, partant de l'idée que la vision de Celma pouvait se réaliser. Habitué à l'obscurité, Petit Pierre scruta les alentours. Repéra les silhouettes tapies dans le bois de l'autre côté de la route, se rassura de leur présence. Le crissement s'amplifia de seconde en seconde. Roues qui écrasaient la neige au rythme du bœuf. Pas étouffés des chevaux. Petit Pierre se ratatina en retenant son souffle. Trois cavaliers seulement. Il fallait que le conducteur soit sûr de son fait. La charrette débordait de douze tonneaux. Le soldat aviné qui les avait renseignés n'avait pas menti. À première vue, c'était un marchand de bière.

Il dépassa le garçonnet, que le malaise ne voulait pas quitter. Le piège était plus loin. Petit Pierre compta les secondes. Sursauta d'entendre un cri étouffé à sa droite, un bruissement de feuilles à sa gauche. Tourna la tête vers le bruit. Ne put discerner qu'une portion de nuit à travers la forêt. Tenta de se convaincre qu'il avait rêvé. Reporta son attention sur la route. Là. Maintenant. Il avait bien repéré l'endroit avant de s'endormir tout à l'heure. Un nouveau craquement. La forêt grouillait d'une vie intestine. Rien d'anormal, tenta-t-il de se convaincre.

Les pattes avant du bœuf se brisèrent dans l'ornière, arrachant à l'animal une plainte gutturale, le pliant à moitié sur la route. Le conducteur jura, dressé sur son siège. Son escorte se précipita. L'un descendit de cheval pour tenter de relever la bête, la sortir du trou, le deuxième passa trop près de la tranchée, s'y enfonça. Désarçonné, il voltigea de sa monture, s'écrasa le menton en avant sur la neige, une toise plus loin, dans un craquement de vertèbres. Le troisième tira sur les rênes d'une main, dégaina son épée de l'autre et sauta à bas.

Petit Pierre entendit le haro, en même temps que le bruit, tout à côté de lui. Il tourna la tête, d'instinct.

Sa bouche s'arrondit de surprise. Il n'eut pas le temps de hurler, de prévenir les siens. Le gourdin s'écrasa contre son oreille, le précipitant dans une nuit sans fin.

*

Le meurtre d'un seigneur n'était pas celui d'un marchand. Il n'entraînait pas les mêmes représailles. Ils en étaient convenus d'un commun accord avant de décider d'attaquer. Puisque leur intention était d'utiliser cette prise pour se racheter une vie décente, il était inutile de tuer. Ils étaient assez loin de leur territoire pour que le fait soit attribué à d'autres. De simples foulards sur le visage conjugués à la pénombre suffisaient à ce qu'on ne puisse les identifier.

Lorsqu'ils jaillirent en masse, arc bandé ou braquemart au poing, les deux gardes jetèrent leurs armes, sans discuter. Tandis qu'on les plaquait dos à dos pour les ligoter et qu'un autre s'assurait de la mort du soldat désarçonné, Villon se présenta devant le conducteur, immobile sur son siège, masqué par l'ombre d'un chêne qui courbait une branche au-dessus de la route.

— Nous n'en voulons qu'à ton bien. Tu n'as rien à craindre de nous. Descends.

Enguerrand de Sassenage sonda les fronts et les regards par-delà la barrière de tissu qui recouvrait les visages. Ils se ressemblaient tous de là où il était. Il soupira.

— Je ne crois pas que ce soit une bonne idée, Villon.

Le malandrin tressaillit à l'appel de son nom. Mathieu aussi au son de cette voix grave, ce timbre légèrement éraillé tout droit sorti de son passé. Il se détacha du groupe, rengaina son poignard à la ceinture et rejoignit son compère qui insistait :

— Ne m'oblige pas à venir te chercher.

Enguerrand cette fois reconnut la tignasse bouclée, le front haut, mais pas la cicatrice qui fermait l'œil droit, pas cette main amputée. Mathieu portait les stigmates de ses luttes d'hier.

Enguerrand détourna le regard, le reporta sur Villon.

— Si je quitte ce siège, mes hommes en faction de chaque côté de la route vous cribleront de flèches, sans faire de quartier.

Mathieu se troubla plus encore. Villon se mit à rire.

— Voyez-vous ça ! Ce sont les miens qui s'y cachent.

— Plus maintenant. Ils ont été défaits, l'un après l'autre et en silence, tandis que j'avançais. Cela fait des jours que les soldats vous pistent.

— Tu mens, vociféra Villon en bondissant vers le marchepied.

Mathieu le retint par la manche.

— Enguerrand de Sassenage ne ment jamais, affirma-t-il d'une voix brisée.

Villon blêmit. Né à Sassenage, il ne pouvait qu'avaliser ce constat.

— J'aurais aimé te retrouver dans d'autres circonstances, Mathieu, se désola le chevalier en toquant sur le couvercle d'un tonneau. Trois coups brefs qui firent reculer les deux hommes au pied du chariot.

Bondissant de leur cachette, les soldats sautèrent à bas du chargement qu'ils avaient remplacé, pour menacer les brigands de leur épée.

— Dis à tes hommes de capituler, Villon. Vous êtes faits, ordonna Enguerrand en levant un bras.

Une trentaine d'individus sortirent aussitôt du bois et s'avancèrent de chaque côté de la route jusqu'à les encercler. Ce n'étaient pas les leurs. Une dizaine d'arbalètes levées étaient prêtes à tirer.

Il ne fallut que quelques secondes à Villon pour évaluer la situation. Des nuages avaient gagné le ciel, voilant par instants l'éclat d'une lune à son dernier quartier. Les soldats ne prendraient pas le risque de toucher le chevalier de leurs traits. S'ils se livraient, aucun n'en réchapperait. C'était la corde qui les attendait. Leur seule chance, c'était de la tenter.

Mathieu aussi l'avait compris, même si son esprit était troublé par son angoisse de père. La crainte que Petit Pierre n'ait été réduit au silence, la gorge discrètement tranchée. Il chassa l'image. Si son fils avait péri, il n'avait plus rien à perdre.

Une fraction de seconde.

Le hurlement de Villon au moment où il pivota vers la forêt, son braquemart levé.

— Haro ! haro !

— Mathieu, non ! gueula à son tour Enguerrand.

Mais Mathieu n'entendit pas. Comme les siens, dans un même élan de survie, il s'était mis à courir, malgré l'épaisseur de neige, droit sur les soldats qui barraient leur retraite. Droit vers la forêt. Un instant de flottement passa sur le visage des archers, ainsi que l'avait prévu Villon. Suffisant pour faire basculer la situation. Quelques traits fusèrent, traversèrent les corps à bout portant. Les autres n'eurent pas le temps. Comme des diables, poussés par la nécessité, les vingt malandrins s'étaient jetés dans une guerre sans merci. À un contre deux, ils pouvaient encore gagner. Troublant le silence de la nuit, l'acier tintait en s'entrechoquant. Briseur faisait tournoyer sa massue en poussant des grognements de bête, écrasant des joues, emportant des nuques, fauchant des crânes. La Malice, grâce à sa petite taille et à son agilité, s'était faufilé sous la charrette et sectionnait du poignard les tendons d'Achille des soldats qui passaient à portée, laissant le champ libre à ses compagnons qui les pourfendaient lorsqu'ils se déhanchaient. Grognard jouait d'une masse, mais il ne fut pas assez vif pour se garder. Il tomba le premier. D'autres suivirent, malgré la rage qui les habitait et cassait leur fatigue de ces jours derniers.

Villon n'atteignit pas les arbres. Il s'effondra dans la neige, le dos transpercé d'un carreau d'arbalète. Mathieu évita les suivants. Comme plusieurs de ses compagnons, la lame rougie, il s'enfonça à couvert, là où la neige, moins épaisse, reflétait moins la lumière.

Enguerrand avait sauté à bas du chariot sitôt le combat amorcé. Il avait survécu à de nombreux abordages, sur un sol qui se dérobait au gré de la houle, au choc des coques l'une contre l'autre. Il se dépêtra de la neige avec la même agilité. Débarrassa la contrée de trois brigands avant de laisser aux soldats le soin des autres. Il ne voulait que Mathieu. Lui seul.

Il courut dans ses traces, sans se retourner.

16.

Bertille n'avait pas oublié l'effrayante révélation de Petit Pierre quant à sa rencontre avec Mélusine. La réaction de Mathieu, la promesse de ne jamais retourner au lac souterrain. Elle s'en remplissait d'effroi de seconde en seconde tandis que, la petite main de Jean dans la sienne, elle s'enfonçait par la galerie qui serpentait sous la montagne. Aucune lumière ne venait crever le plafond, et les deux enfants, pénétrés de mutisme dans le fracas du torrent qui roulait à côté, se demandaient à quel moment leur pied glisserait sur les berges suintantes, à quel moment ils seraient entraînés dans les eaux vives.

— Où on va ? s'était inquiété Jean devant l'empressement soudain de son amie.

— Rejoindre Petit Pierre, avait-elle menti.

— Il est pas parti avec les autres ?

— Non.

Le ton de cette affirmation avait ébranlé les certitudes de Jean. Il avait pourtant insisté, troublé par l'obscurité de la grotte devant lui.

— Pourquoi ?

— C'est un secret. Il m'a fait jurer. Avance et tais-toi.

Jean n'avait pas insisté. Il avait vu Mathieu et Petit Pierre ressortir du tunnel l'autre jour, suant et toussant d'avoir trop couru. Lorsqu'il avait demandé à son demi-frère la raison de cette excursion, Petit Pierre avait pris un air mystérieux.

— C'est un secret. Je te le dirai bientôt.

Bientôt ne pouvait être qu'aujourd'hui. Il devait donc s'en montrer digne, ne pas jouer les pesneux. Mais il avait beaucoup de mal à résister à la peur qui le gagnait.

Lorsque la voix de Celma les héla dans le noir, il reprit de l'assurance. Bertille s'immobilisa.

— Nous sommes là, Ma.

Jean s'amusait toujours de ce Ma, raccourci qu'il n'aurait jamais osé avec sa propre mère. Aujourd'hui, il lui sembla marquer l'air d'une dimension supplémentaire, faite de confiance et de complicité. Deux mots dont il n'avait goûté le sens qu'avec Petit Pierre.

Celma fut là en quelques secondes. Elle s'agenouilla devant eux dans le passage.

— Les soldats du prévôt ont envahi la grotte, annonça-t-elle d'une voix grave.

Jean sentit le sol se dérober sous ses pieds, l'angoisse étrangler sa gorge et un profond sentiment de trahison le gagner.

C'est celui-là qui balaya les autres.

— Alors, on va pas voir Petit Pierre, se renfrogna-t-il stupidement en voulant dégager sa main.

Bertille la broya plus fort dans la sienne. Celma le prit aux épaules.

— Dans quelques minutes, les soldats vont débouler par ce tunnel, fouiller chaque recoin. Il ne faut pas qu'ils nous prennent, tu comprends ?

— On sera pendus, sinon ?

— Et tu ne reverras jamais Petit Pierre, ajouta Bertille.

— D'accord.

Ils avaient repris leur route, aussi vite que la nuit environnante le leur permettait. Ils étaient au milieu de la galerie lorsque le chant éclata sous la voûte. Bertille s'immobilisa, se tourna vers sa mère qui venait de buter contre elle.

— On ne peut pas aller là, Ma.

— Pourquoi ? demanda Jean que le chant apaisait.

— Il y a une créature dans le lac. Une créature maléfique, mi-femme mi-serpent.

— Avancez, ordonna Celma. Je crains bien moins Mélusine que le prévôt.

Bertille n'en demanda pas plus. La seule évocation de la démone dans la bouche de sa mère suffit à la convaincre. De plus, le halo d'une torche enflammée éclaircissait le fond de la galerie. Les soldats approchaient. Ils auraient tôt fait de les rejoindre s'ils voyaient où ils mettaient les pieds.

— Vite, ajouta Celma, qui s'était, elle aussi, avisée de leur présence.

Ils accélérèrent. Ils atteignaient l'étroit passage qui menait au lac, lorsqu'une pluie de flèches s'écrasa sur la roche autour d'eux. Ils avaient été repérés. Celma perçut la brûlure de l'acier dans son épaule gauche. Elle refusa la douleur et poussa les deux enfants dans le tunnel qui s'ouvrait devant eux, vers la lumière intense et bleutée que la voix illuminait de sa troublante présence.

*

Mathieu avait couru vers le campement provisoire où il avait abandonné son fils. Vivre ou mourir lui importait peu. Il voulait savoir. Sa voix creva le plafond obscur :

— Petit Pierre !

Il n'obtint pas de réponse, recommença. Il déboula dans la trouée de châtaigniers. Retrouva les besaces abandonnées là, près de la couverture de peau tannée sur laquelle son fils s'était étendu. Pas âme qui vive. Il pivota sur lui-même, plaça en porte-voix ses mains ensanglantées, appela encore et encore jusqu'à en avoir le souffle coupé. Jusqu'à prendre conscience du bruissement des branches autour de lui, du crissement de la neige. Il sortit son braquemart du fourreau. Petit Pierre avait certainement été saisi dans son sommeil. S'il l'était aussi, c'en serait fini d'eux. Libre, il pouvait encore le sauver, d'une manière ou d'une autre.

Enguerrand de Sassenage écarta une branche cassée par le passage de Mathieu et le trouva devant lui, solidement campé sur ses jambes légèrement fléchies, prêt au combat.

*

Celui que troubla le moins la présence de ce buste émergeant du lac, ruisselant à la fois d'eau et d'une aura splendide, fut Jean, certain qu'il venait de découvrir le fabuleux secret de son frère et de Mathieu. Bertille quant à elle continuait de lui comprimer la main par saccades nerveuses, incapable d'avancer. La créature leur barrait le passage, à quelques pas seulement du bord. Ils étaient pris entre deux feux.

Celma repoussa les enfants sur le côté afin qu'ils n'offrent pas une cible parfaite aux soldats. Déterminée, elle s'avança jusqu'à l'onde. Sitôt que le chant se tut, la lumière se mit à décroître autour de Mélusine.

— Il ne faut pas avoir peur de moi, dit-elle en direction des enfants.

— Je n'ai peur que de ces hommes derrière nous.

La créature hocha la tête. Une réelle bonté émanait de son visage. Était-ce bien là cette démone dont Mathieu avait dépeint la perversité ? se demanda Celma en la voyant tendre un doigt vers un amoncellement de rochers.

— Il y a un sentier, par là, qui contourne le lac et mène vers d'autres galeries. Pas moins de trois lieues à parcourir avant de revoir le jour. Je vous guiderai si vous me faites confiance.

— Je n'ai pas le choix, décida la devineresse.

La lumière des torches grandissait derrière elle. Les bottes des soldats martelaient le sol, résonnaient sous la voûte du tunnel. Bertille n'avait pas attendu le signal de sa mère, pressée de fuir l'endroit, elle rasait déjà les concrétions de calcaire pour trouver le passage. Celma les rejoignit en se tenant le coude. La douleur de la flèche lui irradiait tout le bras.

— Cachez-vous, ordonna Mélusine.

Ils obéirent, plongeant entre les blocs.

*

Fanette ne s'était pas endurcie des années durant pour subir sans se défendre. Elle voulait bien mourir, expier cette part de noirceur dont Luirieux avait si bien joué pour la mettre face à sa vérité. Mais pas se laisser torturer par cet homme qui, une fois sa verge retombée, massacrerait ses fils alors qu'elle venait de découvrir combien elle les aimait. Fini de jouer la jouvencelle éplorée. Celle qui avait semé la terreur dans la contrée, insufflant à sa bande assez de cruauté pour la voir prospérer, venait de se réveiller dans la douleur du bûcher. Elle se recula dans le fond de l'alcôve naturelle.

Luirieux avait commis une erreur. Impardonnable. Celle de moucher la chandelle sur sa peau et de rendre l'endroit à son obscurité, sitôt la courtine retombée. Il était trop sûr de lui, trop sûr de l'avoir brisée. Elle le laissa venir, implora sa pitié d'une voix mourante tout en balayant le sol de sa paume brûlée. Si Celma s'était enfuie précipitamment comme l'attestait son arc abandonné, il existait une chance qu'elle ait aussi laissé son poignard derrière elle. Fanette savait où le trouver. Juste là, derrière ce bloc vers lequel elle rampait, feignant de se garder des coups de pied que Luirieux lui décochait au hasard, la bouche dégueulant d'injures.

« Excite-toi mon salaud. Branle du vit, branle, branle », pensait-elle, indifférente aux coups qui pleuvaient.

Il s'agenouilla, lui agrippa une cuisse pour l'attirer entre les siennes. Il grognait, soufflait comme un porc, écœurant de lubricité et puant du sang dont il l'avait couverte. Les doigts de Fanette se refermèrent sur un manche recouvert de peau.

— Oui, jubila-t-elle à voix haute, dardant plus fortement les sens du prévôt.

— T'aimes ça, hein, charogne ! Apprête-toi à crever, rugit-il en voulant s'abattre sur elle.

Il n'approcha pas davantage. Servis par la force du désespoir et un formidable coup de reins, les pieds de Fanette venaient de lui percuter le haut de la poitrine et de le jeter en arrière. Avant même qu'il ait réalisé, elle se relevait pour mieux se jeter sur lui. Lorsqu'elle lui empoigna à pleine main la verge turgescente, il s'emplit d'une victoire jouissive.

La seconde suivante, Fanette bondissait par le côté et partait à la course.

Il jura, furieux de s'être laissé piéger, se remit sur pied tout en songeant qu'il devait reconnaître à cette garce une belle santé, s'étonna d'éprouver un vertige, mais souleva à son tour la courtine pour la courser. Il la vit disparaître dans le fond de la grotte que ses hommes avaient désertée pour emmener les prisonniers.

Il héla l'un d'eux resté en faction à quelques toises de là. Tourné vers l'entrée, il n'avait pas vu Fanette s'échapper. Le soldat pivota, écarquilla les yeux, son regard horrifié fixant la ceinture de Luirieux. Celui-ci, se rappelant qu'il ferait bien de rattacher ses braies, porta les mains à son vit douloureux, blêmit de ne le pas trouver et baissa à son tour les yeux sur son bas-ventre.

Un hurlement inhumain monta sous la voûte de pierre, gagna la galerie dans laquelle Fanette s'était engouffrée en boitant, au mépris des multiples fractures des côtes que ce monstre lui avait occasionnées. Elle tenait encore dans sa main, tel un trophée, un bout de chair flasque et ensanglanté. Étouffant une quinte de toux, elle se mit à ricaner en accélérant le pas.

Hugues de Luirieux ne serait plus jamais un homme. Il le constatait à la faveur du sang qui inondait par saccades la blancheur du calcaire, le faisant tomber en faiblesse tandis que le soldat se précipitait.

Cette furie venait de l'émasculer.

*

— Abaisse ta garde, Mathieu, je suis venu en ami.

Mathieu ne broncha pas. Au contraire, sa main s'affirma sur le manche de l'épée courte. Il avait l'obscurité pour alliée.

— Je n'ai que faire d'un ami qui me veut pendre, cracha-t-il avec mépris.

Enguerrand s'avança et jeta son arme à ses pieds, l'imprimant profondément dans la neige.

— Fanette vous a trahis. Le prévôt vous aurait pris au piège, de nuit, au plus fort de l'hiver. Ici, j'avais une chance de vous aider. Ici, vous aviez une chance. Ne la gâche pas.

Mathieu s'accorda quelques secondes. Un plan insensé venait de s'imposer. Le seul peut-être qui lui rendrait Petit Pierre. Il abaissa sa lame, arracha le foulard qui masquait encore ses traits.

— Qu'est-ce que tu proposes ? De plaider ma cause une fois que je me serai sagement rendu ? demanda-t-il en s'avançant vers Enguerrand.

— De te cacher et de te réhabiliter.

Mathieu scruta son regard dans la pénombre. Une fraction de seconde, Enguerrand eut le sentiment d'un étranger, bien loin de ce jouvenceau avec lequel il avait passé une partie de son enfance. S'était-il trompé ? Pour preuve, Mathieu lui enfila son moignon sous le bras, le fit pivoter savamment et le plaqua de dos contre son buste dans une feinte imparable.

— Tu viens trop tard pour ça, cracha Mathieu en posant le fil de sa lame en travers de sa glotte.

Enguerrand ne chercha pas à se dégager. Il ne voulait pas se battre.

— Ne sois pas stupide. Abaisse cette arme. Tu ne peux aller nulle part sans mon aide.

— Si tu donnes l'alerte, tu es mort. Avance, ordonna Mathieu en le poussant du ventre.

Enguerrand obéit, inquiet de le voir revenir vers la route, mais satisfait qu'il dégage sa gorge. Il pouvait encore le convaincre. Il insista :

— Des chevaux nous attendent en amont. Tu dois me faire confiance, partir avec moi.

— Désolé, messire, mais j'ai d'autres priorités. Tu veux m'aider ? Alors sers-moi d'otage.

— Mais pourquoi, grand Dieu ? s'enflamma Enguerrand qui, au son des voix portées par la nuit, apprenait comme Mathieu que les hommes du prévôt avaient finalement emporté la bataille.

Mathieu n'eut pas le temps de répondre. Lui dire qu'il voulait l'échanger contre son fils. L'unique raison pour lui de vivre. Un sac lui recouvrit la tête en même temps qu'un corps percutait Enguerrand par le travers. Mathieu chercha son souffle, battit l'air de son épée avant de s'effondrer, vaincu par un coup violent derrière l'oreille. Enguerrand accepta la main d'un de ses hommes pour se relever du roncier dans lequel il l'avait précipité. Il était dardé d'épines de la tête aux pieds. Peu lui importait. Il avait réussi, sinon par la douceur au moins par la force.

Le deuxième des mercenaires achevait d'enfiler le sac autour de Mathieu, immobile à terre. D'un coup de poignard, il incisa la toile à hauteur du nez avant de le charger sur son épaule, comme un simple ballot.

— Je vous retrouverai là-bas dans deux semaines, jusque-là, gardez-le au frais, leur confirma Enguerrand, en arrachant les aiguilles de ses braies.

Les deux hommes tournèrent les talons. Lui continua vers la route, pour donner ordre aux soldats d'entasser les cadavres dans le chariot.

Dans quelques heures, ils parviendraient à Saint-Quentin-sur-Isère et boucleraient les prisonniers.

*

Lorsque Fanette déboula dans la dernière des salles, elle trébucha sur un cadavre. À tâtons, elle chercha le visage, devina les traits sous ses doigts cloqués et fut soulagée de ne pas y retrouver ceux d'un de ses fils. Elle avança de quelques pas, buta contre un autre. Recommença le même manège. Une troisième puis une quatrième fois. À la texture des vêtements, elle les identifia comme des soldats. Ceux de Luirieux envoyés à la poursuite de ses fils. D'instinct, son cœur s'emballa dans sa poitrine. Il était impossible que Celma ait réussi seule à les découdre. Les chevilles battues par les eaux du lac, elle mit ses mains en porte-voix, hurla :

— Jean ! Petit Pierre !

Jean se figea au milieu des roches, impressionné encore du souffle mauvais qui, sortant de la bouche de Mélusine, avait balayé les soldats et rétabli le silence dans la salle. La voix de sa mère s'éleva de nouveau, rebondissant en écho sous la voûte.

— Je s…

La main de Celma s'écrasa sur sa bouche, étouffant sa réponse, instinctive. Sa voix se fit triste dans son oreille.

— Il ne faut pas. C'est elle qui a mené le prévôt.

Des larmes piquèrent les yeux de Jean. Il n'avait pas envie de croire pareille chose. Non, il n'avait pas envie. Mais le prévôt était là, et les soldats. Et elle… Il hocha la tête. Celma retira sa main, Bertille lui claqua une bise de compassion sur la joue.

— Ça ira ?

Il ne répondit pas, se boucha les oreilles à pleines mains pour ne plus entendre cet appel aux accents désespérés et continua d'avancer prudemment entre les rochers. Sa mère le lui avait assez répété. Pas de pitié.

Fanette laissa retomber le silence. Les soldats de Luirieux ne seraient pas longs à venir la prendre. Elle payerait. Doublement. Se jeter à l'eau ? Nager vers le fond de la grotte ? Elle s'en savait incapable dans son état. Le mieux serait encore qu'elle se noie. Qu'elle laisse l'eau envahir ses poumons, l'entraîner par le fond puisqu'elle n'avait plus rien. Oui, c'est cela qu'elle ferait lorsqu'elle les entendrait arriver dans le tunnel. Elle ne laisserait pas Hugues de Luirieux se venger. Elle aurait le dernier mot. Elle avait toujours eu le dernier mot. Un sanglot lui monta à la gorge. Elle se laissa choir au milieu des cadavres, reprise soudain par la douleur de son corps torturé. Son âme l'était pourtant davantage. Elle avait obtenu ce qu'elle voulait. Elle avait eu sa vengeance. Comment avait-elle pu s'en nourrir aussi longtemps ? S'aveugler autant ?

— C'est la faute de Mathieu, murmura-t-elle pour tenter de s'en convaincre.

— N'es-tu pas fatiguée de te mentir encore ?

Elle sursauta. Cette voix…

— Qui… qui est là ?

L'eau bruissa tout près d'elle. Un chant s'éleva, à peine perceptible, et avec lui la lumière. Une lumière douce, bleutée, qui éclaira la bouche, puis le visage jaillit silencieusement de l'eau. Celui de Fanette se raidit. Face à la pitié qu'elle lisait dans ces yeux couleur de mousse, elle redressa le menton, consciente de n'avoir plus figure humaine avec ses cheveux roux avalés par les flammes, ses cils et ses sourcils consumés, sa joue par endroits striée de cloques et de sang, le lobe de son oreille boursouflé.

— C'est toi les soldats, n'est-ce pas ?

— C'est moi, répondit la créature.

— J'ai toujours su que tu n'étais pas morte. Depuis le jour où nous nous sommes battues dans le bois, où je t'ai planté ce couteau en plein cœur. Tu te souviens ? J'avais si mal que tu me reprennes Mathieu. Je l'aimais si fort, Algonde. Je l'ai toujours aimé. Même dans la haine. Plus encore dans la haine.

— Je sais, Fanette.

Les larmes coulaient, loin d'apaiser le feu de ses brûlures, leur sel la mettait au supplice. Le noir était retombé autour d'elles, mais la caresse des vagues témoignait de la présence de la fée dans le lac. Happée par ses souvenirs, par ce fardeau soudain impossible à garder, Fanette reprit, d'une voix morte :

— Tu t'es relevée. Tu t'es relevée comme si de rien n'était. J'ai cru devenir folle... Je le suis devenue, oui, je le suis devenue...

Un sanglot éructa de sa gorge, la plia en avant. Une main froide, mouillée, se posa délicatement sur son épaule. Fanette releva la tête, fouilla l'obscurité de ses yeux repentants.

— Dis-moi. Dis-moi que mes fils sont vivants. Je ne mérite rien, eux moins encore que toute chose, et pas de pardon, mais je t'en supplie, dis-moi...

— Jean est sous ma protection avec Bertille et Celma. Mais je n'ai rien pu empêcher pour Petit Pierre. Mathieu m'a prise pour Mélusine. Il l'a emmené en embuscade pour le garder de moi.

La voix d'Algonde s'était altérée. Fanette bredouilla un merci à peine audible. Elle se rassura. Enguerrand menait le chargement. Il s'élèverait contre Luirieux, ne permettrait pas qu'il pende un enfant.

Des bruits de bottes résonnèrent dans le tunnel tout proche. Elle pouvait mourir à présent. Plus rien n'avait d'importance.

Fanette tomba à quatre pattes, laissa l'eau lui battre les avant-bras puis le ventre.

— Emmène-moi, je t'en prie... Je préfère cent fois ta vengeance à la leur.

Des bras se refermèrent autour d'elle. Fanette ferma les yeux. Elle avait fait trop de mal à Algonde et à Mathieu dans l'espoir de soulager le sien. Ce n'était que justice. Se laissant entraîner par le fond, elle disparut à la vue des soldats.

17.

La cause d'Hélène de Grolée, née Philippine de Sassenage, avait été entendue. Au moment où un messager annonçait l'arrivée imminente de Julie Farnèse aux portes de Rome, le sire de Bressieux recevait le décret d'annulation de son mariage.

Moins d'une heure plus tard, César Borgia lui-même, en armure et accompagné de quatorze mercenaires suisses se présentait au Palazzo Altemps. Sur ordre de Sa Sainteté, il venait procéder à l'arrestation des Français, sous le prétexte de les mener en sécurité.

Tandis qu'avec les siens, Elora grimpait dans la litière frappée aux armes du Vatican, Khalil, dissimulé comme à son habitude derrière un tonneau, prenait la véritable mesure de la guerre qui se préparait entre le roi de France et le pape. Jusque-là, et bien que la rue se soit faite le relais de l'avancée spectaculaire du roi Charles et d'une disette que les routes coupées aggravaient, il n'avait été préoccupé que d'Elora. La cueillant le matin devant sa demeure et la lâchant devant la grosse tour qui barrait l'entrée du pont Saint-Ange. Il demeurait une bonne partie de la journée sur les berges du Tibre, amusant les badauds des pitreries de son singe. Puis, profitant de l'office de sexte qui voyait les ruelles se vider, il s'empressait de traverser la ville tout entière, regagnait l'arrière de l'église Saint-Jean-de-Latran, trouvait son campement accolé à l'enceinte d'Hadrien et donnait à son père l'argent récolté avant de repartir par le même chemin, espérant, à la tombée du jour et devant la porte du palais Altemps, recueillir d'elle un sourire, un mot ou davantage qui lui eût permis de mener son projet à bien.

Hélas pour sa patience, Elora ne lui avait plus seulement accordé un regard.

Cette fois pourtant, il jugea que le moment était venu d'agir et de sauver à son tour celle que, discutant entre eux, les mercenaires venaient de nommer la sorcière. Tant pis si cela devait coûter aux siens cette recommandation tant espérée. Il ne laisserait pas le pape la faire brûler.

*

Alexandre VI avait en quelques mois vu s'écrouler une à une ses cartes maîtresses. Ceux qu'il avait couverts d'or et de prébendes s'étaient couchés devant le roi Charles. Son rival, le cardinal Julien della Rovere, ragaillardi par les lettres de Bayezid et les prédictions de Savonarole, rameutait la chrétienté pour exiger sa destitution. Chaque jour apportait son lot de mauvaises nouvelles. Une des armées françaises, dirigée par le roi lui-même, menait ses six mille fantassins et quatre mille cavaliers droit sur la Ville. Alexandre VI ne pouvait plus compter que sur le duc de Calabre, lequel, dans l'impossibilité de contenir cette marée humaine, était arrivé la veille. La nuit durant, avec le comte de Pitigliano, capitaine général de l'Église, son gendre Giovanni Sforza, et ses chefs militaires, le pape avait échafaudé de nouveaux moyens pour défendre le Vatican. César avait proposé de murer les portes du nord de l'enceinte, barrant ainsi l'accès au roi Charles qui venait de Viterbe.

Mais cela ne pouvait suffire. En ce matin du quatorze décembre, des canons étaient hissés au sommet du château Saint-Ange et répartis de part et d'autre des créneaux. Des prélats allaient et venaient, lourdement chargés de coffres pour mettre en sécurité les reliques, les tiares et autres pièces somptueuses du trésor pontifical. Il en allait de même des meubles, argenterie, tapisseries, tapis et lustres précieux montés l'un après l'autre par la rampe d'accès recouverte de marbre et de mosaïque, dans les appartements et salles de réception qui voisinaient le tombeau de feu l'empereur Hadrien, au dernier étage de la forteresse. Du chemin de ronde on pouvait embrasser Rome et la plaine du Tibre. Il n'était pas de meilleur endroit pour se retrancher en cas de siège.

Alexandre VI en était convaincu. Pourtant, il demeurait partagé entre l'envie de fuir à Naples, où son ami Alphonse II lui offrait refuge, et celle de tenir tête à ses détracteurs. Quittant la salle du conseil au petit jour, César l'avait pris en aparté pour lui conseiller de ramener le baron de Sassenage au Vatican. Ils ne pouvaient se passer d'une monnaie d'échange aussi précieuse.

Alexandre VI s'était préparé à cette éventualité, depuis, en vérité, que cette petite garce l'avait défié. La violence du plaisir qu'elle lui avait finalement donné avait chassé les affres de ses tortures. Il s'était damné depuis longtemps pour bien moins. Ainsi que Savonarole se plaisait à le clamer, en s'emparant du Latran les Borgia avaient chassé le divin de Rome. Il n'avait aucune raison de trembler. Le diable était un allié. Il suffisait juste de lui vouer le culte qu'il escomptait.

Lorsque César, s'inclinant devant lui, lui rapporta que Jacques de Sassenage et sa suite s'étaient installés dans l'appartement voisin de celui du prince Djem, il en éprouva une sincère satisfaction et acheva de se parer, le cœur gorgé d'une joie puérile. Julie Farnèse était annoncée et il tenait à se porter en conquérant au-devant d'elle et de leur fille Laura, née l'hiver précédent.

*

L'heure du grand bouleversement approchait.

La présence permanente de Khalil, l'arrivée imminente du roi Charles et jusqu'à l'embuscade dans laquelle Elora avait vu, en songe, son vrai père se jeter, tout le lui indiquait.

Elle avait donc accepté leur retour à tous au Vatican. Au moins y seraient-ils réunis. Depuis que Jacques et Aymar avaient appris la vérité concernant Algonde et le fils de Djem, ils n'avaient pas seulement pu parler à Hélène. Les deux hommes trépignaient d'impatience. Hélène avait trop pleuré sa dame de compagnie et son fils. S'ils ne pouvaient reprocher à Elora d'avoir dissimulé les faits, ils ne voulaient plus attendre pour soulager la peine d'Hélène.

Elora n'était pas convaincue que les murs du Vatican soient le meilleur endroit pour ce faire, ayant pu juger par elle-même des procédés d'espionnage qu'ils recelaient, mais ils n'avaient pas véritablement le choix.

Refrénant leur enthousiasme, elle avait seulement réussi à les convaincre de lui laisser l'initiative des aveux.

Peu avant midi, César Borgia s'annonça à leur porte. Ils terminaient de prendre possession des appartements, outrageusement luxueux pour qui avait connu l'élégante sobriété du Dauphiné. « La guerre gagnée, notre bon roi ramènera en France le faste et la mode italiens. Le monde s'en trouvera changé », avait prédit Jacques de Sassenage qui, à défaut des mœurs dissolues, se régalait depuis leur arrivée à Rome des fresques et des marqueteries. Elora s'était contentée de sourire. Lui rappelant qu'en matière vestimentaire, l'influence turque était la plus marquée. Elle s'était gardée d'ajouter que, avant longtemps, ce monde-là ne serait plus le sien. Ils n'étaient pas encore prêts.

— Sa Sainteté le pape souhaiterait que vous lui accordassiez une faveur, messires.

Jacques se fit l'écho d'Aymar de Grolée.

— Nous lui sommes redevables de son accueil et, à ce titre, heureux de lui plaire.

— Ses cousines s'apprêtent à franchir la porte nord de la ville et, lui, à les accueillir. Si vous vouliez bien chevaucher à ses côtés…

Manière élégante de faire savoir à l'escorte française de Julie Farnèse la présence du baron Jacques à Rome, songea Elora avant de s'avancer en relevant sur ses chevilles le taffetas de sa jupe bleutée.

— En serez-vous aussi ?

L'œil de César s'enflamma.

— Le peuple de Rome a besoin, en ces temps troublés, de sentir la force d'une famille soudée.

« Parfait », songea Elora. Aucun Borgia pour l'espionner. Elle se tourna vers Jacques et Aymar, qui, comme elle, avaient interprété les sous-entendus de cette invitation. Au pli marqué entre leurs sourcils, elle devina qu'ils appréciaient peu de ne pouvoir s'y soustraire.

— Il ne serait pas raisonnable que je me joigne à vous avec cette affreuse migraine. Je vais m'étendre jusqu'à votre retour, d'autant que Lucrèce, ce soir, nous a préparé un petit jeu, plutôt amusant en vérité puisqu'il déterminera laquelle de nous deux sera la plus en beauté. Il est question, je crois, mon cher César, que vous en soyez juge avec le prince Djem.

— En effet. M'en tiendrez-vous rigueur ?

Elora éclata d'un rire léger, contredisant sciemment son prétexte.

— Ma foi, je ne crois pas. L'éclat tient à peu de chose en vérité. Un peu de repos et je me fais fort de rivaliser avec votre sœur bien-aimée.

César s'inclina.

L'instant d'après, il la quittait, ainsi qu'Aymar de Grolée et Jacques de Sassenage. Elora sortait à son tour dans le couloir pour gagner les appartements de Djem en prenant soin qu'on voie où elle se rendait. Si César avait convaincu son père de leur donner cette mitoyenneté, ce n'était, elle en était persuadée, que pour la rapprocher du prince. De jour en jour, la jalousie qui pinçait le cœur de César devant les sentiments de sa sœur pour Djem s'affichait sur son visage. Quoi de mieux qu'une rivale pour la tenir en respect ?

Elora se fit annoncer par les janissaires qui barraient la porte à double battant. Lorsqu'elle s'ouvrit, le charme et les parfums de l'Orient éclatèrent devant elle. Au fil des années, Djem s'était reconstitué un univers dans ces murs habillés par Pinturicchio. Selon les souhaits du pontife, le peintre avait cédé aux demandes de Djem. Les allégories avaient oublié d'être bibliques, s'étaient teintées d'ambre et de grenat, évoquaient la liberté par une chevauchée sauvage, ou une nuée d'étoiles au plafond, sans parler d'un mur entier qui, montrant Djem aux côtés du pape et de ses enfants, révélait l'influence de sa présence sur la mode de la cour. Les êtres chers à Djem étaient au centre de fresques encadrées d'arabesques à la feuille d'or, jusque dans les colonnades qui les séparaient les unes des autres. Dépourvu de modèle, l'artiste s'était aidé de la description que lui en avait faite le prince pour les représenter. Guy de Blanchefort côtoyait là Jacques de Sassenage devant un château qu'on pouvait prendre pour la Bâtie. Sur une haquenée blanche, une jeune femme aux cheveux tressés laissait deviner Hélène, un Turc imposant cabré sur un alezan, son ami Houchang, un autre au nez aquilin, sec et puissant de regard, son frère de lait, Anwar, mort empoisonné.

Le seul dont on pouvait sans faillir reconnaître les traits était Juan de Gandie, le frère aîné de Lucrèce et de César. L'unique Borgia pour lequel Djem avait ressenti une véritable amitié. Juan l'avait quitté. Il vivait aujourd'hui en Espagne où peu à peu il échappait à l'emprise de sa famille par son amitié pour Isabelle et Ferdinand d'Aragon. Djem n'échangeait plus avec lui qu'une florissante correspondance.

Sur le manteau de la cheminée, un croissant rappelait discrètement la religion musulmane, de même que les volutes travaillées des deux côtés de l'encadrement. Au milieu de cette salle de réception tout en longueur, des coussins profonds et moelleux habillaient d'orange et de pourpre des banquettes rases de bois sculpté. D'épais tapis réchauffaient le marbre du sol.

Pour l'heure, les narguilés avaient été repoussés sur les côtés. Nassouh le tchélébi et Sinan Bey, revenus à ses côtés par la grâce du pape, étaient attablés avec d'autres fidèles compagnons devant des plateaux de cuivre ouvragé débordant de volailles, légumes, fruits et pâtisseries. Ils y trempaient leurs mains soigneusement lavées par l'eau parfumée que leur renouvelaient les valets.

Parmi ceux-là, sagement et respectueusement soumise derrière Djem, Elora reconnut sa mère adoptive. Malgré cette attitude, bien éloignée de son tempérament fougueux et de son éducation, Hélène de Grolée semblait heureuse, consciente que c'était le prix à payer pour demeurer en permanence et en sécurité auprès de l'homme qu'elle aimait.

À l'entrée d'Elora dans la pièce, Djem bondit sur ses pieds, reprenant un jeu qu'ils entretenaient même en privé, pour parer à toute indiscrétion. Excepté Nassouh et Sinan Bey dont le prince répondait comme de lui-même, personne ne savait.

— Hélène, ma chère Hélène, quelle délicieuse surprise que de vous voir ici, en ce palais, s'empressa-t-il en lui prenant les mains pour les embrasser.

— Apprêtez-vous à m'y croiser souvent, Djem, puisque nous sommes voisins désormais.

— Vraiment ?

Elora, saisissant le regard inquiet de sa mère adoptive, s'empressa d'expliquer :

— Le peuple qui subit la famine est agité de rancœurs. Comment leur en vouloir ? Les Romains n'en peuvent plus de cette guerre qu'entretient Sa Sainteté et du coup, aux dires de César Borgia, menacent notre sécurité.

Il l'entraîna vers la banquette, le front soudain barré d'un pli soucieux.

— J'ignorais cet état de fait, mais cela ne me surprend guère. Mon ami, le cérémoniaire Burckhardt, m'a raconté hier qu'à la demande du Saint-Père il avait tenté de rallier à la cause du Vatican les Germaniques installés à Rome. Il n'a réussi qu'à mobiliser un petit groupe d'une vingtaine de personnes, tenanciers d'auberge, bottiers, serruriers, barbiers, trop pacifiques eux-mêmes pour retourner le peuple contre les Français. Mais ses ordres sont de tout faire pour y parvenir.

— Un jeûne bien orchestré vaudrait mieux qu'un discours frelaté ! s'exclama Elora en s'installant joliment sur les coussins.

Elle salua l'aréopage du prince d'un élégant hochement du menton. Après lui avoir poliment répondu, ils se remirent à discuter entre eux. Djem les regarda reprendre des mets savamment cuisinés, s'excusa :

— J'approuve votre sentiment, ma chère. Cette table garnie avec tant d'abondance fait injure au sort des Romains, mais la bouder n'amènerait pas davantage de viande dans leurs écuelles. Il serait plus indécent encore de gaspiller, ne croyez-vous pas ?

Elle accepta de picorer un quartier d'orange confite dans la corbeille qu'il lui tendait, en apprécia son parfum acidulé avant de renchérir :

— Je ne m'inquiète ni pour les Romains ni pour l'Église, à dire vrai. Alexandre VI est bien trop habile pour ne pas trouver *in extremis* le moyen de concilier son ambition à celle de la France. Et le peuple ouvrira les portes au roi Charles et l'acclamera en sauveur, tel le restant des provinces italiennes.

Elle posa une main délicate sur la manche de sa chemise brodée de fleurs, se pencha vers lui.

— Pour l'heure, le pape est occupé avec son fils, mon époux et mon père à accueillir sa chère Julie Farnèse, alors, si un valet voulait bien nous réserver quelques-uns de ces mets, je serais heureuse de les partager avec vous… en privé.

Il n'en fallait pas davantage pour que Djem comprenne qu'elle désirait leur parler. Il hocha la tête, l'aida à se lever et, gardant sa main sur son poing fermé, l'entraîna vers la chambre. À l'exception de Nassouh et de Sinan Bey qui s'accordèrent pourtant aux regards entendus de leurs compagnons, tous furent convaincus des élans qui allaient les transporter.

18.

La porte était à peine refermée sur eux et le plateau qu'elle tenait déposé sur une table basse, qu'Hélène de Grolée tombait le masque pour serrer Elora dans ses bras. Mère et fille adoptive s'étreignirent avec tendresse avant de s'écarter l'une de l'autre, gardant leurs mains jointes dans une belle complicité.

— Le pape a eu une merveilleuse idée, somme toute. Les journées me sont si longues à vous voir sans seulement pouvoir vous parler…

Un sourire d'excuse aux lèvres, Hélène tourna d'un quart la tête vers Djem, placé en retrait pour mieux les laisser se retrouver.

— Ne crois pas que je me plaigne, mon cher amour, nos moments volés égaient suffisamment mon cœur pour que je ne regrette rien, seulement…

Elle reprit Elora contre elle.

— Tu me manquais, ma fille !

Elora claqua une bise sonore sur sa joue.

— Vous aussi, mère. J'ai tant de choses à vous raconter que je ne sais par où commencer.

Djem se mit à rire.

— Par l'essentiel, peut-être…

— Tout est essentiel…

Elle se dégagea délicatement des bras d'Hélène.

— … Mais auparavant, j'ai quelque chose à vous montrer.

Elora se dirigea vers le mur contre lequel était appuyée la cheminée, face au lit sculpté dont les montants se voilaient de baldacco. Une frise exubérante peinte en trompe l'œil courait à hauteur des yeux sur le pourtour de la pièce.

— Les montagnes d'Anatolie et leurs hordes sauvages, expliqua Djem avec une pointe de nostalgie.

— Décor idéal pour surveiller l'ennemi, rectifia Elora en avisant l'œil d'un cheval, cabré de peur devant un ours. Elle leur fit signe d'avancer, leur montra le petit orifice pratiqué dans la prunelle de l'animal, masqué habilement d'un voile léger que l'artiste avait emprisonné dans la sous-couche de peinture. Le clapet de bois était rabattu depuis la chambre du pape. Personne ne les surveillait.

La colère embrasa le regard de jais de Djem, tandis que celui d'Hélène se troublait d'angoisse.

Elora la rassura d'un sourire.

— Inutile de vous inquiéter. Si Alexandre VI a pris soin de me révéler son indiscrétion, c'était pour mieux me tenir à merci. Je lui ai prouvé qu'il se trompait. Votre secret sera bien gardé. Tant que je serai en ces murs. Au-delà, il faudra vous méfier, mère.

Hélène tressaillit.

— Est-ce à dire que tu veux nous quitter ?

— Je doute que le roi Charles accepte la présence d'une dame dans son armée. Je serai forcée de regagner le Dauphiné sitôt qu'à ses côtés, Djem marchera sur Naples.

Ce dernier approuva d'un mouvement de tête.

— Cela s'imposera en effet. Es-tu certaine que le pape ne révélera rien à Lucrèce ?

— Rien. Mais par mesure de prudence, il serait bon, Djem, que vous accordiez quelques faveurs à cette garce.

Déjà émue à la perspective d'être séparée de sa fille, Hélène s'étrangla.

— Je voudrais bien voir ça !

Elora éclata de rire.

— Je ne parlais pas de ces faveurs-là, mère, mais d'autres, qui lui donneront l'illusion de balayer la rivale qu'elle me croit être. Comme de la déclarer gagnante du jeu qu'elle a organisé ce soir, par exemple.

— Et que fais-tu de César ? Je doute qu'il apprécie ce manège, insista Hélène que ces deux idées exaspéraient.

Elora lui reprit la main.

— Je vous demande de me faire confiance, mère. Ici, je peux encore vous protéger. Ensuite, hélas, vous serez seuls et bien loin d'être hors de danger. Il ne faudra rien avaler l'un et l'autre qu'un goûteur n'ait mangé.

Au fait des pouvoirs divinatoires de la jouvencelle, ils blêmirent.

— As-tu vu quelque malheur ?

— Non, c'est une précaution à ne pas négliger, mentit Elora avec assurance en gagnant le lit.

Elle était venue leur apporter la joie et la paix. La douleur viendrait bien assez tôt. Il était inutile de l'anticiper.

— Asseyons-nous, voulez-vous ? reprit-elle d'un ton enjoué. J'ai d'autres choses à vous révéler, qui risquent de vous bouleverser.

Elle s'installa sur la courtepointe du lit, damassée de fils d'or et de fleurs stylisées ; Hélène sur un coussin de sol, la tempe trouvant l'appui du genou de Djem qui venait de choisir un faudesteuil à ses côtés. Instinctivement, la main du prince s'envola pour caresser le front de son aimée. Elora sourit. Ce tableau-là respirait la douceur d'instants précieux, volés à l'impossible. Un instant, elle se prit à maudire ses pouvoirs de divination qui l'empêchaient de s'abandonner totalement au moment, à l'innocence de sa jeunesse. Elle se reprit pourtant, avant que son visage parfait n'en soit altéré. Elle n'était pas venue au monde sans raison et ce but seul devait la guider. Le reste, tout le reste, quoi qu'il lui en coûte, devait suivre sa propre destinée.

Elle prit une profonde inspiration, arbora un sourire de connivence.

— Commençons par la nouvelle du jour. C'est fait, mère, votre mariage a été annulé.

Hélène tressaillit.

— Si vite ? Je croyais que cela prendrait des années…

— Par la voie normale, oui, mais celle que j'ai empruntée ne souffrait aucune attente.

Djem darda sur elle un regard teinté de respect.

— J'ai bien connu ta mère naturelle. En son temps, elle me surprit plus d'une fois, mais je dois reconnaître que tu m'impressionnes bien davantage, mon enfant. Personne en te regardant ne soupçonnerait ton jeune âge, mais je doutais de ta capacité à donner le change bien longtemps. Me voici rassuré. Si tu as hérité de la beauté et de l'abnégation d'Algonde, tes pouvoirs sont sans commune mesure avec ceux qu'elle possédait. Elle serait fière de toi, à n'en pas douter.

Elora saisit l'occasion qu'il lui offrait.

— Elle l'est, en vérité.

Ils ne réagirent pas immédiatement, Hélène pénétrée des souvenirs réveillés par Djem, Djem sous le coup encore d'une admiration sincère. Ce fut elle qui dressa la tête la première, tirée brutalement du passé. Son regard exprimait une si profonde perplexité que la jouvencelle ne laissa pas le silence s'installer.

— Je n'ai jamais souffert du manque d'elle, non parce que j'étais trop petite pour me la rappeler, mais parce que je la savais présente, à mes côtés, par ce merveilleux pouvoir qu'elle m'a légué. Algonde n'est pas morte, mère…

Djem écarquilla des yeux ronds.

— … Je sais qu'il vous sera difficile de lui pardonner, mais elle n'avait d'autre choix que le mensonge pour sauver votre enfant des griffes de Marthe. Pour vous sauver…

Hélène se mit à trembler, en proie à un choc si violent que ses dents claquèrent, que son corps tout entier lui sembla se disloquer. Djem demeura pétrifié tandis qu'Elora se jetait à genoux devant elle pour l'enlacer.

— Trahie, elle m'a trahie, furent les seuls mots que prononça Hélène avant de s'évanouir dans les bras de celle qu'elle avait élevée.

*

Khalil trépigna d'angoisse en reconnaissant le pape dans cet homme armé d'un poignard et d'une épée, épaulé d'un baudrier à l'espagnole par-dessus son pourpoint de velours noir brodé d'or assorti à son bonnet et chaussé d'élégantes bottes de Valence.

De fait, occupé à surveiller les abords de la tour barrant le pont Saint-Ange pour trouver le moyen de le franchir discrètement, le bohémien ne s'était intéressé à ce groupe de cavaliers que parce qu'il était solidement escorté par César Borgia et des mercenaires suisses. Son cœur s'était accéléré lorsqu'il avait vu passer les deux hommes dont son ange gardien ne se séparait jamais.

En quelques secondes, emportée par son tourment, son imagination s'emballa. Corrompus par le pape, les compagnons de sa belle l'avaient abandonnée à une mort certaine. Il s'immobilisa sur le bas-côté, bouleversé de fureur et d'injustice, laissa les derniers mercenaires le dépasser en riant des singeries de son animal autant que de son teint violacé, avant de pousser un hurlement de fauve, signal pour Bouba d'une attaque en règle. Ce fut la panique sur la chaussée que la soldatesque prenait soin de dégager. Passant de l'un à l'autre à une vitesse vertigineuse, le petit singe sauta au cou des chevaux pour leur tirer les oreilles et les affoler. Profitant de l'effet de panique, Khalil se faufila entre les bêtes impossibles à calmer.

Le temps que César Borgia prenne la réelle mesure de ce qui arrivait, davantage amusé de l'embarras des gardes devant un petit singe qu'inquiété de son maître, Khalil avait remonté en zigzaguant entre les jambes des chevaux au risque de se faire piétiner et empoigné l'encolure de la monture du pape.

— Mais enfin, qu'est-ce que... s'embarrassa le Saint-Père au moment où, avec une agilité exceptionnelle, le garçonnet le repoussait du bassin sur sa selle pour mieux s'y installer et lui fauchait le poignard à la ceinture.

Un coup de talon bien senti sur les flancs de l'animal, un sifflement en bouche, il n'en fallut pas davantage pour que Bouba atterrisse sur l'épaule du bohémien et que le cheval emporte le pape sous les regards d'une escorte pétrifiée.

César Borgia ne fut pas plus long à réagir qu'Aymar de Grolée et Jacques de Sassenage. Reprenant le contrôle de leurs montures sitôt la disparition de leur tourmenteur, ils s'élancèrent à la poursuite du garçonnet.

Le pape venait d'être enlevé.

*

Alexandre VI avait de nombreux défauts, mais pas celui de couardise. L'instant de stupeur passé, il jugea ne pas courir grand danger malgré la pointe de son propre poignard qui lui chatouillait les côtes. Son agresseur était habile à en jouer puisque, à aucun moment, malgré les pavés irréguliers, la lame ne le blessait. Aguerri par le poids des années et des complots, il lui eût été facile de se dégager. Mais Alexandre VI était curieux. Ce n'était pas la première fois que des bohémiens étaient hébergés à Rome. Le Vatican les avait toujours traités avec respect, les engageant même comme mercenaires à l'occasion. Fier et libre, ce peuple d'itinérants était d'une habileté sans égale en ferronnerie et les meilleurs dresseurs de chevaux de la chrétienté. Il se souvenait encore du patriarche de cette petite communauté qu'il avait rencontré trente ans plus tôt. Un personnage. Regard noir sous le chapeau aux larges bords, puissant, racé jusqu'à la peau brune, cheveux longs et barbe fournie. Le fils qui avait repris le commandement était de la même trempe. Jamais il ne se serait abaissé à semblable crime. Visiblement, la troisième génération du comte de petite Égypte était bien moins regardante sur les procédés.

Ils se dirigeaient droit vers la forteresse que constituait le mausolée d'Auguste. Surplombé par un talus arboré, le monument se dressa très vite devant eux. Nouveau coup de talon, savamment dosé. Le cheval, répondant à la maîtrise de son jeune cavalier, passa entre les deux obélisques qui gardaient l'entrée et s'immobilisa devant la statue du premier empereur de Rome, laissant le pape perplexe. Qu'espérait donc ce fou ? Une minute. Il n'en aurait pas davantage avant que les Suisses ne se ruent sur lui. Comme s'il avait deviné ses pensées, Khalil lui arracha son épée et se propulsa en arrière.

— Bouba, cali ! ordonna-t-il avant même d'atterrir souplement sur ses pieds.

Tandis que le petit singe se précipitait sur le bonnet du pape pour le lui rabattre sur les yeux, Khalil fonça sur les deux battants qu'il repoussa comme un forcené. Alexandre VI n'était pas encore débarrassé de l'animal que le seul accès au mausolée était solidement barré de l'intérieur.

— Assez, Bouba, assez, tempêtait le pape.

Un sifflement strident résonna dans la salle voûtée. Le singe abandonna la tête de sa victime pour atterrir sur l'épaule de son maître. Les joues en feu et le souffle coupé par son effort désespéré, Khalil, qui avait abandonné au loin poignard et épée, se rapprocha du cheval, aussi agacé par les cris du singe que par ceux de son cavalier. Alexandre VI arracha sa coiffe engoncée au moment même où l'animal s'apaisait miraculeusement des quelques mots prononcés à son oreille.

À l'inverse, le pape fulminait :

— Voici bien du joli travail en vérité ! Mais enfin que me veux-tu, le bohémien ?

Khalil lui jeta un regard déterminé.

— La sorcière. Voilà ce que je veux. Rends-lui sa liberté.

Alexandre VI béa de sa bouche épaisse. Quelle était donc cette singularité ? Des coups martelèrent le bois de la porte. Indifférent à leur menace, Khalil croisa les bras sur sa veste aux broderies usées. « Cet enfant n'a plus sa raison, c'est indiscutable », songea le pape. Sa colère retomba.

— Je ne vois pas de qui tu veux parler, mon fils.

Khalil se buta plus encore. Si cet homme, tout puissant soit-il, s'imaginait le berner, il se trompait.

— Si, tu le sais. Tu l'as fait arrêter ce matin par ton fils et maintenant que tu…

Le rire franc qui emporta soudainement le pape faucha net son argument. Khalil, lui, s'en vexa d'autant plus qu'on se démenait contre l'huis. À en juger par la violence des chocs, César Borgia s'était procuré l'équivalent d'un bélier. Alexandre VI plaqua ses poings sur le pommeau ouvragé de sa selle et considéra son agresseur sous un jour nouveau.

— J'ignore ce qui te permet de penser que la dame de Bressieux est une sorcière, mon enfant, mais sache qu'elle s'est installée au Vatican de son plein gré. Ce qui ne sera pas ton cas si tu n'ouvres pas immédiatement cette porte.

Khalil fronça le nez.

— Ça m'est égal d'aller en prison. Je veux la voir, s'entêta-t-il.

Alexandre VI enroula autour de son poing la bride de son cheval. Cette comédie avait assez duré.

— Qui crois-tu être, petit, pour imaginer un instant qu'elle puisse te regarder ?

D'un coup d'étrier, il fit pivoter son cheval, tira sur les rênes jusqu'à le cabrer. Surpris par la manœuvre, Khalil recula pour se protéger le visage des sabots de la bête, heurtant des reins la barrière de marbre qui protégeait le gisant. Déjà le pape avait tourné bride, obligé l'animal à amorcer un galop qu'il bloqua net devant le double battant. Le temps pour Khalil de se redresser, le dos cisaillé par l'arête de la pierre, le pape avait sauté à bas, hurlé l'ordre de cesser l'assaut et enlevé la goupille qui retenait la barre transversale.

La porte s'ouvrit avec violence et les mercenaires suisses, César Borgia furibond à leur tête, s'engouffrèrent dans le mausolée.

— Saisissez-vous de l'enfant ! ordonna ce dernier avant de se tourner vers son père qui, déjà, remettait pied à l'étrier.

— Pas de mal ?

— Rien qui vaille la peine d'en parler.

Aymar de Grolée et Jacques de Sassenage parurent à leur tour, visiblement inquiets. Cerné par les Suisses, Khalil n'offrit aucune résistance. On lui lia les mains avant de le ramener devant le pape qui rajustait sa coiffe depuis sa selle, amer à l'idée d'être bien moins présentable qu'il l'avait espéré devant sa dulcinée. Ils s'affrontèrent du regard. Alexandre VI secoua la tête d'un air navré.

— Il te faut apprendre à tes dépens, petit. On ne conquiert pas un empire en souffrant de pitié. Les Borgia n'en ont aucune, mais nous ne sommes pas les premiers. Dieu n'a-t-il pas maudit la génération d'Abel jusqu'à la cinquième ? Il en sera de même des tiens.

Khalil perdit de son assurance.

— Ils ne sont pas responsables.

— C'était avant d'agir, et pour si stupide cause, qu'il fallait y penser…

Il se tourna vers son fils.

— Je veux que leur caravane ait quitté Rome avant ce soir.

— Et la recommandation ? plaida Khalil qui réalisait soudain l'embarras dans lequel il avait placé son peuple.

Le pape afficha un rictus amer.

— C'en est une. Si je n'avais eu du respect pour ton père, je les aurais fait massacrer jusqu'au dernier.

Une boule de rage noua la gorge du garçonnet.

— Que fait-on de lui, Votre Sainteté ? demanda César.

Le pape tourna bride. Il avait assez perdu de temps. Il lança sa sentence par-dessus l'épaule.

— Quelques jours de cachot lui feront le plus grand bien, ensuite, qu'il aille au diable... mais sans son animal. Celui-là, vous me l'empalez !

— Non ! hurla Khalil avant de chuchoter quelque chose à son singe, de nouveau sur son épaule.

L'animal secoua la tête, puis, devant les yeux emplis de larmes de son maître, sauta à terre et fila entre les pattes du cheval du pape qui sortait. Deux Suisses s'élancèrent sur ses traces. Khalil se mit à rire. Ils pouvaient toujours courir. Ils ne le rattraperaient jamais. Entraîné par un autre, il passa devant les Français, posa sur eux un œil chargé de rancœur avant de se reprendre.

— Dites à votre dame le malheur qu'on me fait, messires. Elle saura quoi en penser !

Aymar et Jacques échangèrent un regard consterné. Se gardant de tout commentaire, ils s'accordèrent à l'invitation courtoise de César Borgia de reprendre la route. S'ils s'attardaient encore, le pape raterait son effet.

Ramené à l'extérieur, au pied des obélisques, Khalil les regarda partir avec au cœur une animosité grandissante. Il eût pu sans peine se détacher, mais au loin, de l'autre côté du Tibre, le château Saint-Ange dardait ses murailles. Il soupira. Il avait cherché la matinée durant le meilleur moyen de passer la tour de guet. Sans le vouloir, il l'avait trouvé. Il se laissa pousser sur la chaussée, au-devant des deux cavaliers qui l'escortaient, relié au premier par la corde qui lui entaillait les poignets.

19.

De toutes les représentations que Fanette s'était faites du diable, celle-ci, bien réelle, était la plus impressionnante.

À la faveur d'un flambeau qu'il tenait dans une main aussi velue que le reste de son corps, Satan posait sur elle des yeux d'un azur si pur et si intense qu'elle fut prise de convoitise en imaginant de semblables gemmes dans son escarcelle.

Pour sûr, elle était en enfer.

Un enfer tentateur comme châtiment de ses crimes, mais dans lequel, étrangement, si l'on exceptait la chaleur de la torche, il faisait froid.

Elle referma les yeux. La lumière décrut au travers de ses paupières fines. Dans le noir revenu, elle perçut des bruits de voix assourdis par le grondement d'un torrent. La rivière des âmes, songea-t-elle. Noire et grouillante de toutes celles qui s'étaient perdues ou qui, comme la sienne, avaient trouvé trop tard la rédemption. En amont, le bien. En aval, le mal. Il était toujours plus facile de descendre et, elle devait le reconnaître, elle était tombée bien bas.

Elle soupira. Elle avait désormais l'enfer pour expier, alors quelques minutes de plus à s'oublier là, c'était encore une faveur que la mort lui accordait avec bienveillance.

Une pensée douce ramena devant ses yeux la tignasse brune de Petit Pierre, son regard noir inquiet de ne jamais lui plaire, ses mains gauches brûlant d'envie de tendresse. Cet amour trop grand qu'elle avait sciemment transformé en haine au fond d'elle lui éclata dans la gorge. Elle s'était protégée de son aîné comme elle s'était protégée de Mathieu, incapable de souffrir d'un rejet tôt ou tard incontournable.

Des larmes piquèrent ses yeux. Elle ragea contre les prêtres qui assuraient que la camarde lavait le souvenir. Au paradis peut-être. Ici, ils étaient plus marqués encore, sans doute pour mieux flageller les pensionnaires.

Mea culpa, formèrent ses lèvres boursouflées en silence. C'étaient ces mots-là que l'abbé Vincent, le curé de Sassenage, l'obligeait à répéter avant chaque confession.

Avait-elle aimé un seul des hommes qui l'avaient besognée ? L'avaient-ils aimée en retour ? Villon, sans doute. Oui. Villon l'avait aimée jusqu'à ce qu'elle le dégoûte par sa cruauté.

Les taches de son sur le nez de son fils Jean apportèrent un peu de baume à ce constat désabusé. Ses yeux rieurs, sa bouche gourmande, sa manière de dire maman en avalant le *m* du milieu comme une pâtisserie. Les seules fois où elle s'était abandonnée à son bonheur de mère, c'était lorsqu'il dormait. Lorsque tous dormaient. Qu'elle ne soit pas prise en faiblesse. Elle l'éveillait discrètement, mentait en le prétendant victime d'un cauchemar pour mieux le prendre contre elle. Jusqu'à ce qu'il se rendorme. C'étaient ces moments-là qui avaient scellé leur entente. Sans que personne s'en doute. Sans que lui s'en doute.

Lavée de sa rancœur, elle comprenait mieux désormais ce qui avait poussé son cadet à refuser de la suivre en exil. Son lien, qu'elle avait sous-estimé, avec Petit Pierre.

Fanette sourit dans l'obscurité de la grotte infernale.

Petit Pierre.

Jean.

Ils étaient saufs. L'un sous la protection d'Enguerrand de Sassenage, l'autre sous celle d'Algonde.

Cette certitude l'apaisa. Elle seule pourrirait en enfer. Elle seule.

— Maan…

Elle s'étira, bercée par cette chanson d'hier. Grimaça sous la douleur qui poignarda ses côtes. Le diable aurait pu la réparer un peu tout de même.

— T'es réveillée, maan ?

Son cœur s'emballa. La lumière avait de nouveau forci, striant l'obscurité de ses paupières closes. Une petite main s'accrocha à son épaule. De nouveau la voix, au-dessus d'elle.

— Maan…

Une sueur froide lui inonda le front. Le diable ne pouvait pas lui avoir fait ça. Tout, elle lui avait tout abandonné sa vie durant, et accepterait tout encore de la mort. Mais pas ça. Pas son fils, prisonnier des mêmes abîmes.

Elle se redressa, ouvrit les yeux, accrocha ceux, inquiets, de Jean près d'elle, juste à côté de Satan, et hurla.

Hurla de désespoir à en vriller la voûte de la caverne, et l'enfer tout entier.

*

Mathieu cogna une fois de plus son poing fermé contre le bois épais de la porte. Une nouvelle écharde s'enfonça dans sa chair meurtrie sans qu'il en perçoive seulement la piqûre, tant sa colère était grande, son désarroi puissant. Cela faisait presque une semaine qu'il était enfermé dans cette cave tout juste éclairée d'un fenestron grillagé, en bordure de la voûte. Il avait bien essayé de se situer dans l'espace en grimpant sur une des barriques stockées là, mais il n'avait distingué que les pavés d'une cour et quelques chaussures de valetaille. Malgré ses appels au secours, personne ne s'était inquiété de lui. Il était seul, désespérément seul. Deux fois par jour, la clef tournait dans la serrure. Protégeant d'un rempart humain le valet chargé d'un plateau, quatre gaillards passaient la porte dans un sens puis dans l'autre. À ses injonctions, ils demeuraient muets.

— Pas arrivé… répondaient-ils invariablement chaque fois que Mathieu réclamait Enguerrand.

Il tapa une fois de plus sans seulement ébranler le pan de bois. Où était-il, ce bougre ? Pourquoi le laissait-il se morfondre quand il lui avait promis la liberté ? Le brigand n'en pouvait plus de ruminer comme un fauve en cage, puant de n'avoir qu'un seau entre deux barils de bière pour ses excréments et un autre pour sa toilette, près d'un matelas, certes confortable, mais sans couverture pour se réchauffer. Il y regardait la nuit succéder au jour et le jour à la nuit dans la détresse du temps perdu. Si précieux pour sauver son fils de la potence. Le pire était encore d'imaginer le regard affolé de Petit Pierre, convaincu que son père l'avait abandonné. Les mets qu'on lui servait étaient fins et rassasiants ? Du temps qu'on nettoyait sa prison, Mathieu y touchait à peine, pétrissant viandes et légumes d'une main molle, vidant à la goulée les bouteilles d'hypocras, l'esprit si torturé qu'il maigrissait à vue d'œil. À midi, il s'était tant emporté que, fauchant le plateau d'un coup de pied, il avait envoyé valser son contenu à la tête du valet qui venait de le poser. Brûlé par la soupe chaude, le malheureux avait hurlé en portant ses mains au visage. Tout ce que Mathieu avait récolté en retour avait été une volée, sans même pouvoir se défendre, puisque deux des mercenaires le tenaient fermement sous les bras. Sitôt la porte rabattue sur eux, il s'était jeté dessus pour y tambouriner, mais les heures passaient sans que rien ni personne bouge de l'autre côté.

Qu'importe, il se mettrait au sang s'il le fallait, mais finirait bien par les agacer. Sa décision était prise cette fois. Il n'en pouvait plus. Dès lors qu'ils ouvriraient, il tenterait l'impossible.

Ensuite, quand il aurait délivré son fils, il planterait Enguerrand au bout de son épée.

*

— Faut pas avoir peur, maan, c'est Constantin, il est gentil ! cria Jean en débouchant ses oreilles.

Fanette avait vidé ses poumons, bouleversée d'effroi et de souffrance, au point de faire reculer Satan dans le fond de la caverne. La lumière ne s'était pas éteinte pourtant. Quelqu'un d'autre la portait près d'eux, qu'elle n'avait pas vu de prime abord. Quelqu'un qui, à l'inverse de son fils, souriant, faisait peser sur elle tout son mépris. Celma. Il fallut quelques secondes encore à Fanette pour comprendre que son enfer était bien réel et la mort une faveur qu'Algonde avait refusé de lui accorder. Les bras de Jean, qui s'enroulèrent spontanément autour de son cou, achevèrent de la convaincre.

— C'est fini, maan. On est tous sauvés.

La carapace disparut avec sa peau étriquée. Fanette éclata en sanglots en broyant contre elle ce petit être si précieux soudain qu'elle ne pouvait plus s'en rassasier. Caressant ses joues, sa chevelure rousse et longue, ses épaules forcies par les jeux d'épée, elle le couvrit de baisers, amenant un rire dans la voix de son fils et une once d'apaisement dans les yeux de Celma.

L'omoplate toujours douloureuse, la devineresse se retira vers le fond de la grotte éclairée de torches flamboyantes accrochées aux parois rocheuses. Bertille s'y trouvait avec le petit garçon velu vers lequel Algonde les avait menés. Étrange aréopage en vérité qui avait établi là ses quartiers.

À quelques pas des enfants, surveillant sa créature, une louve étendait son pelage argenté près du rocher sur lequel Algonde s'était assise, la pointe de sa queue de serpent perdue dans l'eau émeraude d'un lac parcouru d'une lumière oblique et naturelle. Elle achevait de démêler ses longs cheveux châtains avec un peigne d'écaille, la mine réjouie par les retrouvailles de Fanette et de Jean dont l'écho lui parvenait.

Cette évidence agaça Celma.

— Tu aurais mieux fait de la noyer, grinça la devineresse en s'installant près d'elle.

Leur amitié s'était nouée spontanément, sitôt qu'Algonde lui avait raconté pourquoi, imaginant cette situation provisoire, elle avait sciemment pris la place de Mélusine dans les eaux du Furon[1]. Mélusine était seule capable de vaincre sa sœur, Marthe. Du moins l'avaient-elles cru car, en vérité, c'était le contraire qui s'était passé. À la suite d'un combat acharné, Mélusine avait emporté le secret d'Algonde dans la tombe. Algonde était restée prisonnière des eaux souterraines. C'était là, dans cette salle, qu'elle avait élevé le fils de Djem et d'Hélène, ce petit Constantin velu que, de

1. Voir *Le Chant des sorcières.*

toute manière, sa différence aurait empêché de vivre parmi les hommes.

La louve qui veillait sur eux n'en était pas une en réalité, mais la fée Presine, mère de Marthe et de Mélusine, dont le pouvoir était de modifier à l'envi son apparence. Sa droiture l'avait autrefois obligée à punir ses filles, insupportables de cruauté, contraignant Algonde, ce jourd'hui, à payer le prix d'une malédiction que seul l'amour d'un être pur pourrait lever. Algonde était loin de lui en vouloir pourtant. Depuis dix ans, une tendresse infinie les liait, si palpable que Celma en avait été touchée.

Du coup, elle avait à son tour raconté l'histoire de ses origines.

— Nous sommes demi-sœurs par ton père le charpentier, Algonde, avait-elle terminé dans un éclat de rire, laissant cette dernière médusée, avant d'ajouter que ni Mathieu ni personne n'en avait jamais rien su.

Pour l'heure, elle était contrariée.

Au fil des jours qui avaient vu Fanette, inconsciente, se tordre de douleur sur sa couche, Celma avait espéré la mort de la traîtresse, malgré l'attention dont Jean la couvrait. Lors, non seulement elle la voyait d'un mauvais œil se ranimer, mais en plus, différente par son attitude de la meneuse d'hommes qu'elle avait côtoyée.

Algonde posa son peigne et entreprit de natter sa chevelure abondante, l'œil tourné vers Celma, renfrognée.

— Qui suis-je, Celma, pour condamner des actes dont je suis en partie responsable ?

Celma se rembrunit plus encore.

— Non, tu ne l'es pas. Personne ne l'est. Fanette est mauvaise dans l'âme, c'est une évidence. Attends qu'elle se remette et tu verras que j'ai raison. Elle te poignardera dans le dos et nous avec pour venger son orgueil. Crois-moi, Algonde, c'est lui qui la mène, lui et lui seul. Pas l'amour. Elle ne sait pas ce que c'est !

Algonde haussa les épaules.

— Peut-être… Mais je me dois de le vérifier. Il faut parfois souffrir dans son âme, perdre ce que l'on a aimé pour en comprendre l'importance. Écoute ton cœur, Celma. Entends le rire de Jean chatouillé par sa mère. Aurais-tu pensé hier que Fanette le partagerait ?

Celma tourna la tête vers eux qui jouaient. Une tristesse profonde lui serra le ventre. Des larmes piquèrent ses yeux.

— Non, c'est vrai. Mais je pense à Mathieu, à Villon, à Petit Pierre et à tous ceux qui, demain, se balanceront au bout d'une corde par sa faute…

Sa voix exprima de nouveau la dureté du visage qu'elle ramena vers Algonde.

— Je ne peux pas lui pardonner, Algonde. Et je ne conçois pas que tu le puisses en sachant ce qui va se produire.

Algonde soupira en attachant enfin sa tresse unique. Elle lui retomba sur le bas-ventre, habillé d'écailles luisantes.

— Je t'ai vue tirer les runes hier. T'ont-elles prédit du malheur ?

Celma frissonna.

— La camarde y était si présente qu'elle obscurcissait tout, jusqu'à mes visions. Je n'ai rien pu lire de clair, d'évident. Pour la première fois, l'avenir que j'entrevois est aussi noir que cette grotte. Et je suis sûre que c'est à cause d'elle.

— Tu te trompes, maman.

Celma tourna la tête vers Bertille qui s'était rapprochée, escortée par Constantin, pour les écouter. D'un même mouvement, ils vinrent s'asseoir à ses côtés, le garçonnet uniquement vêtu d'un haut-de-chausse, contre le poitrail de la louve, immobile. C'est lui qui prit le relais, d'une voix si suave que Celma fut, cette fois encore, surprise du contraste avec son apparence.

— Nos émotions empêchent souvent d'interpréter correctement les signes. Ce que les runes annoncent ne sont ce jourd'hui que le reflet des vôtres, tourmentées. Il faut passer au travers, Celma, pour voir la vérité.

La devineresse oscilla sur ses certitudes. De jour en jour, elle s'émerveillait de la stupéfiante sagesse de cet enfant. Hors d'âge. Voilà ce qu'il était. Hors d'âge, malgré ses neuf ans sonnés. Elle piocha dans le sachet pendu à sa ceinture, en ressortit ses cailloux gravés et tendit sa paume ouverte à Bertille.

— Lance-les.

La fillette ne l'avait jamais fait, mais toutes deux savaient que le don était là, noué de mère en fille. Les runes roulèrent, s'immobilisèrent contre le rocher sur lequel trônait Algonde. Celma hocha la tête. Constantin avait dit vrai. Pour preuve, Bertille branlait déjà de la tête, la bouche ouverte, les yeux dans le vague, ballottée par des images que les signes avaient réveillées.

— Je vois un navire. Un grand navire toutes voiles dehors. La mer est agitée. De grands cubes de glace flottent dessus. Des monstres de mer remontent à la surface, envoient dans l'air des gerbes d'eau. Ils sont effrayants, mais pas menaçants. Ils nagent autour du bateau. Petit Pierre les montre du doigt à Jean qui se tourne vers le ciel. Non… vers la mâture… Oh ! Algonde s'y trouve, avec ses jambes, et Celma qui désigne une côte à l'horizon. Il fait froid. J'ai froid…

Les lèvres de la fillette bleuirent. Elle se mit à claquer des dents. Celma la secoua. Pour une première, c'était beaucoup déjà. Bertille sortit de sa transe en se frottant les épaules à pleines mains. Elle tourna vers sa mère un regard empli de lumière.

— L'avenir est radieux, maman, chargé de promesses. On était tous sur le navire. Avec d'autres que je ne connais pas. Des enfants de mon âge. Un bel homme aussi, aux cheveux grisonnants.

— Et Mathieu, Villon ? interrogea Celma, doutant de son propre ressenti.

Bertille s'accorda le temps d'une moue circonspecte avant de secouer la tête, navrée.

— Pas vu… mais puisque Petit Pierre était là…

Celma se leva. De nouveau emplie de tristesse. Elle avait besoin d'être seule. De retrouver la lumière du jour, l'énergie des arbres. De se mettre en paix face à ses tourments. Elle leur sourit sans conviction.

— Ce que tu as vu sera, ma fille, et je veux croire que mon jugement est faussé par le chagrin ou le désarroi. Mais ceux qui me manquent aujourd'hui me manqueront demain, je le sais au plus profond de moi.

Elle se tourna vers Algonde.

— Nous le savons toutes deux, n'est-ce pas ? Seul l'amour peut briser ta malédiction et personne ne t'aime autant que Mathieu. Il sera sauf, Algonde, et reviendra vers toi. C'est dans l'ordre des choses, depuis le commencement. Je veillerai, moi, à ce que personne ne l'empêche. Fanette encore moins. Car je le dis et je le répète, ce qu'elle a fait une fois, elle le refera.

*

La fatigue avait eu raison de Mathieu. L'avant-bras ruisselant du sang de ses écorchures, la tranche du poing et les phalanges noircies par la répétition des coups, il avait fini par se laisser tomber à genoux à la nuit tombante, cognant encore du front jusqu'à en avoir la tête lourde, jusqu'à ne plus pouvoir la relever, jusqu'à ce que la dureté du bois le vrille insupportablement et annihile sa volonté. Personne n'était venu. Pas même pour lui porter à dîner. Sa punition sans doute pour avoir ébouillanté le valet. Un sanglot de rage s'étouffa dans sa gorge. Il n'avait plus seulement la force de pleurer son fils condamné. Il trouva celle de se laisser glisser par le côté, recroquevillé sur son désespoir, et s'endormit, brisé.

Il n'entendit pas le cheval s'immobiliser dans la cour de la maison forte de la Rochette au sous-sol de laquelle il était enfermé. Ni Enguerrand franchir le seuil de la bâtisse, heureux de revenir chez lui après avoir appris à Romans, où il avait escorté les prisonniers, la disparition de Fanette et le sort qu'elle avait fait à Luirieux, reclus pour se soigner.

Encore moins l'éclat de sa voix quand il comprit les conditions de détention dans lesquelles on l'avait maintenu.

Lorsque Enguerrand de Sassenage se précipita pour le tirer de sa prison, il eut beau le secouer, se confondre en excuses, il ne parvint pas à le sortir de sa torpeur. Le chef des mercenaires le chargea sur son épaule comme un vulgaire paquet et le mena dans une des chambres de la deuxième des tours carrées qui terminaient le corps de logis rectangulaire. Celle-là même qu'ils avaient réservée à Enguerrand et dans laquelle, anticipant son arrivée, un feu ardent brûlait.

La tête ballante, sans réaction, Mathieu fut allongé dans le lit ouvert et offrit alors, à la faveur de la lumière qui inondait la pièce, la vision de son crâne aussi boursouflé et ensanglanté que son poing. Enguerrand sentit son cœur s'étrangler. Un filet de sang avait coulé du nez de Mathieu.

C'est à cet instant qu'il douta de le voir un jour se réveiller.

20.

Le pape était ragaillardi. Ses ébats tumultueux avec Julie Farnèse avaient apaisé ses angoisses et dompté ses insomnies. Deux jours seulement qu'elle était revenue et tout lui souriait de nouveau.

Le duc de Calabre lui avait affirmé au matin qu'il serait en mesure de repousser l'assaut du roi Charles contre la ville sainte, et son petit prisonnier, flagellé par ses soins dans un des cachots du château Saint-Ange, lui avait révélé des informations précieuses sur la fausse dame de Bressieux, tandis que la caravane des siens quittait la ville, solidement encadrée de soldats.

Pour ajouter à sa belle humeur, il attendait en son cabinet les ambassadeurs français qui avaient grossi l'escorte de Julie, se frottant les mains à la pensée de la réponse qu'il comptait leur faire, le vit dénudé dans la bouche de cette dernière, invisible sous le bureau.

Lorsqu'ils entrèrent, annoncés par son camerlingue, il plaqua son ventre contre la tranche de bois pour dissimuler tout à fait sa libidineuse activité et croisa les doigts pour contenir les vagues doucereuses du désir habilement contrôlé par sa jeune maîtresse.

Ils étaient trois. Le général des finances, Denis de Bidault, le chambellan du roi, Louis de La Trémoille, et Jean de Ganay, président au parlement de Paris, qui faisaient antichambre depuis leur arrivée, l'avant-veille. Agacé par son enlèvement, Alexandre VI les avait à peine salués au moment où il avait rejoint Julie, n'ayant d'yeux et d'attention que pour elle et ses cousines. Il avait laissé à son fils César le soin de conduire ces ambassadeurs en leurs appartements, puis le soir venu au palais Santa Maria in Porticu, où Lucrèce avait été suffisamment enjouée et charmeuse pour enlever le titre de dame de beauté qui l'opposait à la fausse Hélène.

Depuis, il les avait fait patienter avec une placide indifférence.

Retenu délicieusement en position assise, il ne leur permit pas de baiser l'anneau papal et offrit un sourire carnassier en réponse à leurs visages désappointés.

Voyant qu'ils n'obtiendraient rien de plus, Louis de La Trémoille se détacha du groupe, son chapeau à la main, et masqua son dépit en s'éclaircissant la voix :

— En nom et place de notre bon roi Charles, nous sommes venus demander le passage sur les terres du Saint-Siège…

— Mmmm, leur consentit Alexandre VI, rouge soudain d'une bouffée plus intense de désir.

Julie, qui s'en amusait, le laissa sournoisement s'apaiser. Prenant ce fard pour un sursaut d'agacement, Louis de La Trémoille affirma plus encore son timbre :

— … sa reconnaissance sur le trône de Naples, lequel, uni à celui de Jérusalem depuis de nombreuses années, représente un symbole non négligeable pour mener une croisade…

Alexandre VI s'étrangla, taquiné adroitement d'une nouvelle ardeur qui le fit se lever d'un tiers de son siège, avant d'y retomber lourdement et de pianoter des doigts boudinés sur le cuir de son écritoire.

— Ce sera tout ? demanda-t-il d'une voix de fausset.

Jean de Ganay fit un pas en avant, les yeux fulminant d'une colère à peine contenue.

— Non, Votre Sainteté. Nous exigeons sur-le-champ la remise du prince Djem, puisque, au regard des lettres du sultan Bayezid, saisies sur monseigneur Buzardo, vous n'êtes plus en mesure d'assurer sa sécurité.

La garce s'activant divinement sous la table, Alexandre VI suait sous sa coiffe papale. Un reste de décence lui interdit de prolonger davantage cet entretien, voué d'avance à un échec cuisant pour ces trois figures de carême.

Assurant sa voix, il rassembla ses doigts et tapota avec impatience.

— Vous direz à votre bon roi Charles que je lui suis infiniment reconnaissant de la galante manière avec laquelle il fit reconduire mes cousines en ces murs, mais…

Il contrôla l'afflux brûlant entre ses cuisses.

— … mais qu'il m'est impossible de lui être agréable en retour.

Denis de Bidault, resté jusque-là en retrait, s'empourpra de colère.

— Ce que vous refusez de donner, nous le prendrons par la force, sachez-le !

— Je l'entends bien, mon fils, je l'entends, mais vous risqueriez de mettre en péril certains de mes invités comme le baron Jacques de Sassenage et sa fille. Sans parler des cardinaux Ascanio Sforza, San Severino, Savelli, Lunati, ou encore Propero Colonna et Girolamo Tuttavilla, le fils de votre cher ami, le cardinal d'Estouteville, qui vous sont favorables et que j'ai fait arrêter à l'aube pour éviter toute trahison interne.

Louis de La Trémoille remit son chapeau sur son crâne large. Face à cet homme qui se tortillait sur son saint siège, gagné d'un éclat lubrique jusqu'en les prunelles, il n'avait aucune raison de respecter encore le protocole. Il explosa de colère :

— Jouissez de votre assurance et de votre intouchabilité. Elle ne durera qu'un temps, celui qu'il nous faudra pour rendre compte auprès du roi Charles de la désinvolture avec laquelle vous nous avez dépréciés !

Jouir. C'était tout ce à quoi il aspirait. Alexandre VI leva la main droite, ébaucha un signe de croix dans l'air de leur discorde. Un ricanement lui répondit, suivi du timbre acerbe du général des finances :

— Vous bénissez du vent, Votre Sainteté ! Qui invite les musulmans à repousser la chrétienté n'est pas digne du regard de Dieu. Moins encore de celui des hommes qui veulent en défendre la parole ! Nous ne vous saluons pas.

Alexandre VI se mordit la lèvre inférieure. Qu'ils sortent. Vite. Avant que cette petite perverse ne le fasse hurler de plaisir. Incapable d'un mot de plus, il crispa ses doigts noués, se drapa d'un regard implacable, voilé par l'excitation, et, passant à leurs yeux pour l'être le plus abject de la chrétienté, les regarda quitter la pièce, enfin.

Il attendit à peine que la porte soit refermée pour passer la main sous le bureau, empoigner la lourde chevelure de sa maîtresse et, la couvrant de jurons, se soulager comme le plus vulgaire des charretiers.

*

Impatiente de l'arrivée d'Elora à laquelle elle avait discrètement donné rendez-vous la veille, Hélène tremblait en tortillant ses mains moites.

Depuis deux jours elle ne dormait plus. Blottie dans les bras de Djem, elle fixait sans relâche, et malgré l'obscurité de leur chambre, le mur d'en face. L'idée que le pape observe leurs ébats lui en avait ôté l'envie. Mais là n'était pas la seule raison de ses insomnies. La révélation d'Elora concernant Constantin et Algonde, bien qu'étayée d'explications sitôt qu'elle eut repris connaissance, la bouleversait encore. Davantage que Djem, illuminé d'une joie intense.

— Mon trône reconquis, notre fils nous rejoindra en Istanbul, mon aimée, ma sultane. Nous serons réunis dans un bonheur suprême et sous le regard d'Allah.

Elle avait hoché la tête, anéantie, sans parvenir à détacher les yeux de ceux d'Elora. À l'instant où, bousculant toutes les barrières qu'elle avait installées autour de sa mémoire pour mieux se guérir du chagrin, la perspective de ces possibles retrouvailles faisait son chemin, elle avait été rattrapée par l'image de ce nourrisson velu tel un petit animal. Certes, Djem était atteint d'une pilosité importante, mais sans commune mesure avec ce fils qu'elle lui avait donné. À quoi ressemblait-il ce jourd'hui ? Et quand bien même Constantin pourrait soutenir le regard horrifié ou moqueur de ses pairs, de son père, n'était-il pas toujours lié à cette prophétie qui l'avait rendu si important aux yeux de Marthe et de Mélusine ? Bien qu'elle n'en ait jamais véritablement compris le sens, Hélène n'avait pas oublié cette phrase qu'Algonde lui avait brandie à la fois comme une menace et un espoir immenses :

« Le pouvoir des trois, du mal triomphera, et l'enfant né velu d'Hélène et d'un prince d'Anatolie, les Hautes Terres conquerra. »

Menace d'hier. Espoir d'aujourd'hui ? Elle ne savait plus quoi penser, se torturait de doute et d'une angoisse qu'elle n'avait plus ressentis depuis de longues, trop longues années. C'était comme si soudain toute cette période de sa vie, marquée par la présence diabolique de Marthe, réapparaissait d'un bloc, la laissant sans défense. Et s'il n'y avait que cela... Mais l'idée d'Algonde, son Algonde tant aimée, prisonnière de cette forme reptilienne, dans ces eaux glacés, seule, abandonnée de tous. Elle ne pouvait concevoir plus terrible châtiment, plus grande souffrance. Et pourquoi, grand Dieu ? Sinon pour protéger cet enfant si particulier, dont la mort était pour Marthe une nécessité. Ce sacrifice seul était si lourdement chargé d'amour qu'Hélène ne pouvait s'empêcher de culpabiliser, de s'en vouloir du sentiment de trahison qu'elle avait ressenti tout d'abord comme de son bonheur retrouvé.

Alors voilà. Hélène de Grolée, redevenue Hélène de Sassenage par la grâce du pape, avait besoin de réponses. Parce qu'elle avait élevé une enfant douée de pouvoirs hors du commun. Une enfant dont la lignée, féerique, était tout entière au service d'une prophétie qui les avait, elle et son fils, manipulés depuis la naissance.

Plus de mensonges. De silence.

Ce moyen qu'employait Elora pour communiquer avec sa mère, elle voulait y avoir accès. Elle voulait voir, de ses yeux voir son fils et son ancienne dame de compagnie. Les entendre, leur parler. Pour y croire vraiment. Pour trouver des solutions au martyre d'Algonde et continuer à jouer son rôle de valet le jour, d'amante à la nuit tombée, de sultane lorsque Djem aurait enfin triomphé, et de mère. De mère surtout si Dieu et Allah réunis dans l'amour, enfin, le lui permettaient.

Mais des réponses, l'heure qui s'écoula ne lui en donna point. Elora ne se montra pas. Hélène ne vit pas davantage Aymar de Grolée et Jacques de Sassenage, lorsque, abattue d'angoisse, elle reprit son service dans la vaste salle de réception. Elle n'apprit qu'au soir venu et de la bouche de Djem qu'ils avaient été incarcérés.

*

Le château Saint-Ange était aussi luxueux en ses appartements que sinistre en sa prison. Sans fenêtres, uniquement aérés par les grilles qui les bouclaient et le long couloir puant qui les desservait, les cachots, mitoyens, étaient au nombre de cinq, taillés à même le roc dans le sous-sol du bastion. Indifférents à l'indignation générale, des Suisses venaient de recharger de paille les matelas colonisés par les rats tandis que d'autres distribuaient un brouet immonde et des couvertures. Les plus vifs à se rebeller furent les prélats qui jouèrent des poings et furent refoulés par la pointe des hallebardes dans le fond d'une seule cellule. On les y avait entassés sciemment tous les six sur ordre du pape.

Aymar de Grolée et Jacques de Sassenage, dans le cachot voisin, quémandaient des réponses qu'ils n'obtenaient pas. Les heures passant, ils s'inquiétaient de plus en plus d'Elora. Car, si elle avait été emmenée sans ménagement avec eux et poussée à leur suite dans l'escalier étroit et sombre qui béait vers les profondeurs humides de la forteresse, lorsqu'ils étaient enfin parvenus en bas, face au corridor à peine éclairé d'une torchère, elle n'était plus là. À sa place, fermant la marche, Michelotto souriait cruellement. Leur refusant toute explication, l'homme de main de César Borgia avait attendu qu'on les enferme avant de remonter les marches en sifflotant.

À présent qu'emportant la lumière, les soldats les avaient abandonnés, les deux anciens compagnons d'armes fixaient sans le voir le plafond bas de leur geôle, allongés côte à côte, les bras croisés sous la nuque, emmurés dans leur angoisse, et agacés par le couinement des prélats, enclins comme le reste du Vatican à utiliser la moindre promiscuité pour tromper leur colère et jouir de la nuit.

*

Elora n'était pas totalement invulnérable. Elle le découvrit piteusement à ses dépens en recouvrant ses esprits dans la pièce circulaire et obscure où ses geôliers lui avaient entravé les pieds et les mains contre le mur de pierre. Il avait suffi d'une seconde pour qu'elle baisse sa garde. Une seule seconde dont, sans seulement en avoir conscience, ses ennemis s'étaient servis.

Elle se souvenait bien de ce qui l'avait troublée. Le sentiment, depuis deux jours déjà, que Khalil était en souffrance, qu'il appelait désespérément à l'aide. Pour s'en défaire, la veille, elle avait accompagné Lucrèce et Julie Farnèse au sommet du château Saint-Ange. Tandis que ces dames faisaient la tournée des canons, escortées par Giovanni Sforza, l'époux de Lucrèce, Elora avait balayé du regard l'autre rive du Tibre où le bohémien avait coutume de l'attendre. Il était facilement reconnaissable avec son accoutrement caractéristique aux couleurs vives, son large chapeau et son singe. Elle ne l'avait pas trouvé parmi les badauds et les marchands, et son inquiétude s'était accrue. Lorsque César Borgia était venu leur signifier leur arrestation, elle s'était convaincue avoir en réalité perçu l'imminence de celle-ci. Mais alors qu'elle descendait les marches, la certitude soudain qu'il était enfermé là, dans ce ventre de pierre, à l'article de la mort, l'avait reprise comme un hurlement dans sa propre chair. C'était l'instant qu'avait choisi Michelotto pour lui abattre la crosse de l'épée derrière le crâne. Du moins était-ce ce qu'elle déduisait de la douleur qui plombait encore sa nuque, et du parfum si particulier dont ses cheveux étaient imprégnés.

« On n'apprend qu'à ses dépens », songea-t-elle. Elle aurait dans l'avenir à se protéger de bien plus dangereuses créatures. Mieux valait goûter ce jourd'hui à ses limites pour les repousser demain. Ce constat établi, elle se demanda lequel des Borgia entrerait le premier dans la pièce. Lucrèce qui, retrouvant sa dame d'honneur, paradait plus que jamais et se prétendait ravie de leur amitié depuis que Djem la couvrait d'œillades ? Ou César qui ne cachait plus son désir d'elle ?

Ce fut, à sa grande surprise, le pape lui-même qui, précédé d'une torche, s'avança par la voûte d'un tunnel de pierre. Il n'était pas seul. Puant de sang et de purulence, se tenant une épaule visiblement démise, Khalil suivait, poussé méchamment par César. Le cœur d'Elora se serra. Le petit bohémien avait été torturé. Elle retint son envie de les exterminer sur place. Le père et le fils.

Craignant ses foudres, Alexandre VI demeura sur le seuil de la petite salle circulaire, attendit que l'enfant se traîne jusqu'à lui pour demander, d'une voix faussement doucereuse :

— Est-ce bien là ton ange gardien, mon petit ?

Des larmes embuèrent les yeux de Khalil lorsqu'il les posa sur elle, exprimant autant de désespoir que d'excuses. Il lâcha un oui pitoyable, s'affaissa sous le poids de la main du pape qui, en récompense, venait de froisser sa chevelure noire et bouclée.

— Je doute que cette fois elle puisse voler jusqu'à toi. Je doute qu'elle puisse revoler un jour, en fait.

Abattu par la fièvre qu'avaient provoquée les lacérations du fouet, Khalil ne retrouva pas en lui cette hargne qui l'avait transformé quelques jours plus tôt en geôlier. Il ne pouvait plus rien pour elle. Et moins encore pour lui.

— Ramène-le en cellule, ordonna Alexandre VI à son fils.

Khalil osa un dernier regard vers elle. Elora lui sourit. C'était la seule marque d'affection et de confiance qu'elle pouvait lui accorder pour l'instant. Elle attendit qu'il disparaisse, pour ramener vers le pape un œil narquois.

— Tu joues un jeu dangereux, Ta Sainteté. Ne t'avais-je pas conseillé de ne pas me provoquer ?

Alexandre VI haussa les épaules.

— Nombreux sont ceux qui l'ont fait avant toi, ma belle. Il n'en reste pas un, hélas, pour témoigner de leur stupidité. Mais laissons là ces enfantillages. Ange gardien ou suppôt de Satan, peu m'importe qui tu es en réalité. Je t'ai donné ce que tu voulais et le peux encore, si j'en juge par l'attention toute particulière dont tu couvres ce garnement.

— Qu'a-t-il fait pour mériter pareil traitement ?

— M'enlever…

Elora éclata de rire.

— Il ne manque pas d'audace…

— Mais de jugement certainement, puisqu'il voulait m'échanger contre… ta liberté.

Le rire d'Elora se brisa dans sa gorge. « Pauvre fol », songea-t-elle avant de soupirer :

— Il eût été mieux inspiré de t'assassiner, cela aurait évité du travail à ton fils dans quelques années.

Alexandre VI sentit une onde glaciale lui descendre l'échine. Ses yeux se rétrécirent sous l'effet d'un doute viscéral. Consciente d'avoir repris l'avantage, Elora le nargua :

— Te croyais-tu immortel, Rodrigo ? Le dix-huit août de l'an de grâce 1503, à l'heure des vêpres très exactement, tu mourras du poison que César aura fabriqué pour toi.

Alexandre VI chassa l'augure d'un fier redressement du menton.

— Tel père, tel fils. Je n'en attends pas moins d'un Borgia et, puisque ta prédiction me garantit d'avoir encore quelques années devant moi, restons-en à nos affaires, veux-tu ? Le bohémien prétend tes pouvoirs sans limites. Compte tenu de la facilité avec laquelle nous t'avons capturée, j'ai un doute, mais je ne peux renier ce que tu m'as imposé. Aussi, je te propose un marché. Sa vie et celle du joli valet de Djem contre ton aide pour repousser les Français.

Elora sursauta en découvrant César Borgia, discrètement en retrait sous le passage. Visiblement il avait désobéi à son père, confiant Khalil à un autre. Malgré le clair-obscur, ses traits exprimaient à quel point ce qu'il venait d'entendre le réjouissait. Plus dangereux et sournois que le père, il ne tarderait pas à s'approprier la vérité concernant Hélène. Lors, ce qu'Elora avait vu en songe deviendrait réalité.

Était-il trop tard pour le changer ?

Elle reporta son attention sur le pape.

— Non.

— Tu n'as pas les moyens de refuser. Privée de gestuelle, ta magie est sans effet.

Un nouveau rire ébranla la voûte.

— Qui donc t'a donné à croire pareille absurdité ? Ton Christ crucifié ? Ou les mages auprès desquels, trompant tes proches, tu vas chercher conseil ? Je vais te faire une confidence, Ta Sainteté. Ils sont mauvais…

— Cela suffit ! s'imposa César en entrant dans la lumière.

Sans un regard pour son père, agacé de son retour, il marcha droit sur elle, s'arrêta contre son souffle, et lui pétrit sans ménagement les seins.

— C'est dans ta beauté seule que résident tes charmes et, comme mon père, j'y suis sensible. Extrêmement sensible. Cette nuit tu seras nôtre dans une bacchanale qui t'aliénera à notre cause, crois-moi, bien mieux que ces piètres menaces. Encore que je ne voie pas très bien ce qu'en dehors du plaisir, tu pourrais nous apporter…

Il chercha sa bouche, l'embrassa à pleine goulée, sans trouver de résistance. S'en rengorgea d'assurance. La meilleure solution ? se demandait Elora, profitant de ce temps de réflexion inespéré. Quelle était la meilleure solution pour protéger les siens ? Se soumettre ? Ou leur donner à voir l'étendue de ses pouvoirs ? Elle n'avait pas le don d'ubiquité. Il faudrait qu'elle choisisse. Sauver sa mère adoptive ou Khalil s'ils s'avisaient d'agir contre eux simultanément. Sans parler d'Aymar et de Jacques. Le pape avait reculé, les mains croisées sur la poitrine, repris par cet effroi qu'elle avait lu dans ses yeux lorsqu'elle l'avait tourmenté de désir. Il craignait pour la vie de son fils comme elle craignait pour les siens et tout à la fois, à en juger par la toile qui se tendait à hauteur de son bas-ventre, s'excitait de sa propre peur. Elle n'avait aucune confiance en lui. Même si elle pliait, il ferait exécuter Khalil. Or le bohémien était à ce jour pour elle l'être le plus précieux qui existait. Cette certitude emporta sa décision. Elle ferma les yeux, appela la lumière. Ne les rouvrit que lorsque César Borgia eut reculé. La pièce entière en était nimbée et tous deux portaient sur elle le même regard stupéfait. Dégagée de ses entraves, Elora ramena ses bras le long du corps. Elle captait à présent la présence de Khalil à quelques pas seulement du souterrain, comprenait avec tristesse pourquoi elle ne l'avait pas devinée plus tôt. Le poignard de César avait fait son office. Pour les hommes, le petit bohémien était mort. Qu'en était-il de l'âme des Anciens, ces Géants qui avaient présidé à son avènement et dont le garçonnet était, sans le savoir, le réceptacle ?

Fi de ces misérables êtres que la surprise statufiait à quelques pas d'elle ! Il était urgent de sauver ce qui pouvait l'être encore.

— *Anoueï imoeï donico amouana*, murmura-t-elle en tendant le bras vers le passage.

Sa pensée souleva le petit corps inerte. Lorsque, allongé sur un lit de particules bleutées, il franchit le tunnel de pierre à hauteur de leurs yeux, les Borgia père et fils se signèrent en reculant. Elora les ignora. Elle percevait un souffle, loin, très loin en lui. Un souffle d'espoir. Une prière. Celle en laquelle Khalil n'avait pas cessé de croire, même lorsqu'il avait senti le froid de la lame. Les yeux d'Elora furent inondés de larmes. Elle se pencha au-dessus du corps qui flottait dans la pièce, souffla dans la bouche de Khalil cette énergie pure dont elle était la source. Instantanément, la poitrine du bohémien se souleva, contraignant le pape à chercher l'appui du mur et César celui de son épée. Au moment où Elora imposa ses mains pour achever de guérir, ce dernier se précipita vers elle, la pointe en avant. Elora n'eut pas conscience que la lame la transperçait de part en part, elle n'en perçut pas même le picotement.

César retira son épée, trembla de découvrir qu'elle était devenue de cristal. L'arme lui brûla les doigts au-delà de la garde avant d'exploser dans une gerbe de sang, lui criblant d'éclats les mains et le visage. Elora, elle, était indemne. Il n'en demanda pas davantage. Il s'enfuit en courant, craignant les représailles.

Alexandre VI demeura quelques instants encore, le temps de comprendre qu'il venait d'assister à un miracle, tel que décrit dans les Évangiles. N'importe quel homme de foi se serait agenouillé pour remercier le ciel de ce cadeau-là. Pas un Borgia.

Lorsque Khalil ouvrit les yeux et sourit à Elora qui caressait doucement ses cheveux noirs, le pape avait lui aussi regagné la surface.

Il n'entendit pas le bohémien chuchoter :

— Promis, la prochaine fois, c'est moi qui te sauverai…

Le pape donna l'ordre qu'on prépare ses bagages, bien décidé à abandonner la place et à gagner Gaëte où l'attendait le roi de Naples.

21.

Debout face à la saignée du mur de cette petite tourelle rattachée au long bâtiment de la prévôté, jambes écartées et légèrement fléchies, reins en avant, les deux mains crispées sur sa chemise relevée, Hugues de Luirieux grinça des dents en fixant cet insignifiant morceau de chair qui lui restait en place de verge. L'urine monta, gicla de manière désordonnée sans qu'il puisse rien y faire, inonda autant ses pieds nus que les pierres du mur avant de s'écouler par la rigole qui courait vers l'extérieur.

— C'est excellent, vraiment excellent, le plomba le chirurgien qui, dans son dos, venait d'assister à l'exercice.

Hugues de Luirieux recula, la rage au ventre. Il ne trouvait, lui, rien de louable à se pisser dessus. Ce charlatan pouvait lui répéter tant qu'il voulait qu'il avait eu beaucoup de chance de survivre à pareille mutilation, et que sans ce soldat, empressé de lui faire un garrot, il se serait vidé de son sang dans la grotte de Choranche, Hugues de Luirieux se demandait encore s'il n'eût pas préféré trépasser que subir cette humiliation. La haine ne le quittait plus. Il savait qu'on se riait discrètement de lui dans les rangs. Bien qu'il ait condamné ses soldats au silence, il se doutait que la nouvelle finirait par déborder les murs de la prévôté, embraser la ville de gausseries et parvenir aux oreilles d'Enguerrand de Sassenage. Il ne voulait pas lui donner ce plaisir. À lui encore moins qu'aux autres ! Il saisit un seau et déversa sur ses mollets l'eau froide qu'il contenait.

— Serviette, tonna-t-il en tendant une main pardessus son épaule.

Le chirurgien, un petit homme aussi râblé qu'Hugues de Luirieux était fort, la lui remit, tout en continuant son couplet sur les progrès qu'il faisait de jour en jour, sur la douleur qui s'estompait. Qu'en savait-il, cet imbécile ? Le prévôt s'essuya sommairement, fit volteface et le repoussa d'une main agacée dans la chambre qui jouxtait ce coin d'aisance. Le petit homme le regarda passer, l'œil sur son entrejambe en hochant la tête d'un air satisfait. Hugues de Luirieux se hâta d'enfiler ses braies et ses bottes, de masquer ce ridicule attirail qui ne lui était plus d'aucune utilité. Il passa son poignard à sa ceinture et enfila son épée au baudrier. Le miroir en pied posé près de son lit lui renvoya avec sa barbe de la veille l'image dure d'un homme sans pitié. Il faisait illusion. C'était déjà ça. Mais bien loin de suffire. Si seulement il tenait cette garce ! Ses phalanges blanchirent sur ses poings brusquement serrés. Il ne comprenait pas. Non, il ne comprenait pas comment elle avait réussi à leur échapper. Dans son état, elle ne pouvait aller bien loin. Aux dires de ses hommes revenus bredouilles, elle s'était noyée, mais il refusait d'y croire, d'autant que d'autres envoyés pour contourner le lac n'étaient pas rentrés. Cela faisait dix jours à présent. Luirieux restait persuadé qu'elle avait rejoint ses fils par un passage introuvable.

— Ce n'est que partie remise, grinça-t-il entre ses dents.

Le chirurgien, qui déblatérait toujours sur ce que le prévôt considérait, lui, désormais, comme des futilités, se rapprocha de ce dernier.

— Oui, messire, vous disiez ?

Hugues de Luirieux lui fit face pour le foudroyer d'un regard chargé encore de ses amères pensées. Le petit homme rentra sa tête de fouine dans les épaules.

— Comme vous l'avez si finement constaté, ma guérison est totale. Je me passerai donc de vos services désormais.

Le chirurgien faillit arguer des risques encore potentiels d'infection, d'un craquement possible des coutures, du fil qu'il faudrait enlever, mais il s'abstint. Dans la vie d'un homme, il était des moments où mieux valait se taire. Il dodelina de la tête, attrapa la bourse que Luirieux venait de lui lancer. Les écus tintèrent dans sa main. Son honnêteté maladive le fit s'exclamer :

— Vous m'avez déjà payé, messire.

— Pas pour ton silence. Avise-toi de dire un mot de ce que tu as fait et c'est sur toi-même que tu pourras exercer ton talent.

Le petit homme déglutit à cette idée. Il venait de perdre toute notion de satisfaction médicale. Bredouillant un pâle « Sur mon honneur… » qui laissa le prévôt de marbre, il se hâta vers la porte en priant pour qu'un autre ne divulgue pas ce secret avant qu'il ait quitté la contrée.

Pour la première fois depuis que sa blessure lui avait été infligée, Hugues de Luirieux se rendit dans son cabinet. Jusque-là, il n'avait pas quitté la chambre, se faisant porter des nouvelles par son lieutenant. Il avait appris ainsi que l'embuscade avait été un succès malgré la rébellion des brigands et que les survivants rapatriés par Enguerrand s'entassaient dans les geôles de la prévôté. Hugues de Luirieux avait attendu que le chevalier reparte pour la Rochette avant de s'en occuper. Il les voulait pendus. Tous. À l'exception d'un. Un dont il espérait beaucoup depuis dix années.

Luirieux devait admettre, en avançant, droit devant, dans ce couloir éclairé de fenêtres étroites, que le frottement du tissu lui était une torture et que des points noirs papillonnaient encore devant ses yeux cernés. Il ne courba pas l'échine pour si peu. Il y avait trop longtemps qu'il attendait des réponses. Un peu de vin sucré suffirait.

Il longea ainsi les salles d'armes dans lesquelles ses hommes, pour l'heure au repos, se délassaient de jeux de cartes ou de dés. Ceux qu'il croisa le saluèrent avec respect et il releva la tête pour bien leur signifier qu'il ne tolérerait aucun mot sur le sujet. Devant les escaliers qui menaient aux cachots, il dut s'appuyer d'une main à la pierre, laisser passer un vertige avant de les descendre d'un pas affermi par sa seule volonté.

Deux gardes veillaient cette clientèle de mauvais sujets, agglutinés tels des animaux dans des cages aux grilles épaisses. Ils en étaient encore aux retrouvailles, femmes et enfants d'un côté du couloir, maris de l'autre, à tendre à travers les barreaux des mains éperdues. Elles retombèrent à sa vue. Le brouhaha aussi.

Sans la moindre indulgence, il fouilla les cellules d'un regard impitoyable avant de l'abattre sur un des soldats en faction.

— Par famille, dans mon bureau et dans cinq minutes. Les meneurs en premier, ordonna-t-il, le front perlé d'une sueur maladive.

Il fit demi-tour et remonta les degrés sans fléchir, rageur d'en être réduit à si piètre exhibition quand il avait tant de comptes à régler.

*

Le premier mot de Fanette à Celma fut « merci ». Pour avoir sauvé son fils, mais aussi et surtout pour avoir, contre son désir de vengeance, soigné ses plaies. Puis, en réponse à la noirceur du regard qui continuait de la juger, elle tenta de faire amende honorable :

— Je ne suis pas fière de ce que j'ai fait.

— Il n'eût plus manqué que ça, en effet !

Leur échange en resta là. Elles n'avaient plus rien à se dire. Fanette comprenait que rien ne rachèterait ses actes, sinon peut-être la mort. Celma, elle, restait convaincue que les mauvaises gens ne changent jamais. Fanette fit profil bas, accepta les onguents sur ses plaies et brûlures peu à peu cicatrisées, et resta dans son coin, ne s'accordant à rire qu'avec son fils, heureux de jour en jour davantage de la découvrir différente, plus maternelle et attentionnée.

Aussi rancunière que sa mère, Bertille, inquiète pour Petit Pierre, ne s'approcha pas, préférant la compagnie de Constantin avec lequel elle avait noué une parfaite amitié. Pour cause, c'était la première fois de sa vie que le garçonnet velu pouvait échanger avec quelqu'un de son âge.

Ce jour du dix-huit décembre 1494, profitant que tous avaient gagné la surface par le souterrain qui ressortait dans la forêt, Fanette quitta la pénombre de son isolement et vint s'asseoir au bord du lac.

En voulant suivre les évolutions d'Algonde qui y nageait mollement, elle aperçut son reflet dans l'onde, troublée de remous légers. Aussitôt des larmes amères lui montèrent aux yeux. Elle n'avait plus de cheveux, de cils, de sourcils que sur un côté du visage. À l'endroit où Luirieux avait écrasé la chandelle sur sa joue, une croûte noire et épaisse s'était formée, répondant aux sillons larges et sombres des flammes qui zébraient ses traits.

Elle n'avait jamais été jolie, mais là, elle était horrible à regarder. Se demandant comment son fils pouvait s'en accommoder avec autant de sérénité, elle battit l'eau d'une main décidée pour effacer l'image.

— Toutes les cicatrices s'atténuent, Fanette.

Elle sourit tristement à Algonde qui s'était approchée.

— Je pensais que tu regrettais déjà de m'avoir sauvée.

— Qu'est-ce qui te l'a laissé croire ?

— Ta réserve depuis que j'ai repris connaissance.

Algonde se hissa sur ses bras et vint s'installer près d'elle, désignant du menton sa longue queue d'écailles.

— Je ne peux aller bien loin sur la terre ferme. L'eau me retient. Sinon, tu penses bien que j'aurais cessé depuis longtemps de m'y frigorifier.

— Pardon, s'excusa Fanette, rattrapée par l'évidence.

Algonde haussa les épaules.

— Je suis seule responsable de mon état, comme tu es seule responsable du tien.

— Nos motivations étaient loin d'être les mêmes…

Algonde ne releva pas. Elle s'arqua sous la lumière qui tombait d'un fin carré de ciel bleu, la fit jouer sur les contours réguliers de son visage. Pas une ride, pas un pli, songea Fanette en s'émerveillant du grain de sa peau. S'il n'avait été aussi pâle et un rien verdâtre, il eût été parfait. Algonde n'avait pas changé. Elle était telle qu'en son souvenir. Telle qu'en ce jour de juin 1484 où sa vie avait basculé, où Mathieu était rentré au castel de Sassenage. Fanette attendait son retour, pleine d'impatience. Mais il s'était avancé avec Algonde dans la cour du castel, Elora dans les bras, et, empêtré dans ses excuses, était venu lui apprendre leur mariage. À cause de la petiote. Fanette n'avait pu le supporter. Elle avait voulu se venger, le punir, le rendre coupable de sa dérive. Les rendre tous coupables de sa monstruosité. Elle s'était trompée. Elle seule l'avait été.

— Cette fois-là, dans la forêt, lorsque tu as tenté de me raisonner, ce n'était pas par pitié, n'est-ce pas ?

Algonde secoua la tête.

— Tu étais mon amie, Fanette, et je croyais être la tienne. Je n'ai jamais voulu te faire souffrir.

Elle la fixa intensément.

— S'il n'y avait eu Elora, je me serais effacée, Fanette. Voilà ce que j'étais venue te dire, te convaincre de rester et de nous pardonner.

— Au lieu de quoi je t'ai poignardée…

Fanette se referma sur ce constat. Quelques minutes passèrent, bercées des remous dont le battement régulier de la queue d'Algonde troublait le lac. Fanette reprit, amère contre elle-même :

— Celma a raison, Algonde. Je suis quelqu'un de mauvais. Elle est autant attachée à Mathieu que je l'ai été. Elle l'a recueilli dans sa souffrance, elle lui a donné tout l'amour dont elle était capable pour compenser ta perte. Et ma haine. C'est pourtant vers moi qu'il est venu en premier. Pas vers elle. Je l'ai traité tel un chien galeux, me repaissant de sa douleur. J'ai même été jusqu'à…

Sa voix se brisa, mais elle ne voulait plus se taire.

— Mathieu ne pouvait plus supporter de battre la campagne autour de Sassenage, comme nous le faisions alors. Il avait convaincu Villon de déplacer notre campement plus haut dans la région, dans le massif de la Chartreuse, et j'étais partie en reconnaissance, seule, comme je le faisais souvent. À l'époque, j'avais encore mes cheveux longs que je nattais comme les tiens et une robe. En revenant à l'orée de la nuit, je suis tombée sur un cavalier qui traversait le bois. Suspicieux, il m'a demandé où j'allais, qui j'étais. J'ai fondu en larmes, prétextant que j'étais partie ramasser des pignes de pin et que je m'étais égarée. Il est descendu de cheval…

— Il t'a violentée ? demanda Algonde face à sa moue désabusée.

Fanette émit un petit rire.

— Aucun homme ne m'a jamais contrainte. J'aime trop ça en vérité. Il m'a prise entre deux souches d'arbres puis il est remonté sur son cheval et il l'a lancé au grand galop, sans se retourner. Moi, j'ai continué mon chemin. En arrivant près du campement, j'ai trouvé Mathieu qui enlaçait un arbre. Il était ivre, pleurait et gémissait à la fois, répétait des mots sans suite. J'ai compris que dans sa folie avinée, c'était à toi qu'il s'imaginait parler. Alors j'ai fait semblant. J'ai pris ta place. Je l'ai laissé me béliner et j'ai joui de lui…

Elle fixa Algonde dans les yeux.

— Au matin, je lui ai fait croire qu'il en avait fait autant. Alors quand je suis tombée enceinte de Petit Pierre…

Le cœur d'Algonde s'accéléra dans sa poitrine.

— Tu veux dire qu'il n'est pas de lui ?

Fanette secoua négativement la tête.

— Il voulait mourir et cette idée m'était insupportable. La haine est un bon moyen, crois-moi, de masquer le trop d'amour. Je lui ai donné ce fils pour qu'il y ait entre nous un lien plus fort que tout. Et en même temps je voulais qu'il souffre. Parce qu'il ne m'aimait pas.

Algonde détourna les yeux.

— Tu vois, tu n'aurais pas dû me laisser vivre. Je suis l'être le plus méprisable qui soit.

Quelques secondes de silence s'installèrent entre elles, puis Algonde soupira :

— J'ai passé dix années de ma vie dans cet endroit, sans adulte à qui parler. C'est long, dix ans, Fanette. Du coup, je ne suis plus très regardante en matière d'amitié.

Cette fausse désinvolture amena un rictus sur les lèvres brûlées de Fanette.

— Tu ne me pardonneras jamais le mal que je lui ai fait, n'est-ce pas ?

Algonde n'eut pas envie de tricher.

— Non, répondit-elle.

La douleur de Fanette s'apaisa instantanément.

— Merci. Je préfère ça, je crois, à un pardon que moi je ne m'autorise pas. Puisqu'on joue de franchise, me diras-tu maintenant la raison de mon sursis ? Parce que je suis en sursis, cela va de soi…

Algonde glissa dans l'eau émeraude.

— Tu la trouveras seule, le moment venu. En attendant, profite de ton fils. On ne se rachète jamais assez aux yeux de ceux qu'on a mal aimés…

22.

Julie Farnèse n'était pas à proprement parler une beauté. Ce qui émanait d'elle pourtant attirait immanquablement les regards. Agréablement tournée bien qu'un peu courte de jambes, elle posait sur chacun de grands yeux de biche aux longs cils naturellement recourbés. La bouche était trop grande, mais terminée haut sur les pommettes en petites fossettes lorsqu'elle riait. Pour parfaire le tableau, une chevelure noire moirée de reflets bleutés ondulait jusqu'à ses pieds. Elora comprenait parfaitement pourquoi elle éveillait semblable désir chez le pape.

La Florentine, debout devant elle dans sa longue robe de satin violette, un fin voile de linon blanc surmonté d'une résille de fils d'or sur la tête, était la parfaite incarnation de la sensualité.

À chacun de ses mouvements d'une grâce extrême, le glissement des cheveux sur le tissu rappelait le souffle du vent dans les feuilles. Sa main s'envola et vint prendre celle d'Elora. Les yeux se teintèrent d'espoir.

— Vous m'aiderez ?

Elora acquiesça.

La crypte, mal éclairée et basse de plafond, dans laquelle elles s'étaient retrouvées à l'invitation discrète de Julie, protégeait d'ordinaire les saintes reliques. Celles-ci ayant été déplacées au château Saint-Ange, l'endroit n'était plus gardé et offrait l'avantage de murailles naturelles que nul n'avait songé à percer.

Les doigts gantés de dentelle pressèrent ceux d'Elora avec chaleur avant de se plaquer sur un buste qu'une récente grossesse alourdissait encore.

— En fait, j'ai surtout peur pour ma petite Laura. Rodrigo est capable de tout lorsqu'il s'agit de ses enfants. Je crains qu'il ne me fasse rechercher et ne me l'enlève, comprenez-vous ?

— Ses pouvoirs ne sont pas sans limites, Julie. Hors de Rome, il ne peut rien. Mais vous ne devrez plus y revenir. Jamais.

— Je n'en ai pas l'intention.

La voix était ferme, posée, étouffée par l'étroitesse de l'alcôve qui s'ouvrait sur un couloir menant à d'autres salles funéraires. La nécropole de la papauté.

Julie se mit à lisser nerveusement les pans de sa robe avant d'ajouter :

— Les parents de mon époux se sont mis au service des Français, mais pas au mien. Ils me considèrent comme une catin, prétendent que j'ai sali leur famille par mes actes ignominieux.

— N'est-ce pas le cas ?

La Florentine sursauta, piquée au vif par l'insulte. Un éclair de rage traversa son regard de jais.

— Ce que le pape veut, il le prend. Avec tendresse si vous l'offrez, avec violence si vous le refusez. Par amour pour Orso, j'ai repoussé ses avances, convaincue de mon droit. La nuit suivante, mon propre époux me ligotait sur notre couche après m'avoir battue. Ensuite il a ouvert sa porte au pape et à son fils et les a laissés s'amuser de moi à leur guise, assis confortablement dans un fauteuil, s'occupant à compter la petite fortune qu'ils lui avaient remise. Le lendemain, il quittait Rome pour le poste qu'on lui avait réservé, et le pape me faisait comprendre qu'il n'avait autorisé mes épousailles que pour me tenir à merci. J'y suis restée. Mais pas par plaisir, comme Rodrigo se l'imagine. J'y suis restée parce que je n'ai pas le choix. La seule fois où j'ai tenté de me rebeller contre certaines pratiques avilissantes, il m'a offerte à ses soldats pour me les apprendre.

Elora s'en voulut aussitôt de son jugement hâtif, ramenant à la soif de luxure quiconque en usait à Rome. Elle rougit de honte.

— Pardonnez-moi, Julie, mais à vous voir si proche de Lucrèce, si enjouée aussi, je n'ai pas songé un instant que vous étiez contrainte.

Julie s'adoucit, voulut répondre mais, percevant un grattement, se recula instinctivement. Une souris la fixa un instant sur ses pattes arrière avant de disparaître à sa vue.

Repoussant cette peur viscérale qui ne la laissait plus en paix depuis son retour à Rome, elle soupira :

— Qui n'est amie de Lucrèce est son ennemie, voire sa rivale, je ne vous l'apprends pas. J'ai espéré son soutien, mais elle est prisonnière autant de son frère que de son père. Ils en usent à leur guise, l'un comme l'autre, avec amour et perversité, mais, à la différence de moi et bien qu'elle prétende le contraire, je sais qu'elle aime ça. Le sang des Borgia est perverti jusqu'à la moelle, pourtant je persiste à croire qu'on peut y remédier. Voilà pourquoi je veux éloigner ma fille. L'approche des Français m'en offre un bon prétexte. Les cardinaux qui leur sont favorables m'aideront, et mon frère, à qui je me suis confiée en captivité, est prêt à m'accueillir.

— Pourquoi être revenue quand vous pouviez demeurer sous sa protection, là-bas, à Bracciano ?

— Parce que la forteresse appartient aux Orsini et que je n'y étais pas en sécurité. Ils veulent ma mort et celle de ma fille. À la première occasion, nous aurions toutes deux succombé au poison. Non. Mon seul salut est dans la fuite. C'est pour cela que j'ai besoin de vous. Rodrigo m'a confié le secret de vos pouvoirs. À moi et moi seule.

Elle revint dans la lumière du candélabre piqué au sol qu'elle avait enflammé à son arrivée et ricana, amère :

— Il ne me cache rien après ses moments de débauche, croyant en ma dévotion scrupuleuse. Une raison de plus pour me faire rechercher et m'éliminer.

Elora s'avança jusqu'à elle, lui prit les mains et l'embrassa affectueusement sur la joue.

— Ne vous inquiétez plus, Julie. Dans quelques jours, vous serez en sécurité avec Laura, je vous le promets.

— Et Rodrigo ?

— J'en fais mon affaire.

Elles se séparèrent sur cet accord.

Elora quitta la crypte la première, remonta les escaliers et, sans plus attendre, gagna la chapelle Sixtine où tantôt en venant elle avait aperçu le pape.

Il était temps pour elle de prendre sa revanche.

*

— N'as-tu pas entendu les ambassadeurs de Venise et d'Espagne ? Tu seras déposé si tu laisses le Saint-Siège vacant.

Le pape écarquilla des yeux ronds. Ses malles étaient prêtes et chargées, les chevaux harnachés dans la cour et là, agenouillé dans la chapelle Sixtine, devant l'autel et sous la voûte décorée d'étoiles, il s'était autorisé à prier, non en proie à un quelconque repentir, mais pour donner aux autres l'illusion qu'il y était prêt.

— Je ne pars plus alors ?

— Non.

— Je ne comprends pas, dit-il à Elora, qui venait de s'installer à ses côtés.

Depuis l'incident dans la crypte du château Saint-Ange, aucune porte ne résistait plus à la damoiselle, les gardes ayant reçu l'ordre de n'intervenir sous aucun prétexte. Elle n'en avait pas abusé. S'était contentée de fondre sur César Borgia et d'ordonner la libération des siens. Khalil, lui, avait été placé sous la protection de Djem. Il se serait bien accommodé d'une vengeance, mais ce n'était pas ce qu'Elora voulait. En fait, personne ne savait véritablement ce qu'Elora voulait.

Elle joignit ses mains en prière, indifférente aux regards envieux des autres prélats sur eux. Rien n'avait filtré du miracle dont elle était la source. Depuis quelques jours, le seul bruit qui circulait au Vatican était celui, infondé, de sa liaison avec le pape, au point que Lucrèce jubilait. Était-ce une manœuvre de César pour protéger sa sœur de foudres éventuelles ? Elora n'aurait su le dire. Elle n'avait pas revu ce dernier qui, prétextant mille occupations militaires, la fuyait. Qu'importe ! Elle tourna vers le profil lunaire du pape un visage de madone.

— Si le Christ lui-même prenait ta place, je ne te retiendrais pas, mais ni Julien della Rovere ni aucun des autres cardinaux ne rendrait sa vertu au Vatican. Le pouvoir changerait de mains, certes, mais en quelques mois elles seraient aussi sales que les tiennes.

La porte d'un confessionnal grinça sur ses gonds. Alexandre VI tourna la tête, suivit du regard le cardinal qui s'éloignait déjà, le front courbé, l'autre qui disparaissait derrière un pilier. Ils se donnaient l'absolution les uns les autres. Tous les crimes de la chrétienté formaient chemise sous leur soutane. Elle avait raison. Il n'en était pas un pour racheter l'autre. La seule personne digne de confiance au regard de Dieu était Savonarole, mais c'était un dangereux fanatique qui, pour ramener la chrétienté aux valeurs de moralité des temps premiers, n'aurait pas hésité à brûler chacun de ses membres jusqu'au dernier. On ne peut davantage espérer des fous que des pervers. Alexandre VI se détendit tout à fait. Cette fille à ses côtés n'appartenait ni à l'une ni à l'autre race. Pour la première fois, il accepta de n'en attendre rien. Ni bien ni mal. Ni perte ni profit.

— Qui es-tu en vérité ?

— Quelle importance ? Tu connais mes pouvoirs. La force de ma colère, la puissance de mon amour. On ne m'achète pas, ne me convoite pas, ne m'élimine pas. C'est un constat qu'il te faut accepter, Rodrigo. La seule raison pour laquelle je ne raye pas le Vatican de la surface du monde, c'est que les hommes ont besoin de ce qu'il représente, quel que soit celui qui le dirige, quelles que soient les exactions qu'il commet. Les petites gens pour s'accrocher à l'espoir d'un paradis *post mortem*, les grandes pour se l'offrir au quotidien et de leur vivant.

Elle lui tapota l'avant-bras dans un geste de profonde commisération.

— L'exemple vient d'en haut et les dieux de Rome ne l'ont pas donné. Le seul qui vous l'ait montré, vous l'avez crucifié et le crucifiez encore, chaque jour, par vos actes, jusqu'en ces terres que le sire de Colomb vient de découvrir à l'ouest. Regarde votre ignominie en face, Rodrigo. Pour satisfaire votre insatiable cupidité, vous volerez l'âme de ses habitants, implantant en retour en eux les germes de votre propre décadence.

Le pape tiqua.

— Que sont-ils sans le baptême ?

— Qui étaient-ils, les premiers croyants, avant de l'avoir inventé ? Dans toute l'histoire du monde, il y eut des hommes justes. Et d'autres, comme toi, qui les ont utilisés.

Il baissa le nez.

Elora soupira amèrement.

— Ton combat est perdu d'avance si tu n'uses pas de diplomatie. Baisse les armes, Rodrigo Borgia. Négocie dignement avec le roi de France et laisse le prince Djem en paix. Tout musulman qu'il soit, il a des leçons à te donner.

Elle ébaucha un signe de croix sur son buste joliment échancré. Le pape s'étonna de n'avoir plus envie de s'y attarder, tandis qu'elle se penchait vers lui pour ajouter :

— Je partirai bientôt et vous ne me reverrez pas, Votre Sainteté, alors accordons-nous à un pacte, voulez-vous ?

Il opina du menton, ravi de cette perspective, rasséréné de ce vouvoiement protocolaire qu'elle venait, enfin, de lui accorder.

— Soyons, vous et moi, les meilleurs ennemis du monde. Vous ne touchez pas à Hélène de Sassenage après mon départ et, à titre de représailles pour la torture infligée à Khalil…

Il se raidit dans sa posture de prière, repris par l'inquiétude. Elora s'en amusa quelques secondes avant de murmurer :

— … je me contenterai de vous enlever un être cher…

Il frémit de la tête aux pieds. Elora retrouva en elle le plaisir justicier qu'elle avait éprouvé à son supplice dans la chambre. Elle songea à la souffrance de Khalil sous les coups de fouet. Aucun châtiment ne serait assez fort pour le venger. Elle se leva et pesa de sa paume sur l'épaule du pape qui suait sous sa mitre.

— Rassure-toi, Rodrigo. L'assassinat reste ton arme, pas la mienne. Non, cette personne continuera de vivre, heureuse et loin de toi, mais tu ne t'en remettras jamais, foi d'Elora…

Elle lui lança un clin d'œil complice, donnant à deux prélats, occupés à allumer une rangée de cierges, matière à alimenter la rumeur.

Elle les salua au passage, avant de s'éclipser.

En proie à un doute qui déjà le mettait à la torture, le pape accrocha du regard un rayon poussiéreux. Traversant les vitraux, le soleil nimbait d'une aura bleue une statue à quelques pas de lui. Son cœur s'accéléra dans sa poitrine, à lui couper le souffle. Prenant vie sous cette lueur magnifique, le marbre le renvoya en arrière. Elora et Khalil. La Vierge et l'Enfant. Il se prit à rire, nerveusement. Stupide. C'était une idée stupide. Qu'est-ce qu'un petit bohémien pouvait bien avoir de divin ?

Il se signa, se redressa, traversa la basilique Saint-Pierre et ouvrit la porte qui donnait dans la chapelle du palais Santa Maria in Porticu.

Il éprouvait un besoin viscéral de serrer Julie Farnèse dans ses bras.

*

Le rire de Khalil cascadait si joliment qu'Hélène ne s'en rassasiait pas. C'était comme une eau vive qui jaillissait de-ci, de-là, à la fortune d'un mot, au giclement d'un fruit mordu trop goulûment, à une pitrerie involontaire. Cet enfant était la vie même et la renvoyait à celui qu'elle avait perdu. Chaque fois que la voix explosait en éclats dans la grande salle, elle se demandait quel timbre avait celui de son petit Constantin, ce qui le déclenchait et pourquoi. Elle attendait désespérément le moment où elle pourrait enfin voir son fils par les yeux d'Elora. Cette dernière l'avait convaincue d'être patiente, cet exercice de magie la rendant vulnérable le temps qu'il durait. Et pour l'heure, elle devait encore se tenir sur ses gardes. Djem avait approuvé. Hélène avait cédé.

— Je peux te confier un secret ?

Hélène tressaillit de plaisir. L'enfant venait de la rejoindre dans la chambre de Djem où elle garnissait de bougies les chandeliers. Ils en consommaient de nouveau beaucoup, à la nuit tombée, depuis que Nassouh avait, avec une simple pâte d'amandes, bouché l'œil indiscret du cheval dans le mur.

Elle était seule avec l'enfant, les autres serviteurs du prince ayant profité que Djem, Nassouh et Sinan Bey aient accompagné Aymar de Grolée et Jacques de Sassenage aux thermes pour s'alanguir de fainéantise dans leurs propres quartiers. Khalil qui n'aimait les bains qu'avec modération avait préféré attendre la visite d'Elora.

Hélène piqua la dernière chandelle et se tourna vers lui, un sourire heureux aux lèvres.

— Ta confiance m'honore. Je t'écoute.

Khalil grimpa sur la couche, chercha l'appui d'un oreiller pour caler sa nuque, avant de le rejeter et d'y replier ses mains.

— Dame Hélène ne s'appelle pas dame Hélène.

— Ah ! non ?

— Non. Et tu sais pourquoi ?

Elle s'assit sur le lit à ses côtés et secoua négativement la tête devant son air comploteur.

— Parce que c'est toi, pardi !

Face à la surprise qui altéra les traits d'Hélène, il partit d'un nouveau rire. Elle s'apprêtait à démentir lorsque, bondissant comme un cabri, il se jeta à son cou et lui arracha son turban avec autant d'agilité que l'aurait fait Bouba. Les cheveux coupés de la damoiselle démasquée cascadèrent sur sa nuque, laissant apparaître aux racines leur couleur naturelle. Déjà, fier de son trophée, il paradait dans la pièce. Elle se fâcha.

— Rends-moi ça, chenapan ! Ce ne sont pas des manières.

Il le mit sur son crâne et piqua ses poings sur ses hanches.

— Tu es trop sérieuse, dame Hélène.

— Je ne suis pas dame Hélène.

Il haussa les épaules devant son air buté.

— Si, tu l'es. Tu dors avec le prince et tu pisses accroupie… comme les filles.

— Mais comment… s'empourpra-t-elle, comprenant trop tard son aveu.

Khalil vola un abricot sec dans une coupelle avant de lui adresser un clin d'œil complice.

— Les bohémiens ont les yeux partout, surtout là où il ne faut pas. Mais rassure-toi, personne ne le saura. Enfin personne qui ne soit de cette maisonnée, parce que les autres serviteurs l'ont remarqué et aussi les femmes dans le harem.

Hélène frissonna. Si les puissants n'y avaient vu que du feu, comment tromper la valetaille ? Même en masquant ses manières, son éducation et sa grâce naturelle n'étaient pas celles d'un serviteur. Quant aux épouses légitimes de Djem, il n'en avait honoré aucune depuis qu'elle était là…

Elle leva les paumes vers le plafond dans un geste d'impuissance.

— C'est bon. D'accord. Je suis dame Hélène. Tu es content ?

Le sourire de Khalil lui remonta la bouche jusqu'aux oreilles.

— Très !

Il revint vers elle, sauta sur ses genoux comme au cul d'un cheval, lui arrachant un « oh » de surprise, et entreprit de renouer à son front le turban qui avait perdu de sa superbe. Hélène ne résista plus. Découverte, elle n'en avait plus de raison. Elle bascula sur la couche, emportant le garçonnet, et résolut de se venger par des chatouilles. C'était sans compter sur la vivacité du bohémien. Il se dégagea telle une anguille, le rire à fleur de peau. Quelques minutes plus tard, ils étaient tous deux échevelés par la plus délirante des batailles de polochons que la damoiselle de Sassenage avait pu connaître. Des plumes volaient autour d'eux, Hélène retournée en enfance et Khalil ramené à la sienne.

Épuisés, ils se laissèrent finalement tomber côte à côte sur le tapis d'Orient, le dos calé contre le bois du lit. Leur hilarité s'apaisa peu à peu. Puis Khalil abandonna sa tête sur l'épaule d'Hélène et, instinctivement, elle chercha sous ses doigts les cheveux d'ébène, un sourire béat au coin des lèvres. Il y avait bien longtemps qu'elle ne s'était sentie aussi légère, malgré le désordre qui régnait dans la pièce.

— Et dire que j'avais tout rangé…

Khalil souffla sur une plume qui descendait en vrille délicate devant son visage.

— Pas grave, c'était bien. Ça me rappelle chez moi, avec les autres de mon âge.

Son cœur se serra au souvenir des siens. Il les sentait proches, dans l'attente de son retour. « Bientôt », songea-t-il avec tendresse.

— Je t'aime bien, dame Hélène. Tu sais, j'ai vu aussi comment tu regardais mon ange…

— C'est ma fille adoptive… Elle s'appelle Elora, lui concéda-t-elle.

À ce nom, il sursauta si brusquement qu'Hélène, alanguie par ce moment de sérénité après la tornade, en fit autant. Khalil était devenu si livide malgré sa peau brune qu'il en était presque blanc.

— Qu'y a-t-il, Khalil ? Qu'ai-je dit ? s'inquiéta-t-elle devant cet air étranger qui lui plombait le visage.

Il mit quelques minutes à se reprendre. Sa gravité offrait un tel contraste avec l'instant précédent que le souvenir de ce dernier s'envola.

— J'ai un secret moi aussi, dame Hélène.

— Il sera bien gardé, lui assura-t-elle, pressée de comprendre ce qui pouvait le jeter en pareil état.

De fait, le souffle court, l'œil douloureux, il restait choqué. Les mains savamment brossées qu'il ramena dans les siennes étaient devenues moites. Il les serra, comme s'il craignait que son aveu ne l'emportât. Hélène adoucit sa voix :

— Dis-moi, Khalil.

Il la fixa, mais elle comprit qu'il regardait au-delà, bien au-delà. De même la voix qui, tel un murmure, passa ses lèvres :

— Depuis que je suis tout petit, je fais un rêve, toujours le même. Je galope auprès de compagnons sur une plaine immense. Les fleurs que les chevaux écrasent ne ressemblent à aucune autre, et dans le ciel deux lunes se regardent. Je ne me vois pas plus que je ne vois ceux qui m'entourent, mais je sais que je suis quelqu'un d'important, qu'il faut aller vers cette montagne qu'on aperçoit au loin. Elle se dresse comme un poignard dans la plaine et un étrange nuage noir tourbillonne en son sommet. J'ai du courage dans le cœur, mais sa vision m'oppresse. J'ai l'impression d'un œil qui nous surveille. Pourtant, quand nous arrivons au pied, une femme nous attend. Elle est brune de peau comme moi et elle sourit en m'ouvrant les bras…

Il marqua une pause.

Dans la position où ils se tenaient, ils ne pouvaient voir le seuil de la porte. Elora s'y était immobilisée, troublée par la confidence du bohémien.

Hélène pressa les doigts de ce dernier, un sourire apaisant sur les lèvres.

— Je ne vois là rien d'effrayant, Khalil. Les rêves nous viennent sans raison et ils repartent de même.

Il secoua la tête.

— D'habitude, la peur me réveille toujours à ce moment-là, mais l'autre nuit, après le fouet, j'ai eu de la fièvre, beaucoup de fièvre, et je n'ai pas réussi à lui échapper.

— Échapper à qui ? À cette femme ?

Il hocha la tête.

— Elle a emprisonné les autres, mais pas moi. Moi, elle m'a conduit devant la créature.

Il frissonna et vint se blottir contre elle avant de poursuivre d'un timbre craintif :

— Si tu l'avais pu voir, dame Hélène, tu comprendrais. Son visage ressemblait à un crâne sur lequel on aurait juste collé un peu de peau, le nez était crochu comme celui d'un aigle, les yeux petits, mauvais, rapprochés, sans sourcils ni cils, enfoncés dans des cernes noirs, les ongles recourbés comme des serres…

Le cœur d'Hélène s'accéléra dans sa poitrine, rattrapée par le souvenir détestable d'une même laideur maléfique.

— … La femme m'a obligé à m'agenouiller devant elle. C'est à ce moment que la créature s'est levée. Sa voix résonne encore dans ma tête, dame Hélène. Une voix rêche et ensorcelante à la fois, qui m'a dit merci…

Un sanglot d'angoisse étrangla sa voix.

— … Merci de lui avoir ramené Elora.

Sans plus attendre, cette dernière s'invita devant eux, un sourire rassurant aux lèvres. Elle ne révéla que la face émergée de la vérité. De sa vérité. Car comment avouer que sa lumière, toute de bonté, recelait une part d'ombre, celle que Marthe avait semée en elle au moment de sa naissance et qui, indubitablement, les liait encore ?

Jusqu'où ?

C'était une question qu'Elora continuait, hélas, de se poser.

23.

Hugues de Luirieux avait compté trente-sept familles. Au bout de la huitième, il avait dû rabattre ses prétentions et déléguer à un lieutenant la suite des interrogatoires. Non seulement il était épuisé, mais à la faveur des réponses qu'on lui avait faites, il avait vu s'envoler de minute en minute dix années d'espoir. Les quatre meneurs n'étaient pas là. La première, Fanette, lui avait faussé compagnie, la deuxième, Celma, prétendue devineresse, s'était esquivée avec les siens par la grotte, ce qui sous-entendait que les deux femmes s'étaient rejointes quelque part, mais hors d'atteinte. Villon avait été fauché par une flèche, quant au Mathieu… Hugues de Luirieux cogna du poing contre le mur, faisant trembler la fenêtre derrière laquelle une neige collante s'était remise à tomber. Il fixa sans les voir les flocons blancs qui épaississaient la cour intérieure du sobre bâtiment de la prévôté. Bientôt, la nuit qui descendait avalerait leur tourbillon dans un noir d'encre, et seul un silence feutré marquerait leur incessant ballet. Il serait seul à le veiller, tourmenté de questions qui n'auraient peut-être plus jamais de réponses.

Juste parce que le Mathieu lui avait échappé. Dans la vie ou dans la mort, cela restait un mystère. Un de plus.

Certains avaient affirmé que le malandrin était parvenu à s'enfuir, talonné par Enguerrand de Sassenage. Mais le chevalier était revenu quelques minutes plus tard, bredouille, quand tous les autres avaient été rattrapés. Les corps des défunts, ramassés de-ci, de-là par les soldats, avaient rapidement été entassés dans la charrette, les uns sur les autres, et, sitôt arrivés à Saint-Quentin, remis au curé. Une oraison bâclée, quelques pelletées de terre pour reboucher une fosse commune avaient scellé leur destin. Impossible donc de vérifier si Mathieu était de ceux-là ou s'il battait encore campagne. Seul Enguerrand de Sassenage aurait en fait pu le dire, mais il était retourné chez lui et Hugues de Luirieux n'était pas pressé de le revoir. Du moins, pas tant qu'il serait en état de faiblesse.

Il contracta les muscles de son ventre pour retenir l'envie d'uriner qui le chatouillait. Il faudra que tu t'y fasses, semblait-elle le narguer. Mais la seule idée de se déshabiller pour pisser lui était insupportable. Au moins autant que celle d'inonder ses braies. La rage le gagna de nouveau. Rage contre lui-même, contre les événements qui, ces jours derniers, semblaient vouloir s'accumuler à plaisir pour gâcher son existence. Et ses projets.

On toqua à la porte du bureau. Le lieutenant parut, chargé d'une pile de feuillets.

— Ce sont les derniers, dit-il en les déposant sur le plateau de bois.

Il se reprit :

— Enfin, pas tout à fait.

Luirieux tiqua.

— Qu'est-ce à dire ?

Le lieutenant se gratta la barbe.

— Il reste un enfant d'une dizaine d'années. Personne ne veut en assumer la paternité, et lui refuse de parler.

Luirieux haussa les épaules, agacé.

— Battez-le.

Le lieutenant prit un air ennuyé.

— Il n'a pas vraiment l'air comme les autres. Je ne suis pas sûr qu'il soit entêté, rapport au coup qu'il a reçu sur le crâne. Il est resté inconscient longtemps et il paraît qu'il a beuglé pendant tout le voyage du retour ici.

— Et qu'est-ce qu'il… beuglait ? s'excéda Luirieux, en se détournant, douloureux du besoin d'uriner.

« Imbécile », se fustigea-t-il en songeant aux deux pintes de vin qu'il avait descendues pour mieux se remonter.

— J'te tuerai, mman, j'te tuerai…

Luirieux virevolta, empoignant par réflexe son bas-ventre, l'envie cisaillée aussi sûrement que son vit. Pourquoi venait-il de penser à Fanette ?

— Amenez-le-moi, décida-t-il, les sourcils froncés.

Le lieutenant n'eut qu'à ouvrir la porte et à agripper par le bras le garnement qui attendait, mains liées au dos et pieds entravés, sous la garde d'un soldat. Il le poussa sans ménagement dans la pièce. C'est le regard que l'enfant leva sur lui, chargé d'un feu ardent, qui convainquit Hugues de Luirieux. Il lui rappela le sien, ce matin même face au miroir. Même hargne. Même fierté bafouée. Par la force, il n'obtiendrait rien. Il s'adressa au lieutenant :

— Détachez-le.

La surprise s'afficha sur les traits du garçonnet.

« Quel âge pouvait-il avoir ? » s'inquiéta Luirieux. Douze ans ? Treize à en juger par sa taille ? Si c'était le cas, il serait pendu avec les autres. Seuls les plus jeunes seraient épargnés, non qu'il éprouvât pour eux la moindre clémence, mais parce qu'il connaissait les manies du juge à imaginer qu'on pouvait racheter ces vauriens. Enfin, il aurait tort de s'en plaindre puisqu'il les vendrait un bon prix en retour, les garçons aux commerçants qui les épuiseraient en besogne, les filles à quelques bourgeois avides de chair fraîche.

Le prisonnier gratta ses poignets qui suintaient de vermine, entaillés méchamment par la corde. Un avant-goût du gibet, s'amusaient à leur répéter les soldats, riant de les sentir frémir dans leur cage. Hugues de Luirieux congédia ses hommes et désigna un tabouret contre un mur.

— Assieds-toi.

Petit Pierre ne bougea pas. Luirieux s'adossa à la tranche de bois du bureau et lui fit face, adouci.

— Ce n'est pas un ordre, mais un conseil. Tu es blanc comme un linge.

L'enfant redressa la tête.

— J'suis pas un pesneux.

— Personne ne le conteste. Assieds-toi, petit.

Troublé par le ton bienveillant quand il n'avait jusque-là connu que la brutalité des soldats, Petit Pierre oscilla d'un pied sur l'autre, indécis, avant de céder à la fatigue.

« Le premier pas vers la soumission », se félicita Luirieux. Il attrapa la bouteille de vin qui trônait à quelques pouces de sa hanche, en versa une rasade dans un gobelet et le lui apporta.

— Avale lentement ou tu seras plus saoul que ragaillardi.

Pendant que l'enfant suivait le conseil, il saisit un deuxième tabouret et s'y installa.

— Tu as quel âge mon garçon ?

— Neuf ans. Bientôt dix.

— Tu es sûr ? Tu es plutôt grand…

— Je sais. C'est comme ça.

Luirieux hocha la tête. Ne rien brusquer. Même s'il serait difficile de le faire croire au juge. Un œil à ses mains. Elles étaient abîmées par les engelures. Les crevasses ne s'étaient pas arrangées dans le froid et l'humidité du cachot.

— Tu as attrapé ça comment ?

Un regard en biais sur ses plaies désignées d'un doigt bagué. À force de souffrir, Petit Pierre s'était habitué. Il lui rendit le gobelet d'étain, vide.

— Comme les autres. En marchant dans la neige pour aller au-devant du convoi.

— Tu étais donc de l'attaque…

— Non, plaida l'enfant. Mon père a pas voulu. J'étais caché pas loin quand le soldat m'a cogné dessus.

« Mon père n'a pas voulu »… Hugues de Luirieux sentit remonter l'excitation en lui. Qui d'autre qu'un chef serait décisionnaire ?

« En douceur, se raisonna-t-il. Si ce garnement se sent piégé, il fera volte-face. »

— Il a eu raison. Ce n'était pas ta place.

— J'suis pas un pesneux, répéta l'enfant.

— Il ne s'agit pas de courage, juste de bon sens. À la place de ton père, j'aurais agi de même. Mieux, je t'aurais laissé au camp avec ta mère.

De nouveau cette haine dans les yeux.

— Sauf que vous êtes pas mon père. Et que ma mère…

Il détourna la tête et cracha au loin, sur le sol. Loin de s'en offusquer, Luirieux jubila en silence. Si cet enfant n'était pas celui de Fanette, il voulait bien être châtré du morceau qui lui restait. Il lui sourit avec bienveillance.

— Tu crois qu'elle vous a trahis, n'est-ce pas ?

Petit Pierre ne répondit pas, mais son regard était éloquent. Luirieux hocha la tête.

— Tu as raison. Mais je l'ai punie en retour.

Une lueur dans ce regard sombre.

— Elle est morte ?

— Fanette s'est noyée dans le lac souterrain en voulant nous échapper.

La bouche se tordit, les sourcils se froncèrent.

— Le lac de Mélusine ?

Luirieux tiqua. Que venait faire là cette vieille légende ? Il acquiesça, machinalement, se félicita d'un sourire qui détendit le visage de l'enfant, le rajeunissant instantanément.

— Alors oui, elle est bien morte, et c'est tant mieux, parce que Mélusine est la créature la plus effrayante qui soit. Et pourtant, j'suis…

— … pas un pesneux. Je sais, petit. Je sais…

Luirieux éclata de rire. Sans savoir que son geôlier tenait en lui sa revanche, Petit Pierre le suivit dans sa soudaine hilarité. Juste un éclat, salutaire, pour apaiser son angoisse, qui se brisa net au souvenir de ses chaînes. Il leva vers le prévôt un œil rattrapé de tristesse.

— Je vais être pendu, m'sieur ?

C'est à cet instant que Hugues de Luirieux mesura à quel point le pouvoir était indispensable à un homme tel que lui.

— Non, affirma-t-il avec sincérité. Et pour te le prouver, je vais te séparer des autres.

Petit Pierre blêmit, se révolta :

— Pourquoi ? Parce que je suis le fils d'une traîtresse ? Qu'est-ce qu'ils vont penser de moi ? J'suis pas comme elle ! Je préfère la corde qu'avoir à faire avec vous !

Le prévôt soupira. L'envie le démangea de le gifler, mais il la contint. Mieux valait pour ses projets obtenir le soutien et la confiance totale de cet enfant, qui avait croisé les bras sur un relent de fierté. Légitime, d'ailleurs. À sa place, Hugues de Luirieux en aurait fait autant… avant de passer à l'ennemi.

— Calme-toi. Tes amis sont ce jourd'hui bien plus inquiets de leur sort que du tien. À juste titre. Dans quelques jours, ils seront jugés, condamnés et exécutés, hommes et femmes pareillement. Dès demain, leurs enfants seront placés sous la protection du curé. À l'exception des plus grands qui connaîtront le sort des aînés. Si je te présente au juge, ta taille jouera contre toi et je ne pourrai plus rien. Si je te recrute, par contre…

Petit Pierre se mit à trembler au souvenir de la potence dans la cour, de l'angoisse de ses compagnons de cellule, de la main épaisse de Briseur sur son front. Briseur qui lui avait répété de ne pas s'inquiéter, que son père s'était enfui et qu'il allait trouver le moyen de le sortir de là sans se faire prendre. Comme Celma, Bertille et Jean qui avaient eux aussi échappé au prévôt. Sa famille. Sa vraie famille était dehors. Libre. S'il voulait les rejoindre, mieux valait qu'il coopère. Un sursaut de méfiance et de lucidité le fit pourtant plisser le nez sur la trop grande générosité du prévôt. Il n'en avait pas la réputation. Bien au contraire.

— C'est mon père que vous voulez, pas vrai ? Vous allez vous servir de moi…

Le moment que Luirieux attendait. Il haussa les épaules.

— Villon est mort. Que pourrais-je donc tirer de toi ?

— Je parle pas de V…

Petit Pierre se mordit la langue devant l'expression jubilatoire qui gagna les traits de Luirieux. Une main crochue lui étreignit l'épaule avant de la tapoter doucement.

— Tu te méprends, petit. Je ne cherche pas le Mathieu pour le pendre, bien au contraire. Nous avons des intérêts communs, lui et moi. Tout ce que j'espère, crois-moi, depuis de longues années, c'est qu'il se joigne à moi.

Petit Pierre béa de la bouche, abasourdi.

Hugues de Luirieux se mit à rire en se levant. L'envie d'uriner l'avait repris, d'une manière si impérieuse cette fois qu'il ne pouvait faire autrement que de lui obéir. Il ouvrit la porte et donna l'ordre qu'on installe un matelas et une bassine d'eau chaude dans le réduit qui jouxtait sa chambre.

— Tu dîneras avec moi. Une fois décrassé et soigné, cela va de soi, ajouta-t-il à l'intention de Petit Pierre, avant de sortir de la pièce en sifflotant.

Si le Mathieu et Fanette avaient eu le bon goût de survivre, sa journée, finalement, ne serait pas si mauvaise que ça.

24.

Certains hivers sont plus rigoureux que d'autres. Ils déchaînent leurs foudres glaciales sans se préoccuper des hommes qui tracent leur route dans la neige, le froid ou la solitude.

Ils n'écoutent ni les battements réguliers d'un cœur prisonnier d'une nuit sans fin, tel le Mathieu dans les draps blancs de sa colère, ni les sanglots des enfants arrachés à leurs parents.

Encore moins les prières de ces mères qui, dans le malheur, se réjouissent de les perdre sur le simple constat qu'ils resteront vivants.

Ils ne voient pas l'angoisse d'une repentie qui cherche le moyen de racheter ses fautes auprès de ce fils qu'hier encore elle croyait haïr.

Pas davantage celle d'une femme-serpent pour l'homme qu'elle n'a jamais cessé d'aimer et dont elle sent la présence à moins d'un quart de lieue.

Ils se moquent de ces bohémiens, terrés dans leurs roulottes aux couleurs vives, inquiets de leur devenir et d'un garçonnet dont ils espèrent le retour.

Ils n'épargnent personne.

Ni les puissants ni les misérables.

Ni les forts ni les faibles.

Oui, certains hivers ne sont que grisaille et désolation, persuadés d'ensevelir toute volonté humaine dans le lourd fardeau de leur désespérance. Comme une punition divine.

Ainsi en est-il de celui-ci, en cette nuit du trente et un décembre 1494, alors qu'une tornade balaie les collines de Rome et vient mourir dans la vaste cour intérieure du Vatican. Le pape garde les mains croisées derrière son dos, le visage offert à la bourrasque. En dépit de la froidure, il se tient debout devant la fenêtre grande ouverte de sa chambre. Il écoute la clameur. Celle qui, traversant le Tibre sur les ailes du vent, arrive de Rome. Derrière lui, la couche est vide. Brûlante de fièvre, la toux grasse, Julie a réclamé du repos. Il le lui a accordé. Il est seul. Face à la trahison d'un peuple envers son Église. Face à la sienne envers Dieu.

Charles VIII vient d'entrer dans la ville sous les acclamations des Romains. Sortis de leurs maisons malgré la pluie drue et une boue délavée qui encrasse leurs chaussures, ils illuminent son trajet de flambeaux en si grand nombre que la pluie et les rafales de vent ne peuvent les éteindre tous.

« Francia ! Francia ! Vincula ! Vincula ! » gueulent-ils sur son passage. Le roi de France vient en conquérant après une semaine de négociations.

Alexandre VI inspire cet air qui lui roidit les poumons, en frissonne de rage. Lorsqu'il se recule pour rabattre les deux battants de la fenêtre, sa chemise de nuit ruisselle d'une eau glacée qui détrempe le parquet à ses pieds.

Un autre que lui l'aurait ôtée pour ne pas s'enrhumer. Mais un autre que lui n'aurait pas créé un empire sur la seule garantie de son impitoyable volonté.

Il se coucha tel quel, sur la couverture, certain de son immunité.

Sitôt terminée sa conversation avec Elora en la chapelle Sixtine et embrassé ses femmes, Alexandre VI avait envoyé une délégation auprès de Charles VIII pour le supplier de capituler. Elle était revenue penaude. Le roi de France réclamait toujours la légitimité du trône de Naples, la bénédiction pour sa croisade et le prince Djem pour la mener.

Alexandre VI fut alors inspiré.

Il congédia le duc de Calabre en lui promettant qu'il restait son allié contre les prétentions de la France sur Naples. Ce désaveu de façade n'était qu'une manœuvre politique destinée à tromper leur ennemi commun.

Le jour même, l'armée du duc quittait la place avec l'assurance de ne pas être inquiétée par les Français, et le roi Charles envoyait ses ambassadeurs au Vatican pour négocier un arrangement.

Sur la base de celui-ci, dans la journée du vingt-sept, mille cinq cents hommes prirent position sur la rive gauche du Tibre.

Le trente, Alexandre VI accorda l'autorisation de réquisitionner des palais pour loger les officiers, et Jacques de Sassenage et Aymar de Grolée regagnèrent celui qu'ils avaient quitté.

Pour finir, en ce matin du trente et un décembre, il avait dépêché une escorte pour signifier au roi Charles qu'il était attendu le lendemain.

Mais Charles VIII, escorté des cardinaux Julien della Rovere, Savelli et Péraud, entendait montrer au pape qu'il triomphait. Il se présentait avant l'heure prévue par Sa Sainteté, en plein cœur de la nuit, certain de lui gâter le sommeil.

Le roi se trompait. Lorsqu'il descendit de cheval sous la pluie battante, accueilli par Jacques de Sassenage au palais Saint-Pierre, Alexandre VI, les mains croisées sur sa poitrine trempée, dormait comme un nouveau-né.

*

Toute la nuit, un long cheminement de soldats passa la porte du Peuple laissée ouverte. Les fantassins en premier, mêlant aux arquebuses et aux arbalètes des Gascons les piques des Suisses et les hallebardes des Allemands, hache à la ceinture. Les chevau-légers leur succédèrent puis, crinières et oreilles coupées, les chanfreins couverts d'un tissu rouge sang, ce fut le tour des destriers arrogants des hommes d'armes, eux-mêmes chargés de masses, d'épées et de lances. Suivirent trente-six chariots tirés par des bœufs. Sur chacun d'eux reposait un canon de huit pieds de long. Sans parler des couleuvrines et des fauconneaux, de plus petite taille, maniés sur roulettes par les artilleurs. Et après eux encore, solidement attachées à dos d'homme, des spin-gardes.

La boue qui dévalait des collines sous les abats d'eau rendait la progression des hommes difficile, éclaboussait les mollets des curieux. Accolé contre la façade des maisons, un falot en main, le peuple oscillait entre la peur et le soulagement. Avec cette armée qui prenait Rome, c'était la famine qui la quittait. Et, tout à la fois, malgré la promesse du roi, une ville qui s'offrait à des soudards fatigués. Parfois, lorsque ces derniers relevaient la tête sous leurs capuches, leurs visages rongés de barbe et creusés de rancœur apparaissaient aux Romains effrayants de convoitise. Leur regard, aussi cinglant que la pluie, jaugeait comme du bétail cette foule qu'ils bousculaient. Les femmes dans leurs robes aguichantes, les hommes qui rassemblaient leur famille sous un bras protecteur, les prélats, gras et repus, la lèvre boursouflée de luxure. Ils détournaient les yeux en ricanant et continuaient leur progression, comme un long serpent vers son nid, avides d'une soupe chaude, de lits chauffés à la brique, de flammes dans l'âtre et de vin dans le gosier.

Face aux monuments d'une Rome antique, ils demeuraient impassibles. Passaient leur chemin en accusant les bourrasques. Chacun espérant enfin le signal. Un bras levé devant eux qui les immobiliserait, comme ceux qui les avaient précédés.

Dès qu'aperçu, ils obliquaient vers un quartier, s'enfonçaient dans un autre, lentement, prisonniers encore d'un semblant d'ordre, se détachant du corps d'armée qui continuait de se disperser par groupes, cherchant un logement pour la nuit. Pour toutes les nuits à venir, aussi longtemps que le roi le jugerait nécessaire et ainsi qu'ils l'avaient fait dans chacune des villes qu'ils avaient forcées.

Forcées, oui.

Car, arrivés enfin à leur but, ils oubliaient toute réserve, indifférents à ces gens qui jusque-là les avaient acclamés comme à la promesse que le monarque leur avait faite.

Retrouvant une énergie ignominieuse, ils enfonçaient portes et volets, chassaient à grands coups de pied les occupants effrayés et se servaient tels des charognards, au gré de leurs envies.

Parce que la guerre est ainsi.

Un gigantesque festin dont aucun ne sait se rassasier.

Rassasiée de Rome, Elora l'était quant à elle.

Profitant de cette longue marche, elle quittait les siens, un pincement au cœur, bercée par un chant qui filtrait de la bouche serrée de Khalil et par le martèlement sourd de la pluie sur le toit du carrosse qui les emportait, avec Julie Farnèse, loin de cette agitation malsaine.

Elle n'avait pas réussi à rendre à Rome la lumière de ses fondateurs. Pourtant elle se sentait en adéquation avec eux. Remus. Romulus. Comme eux, Khalil et Constantin se trouvaient sous la protection d'une louve. Comme eux ils auraient un monde à réinventer.

Lors, de nouveau, la noirceur du mal s'opposerait à la blancheur bleutée d'une énergie vitale bien plus puissante que la simple vision divine des hommes. C'était à ce combat futur qu'Elora songeait, emplie d'espoir et de confiance en elle. Juste parce qu'une femme, une femme qui l'avait élevée comme sa mère, avait la nuit précédente accepté de ne jamais revoir l'enfant qu'elle avait porté.

Restée seule avec Hélène à l'instant des adieux, alors que Jacques et Aymar achevaient de boucler leurs malles, Elora lui avait permis de voir par ses yeux, de découvrir Algonde nageant dans le lac souterrain, et Constantin sautant dans l'eau couleur d'émeraude pour la rejoindre. Hélène avait entendu leur rire, découvert son fils chevauchant cette queue de serpent, tel un singe sur une monture improbable, plonger avec elle dans les profondeurs glacées, resurgir à plusieurs toises de haut, caracoler dans les airs avant de glisser tout du long jusque dans les bras de son ancienne dame de compagnie. Hélène de Sassenage s'était rempli les yeux de ce bonheur qu'elle avait imaginé détresse, de leur allure monstrueuse, oubliée en un instant. Elle avait compris. À l'instant précis où Algonde, captant sa présence, lui avait souri. Où sa voix si longtemps tue avait explosé dans sa tête. Algonde lui avait assuré n'avoir jamais cessé d'être à ses côtés et avoir donné à Constantin ce qu'en retour la dame de Bressieux avait offert à Elora. Une fille pour un fils. Un fils pour une fille, mais le même amour de mère. Oui, Hélène avait compris que la lumière peut naître d'une simple brèche dans une voûte rocheuse et, malgré l'hiver, illuminer tout sous son rai. Elle avait compris que certains êtres ne sont faits ni d'orgueil ni de paraître et que leur place est ailleurs.

Elle s'était écartée d'Elora, l'avait remerciée pour ce cadeau si précieux et l'avait laissée s'en aller. Sans rien ajouter. Parce que certains hivers sont ainsi. Comme les enfants, ils ne font que passer dans nos vies. Ils ravagent tout sur leur route, bouleversent cœurs et rides du temps mais continuent là où d'autres se sont arrêtés.

Abandonnant dans leur sillage un rêve de printemps.

Une promesse d'été.

25.

Hugues de Luirieux poussa un long soupir d'agacement. Face à lui, lavé, soigné, vêtu décemment et ragaillardi par des repas réguliers, Petit Pierre avait récupéré force et vitalité. Mais toujours pas de jugement précis.

— Allons, décide-toi, insista le prévôt en pianotant des doigts.

Petit Pierre se mit à danser d'un pied sur l'autre en portant son pouce à sa bouche. Il le rongeait depuis l'enfance lorsqu'il était tourmenté. Et pour le coup, il ne l'avait jamais été autant. Ses sourcils retombèrent sur son regard désolé.

— Je peux pas. Je les aime tous.

— Alors ils mourront tous ! s'emporta Hugues de Luirieux en bondissant de derrière son bureau pour gagner la porte.

Cette réaction décida le garçonnet. En deux enjambées, il le rattrapa et l'immobilisa par la manche. Deux noms jaillirent :

— Briseur. La Malice. C'est eux que je veux sauver.

Hugues de Luirieux lui tapota la joue.

— Tu vois. Ce n'était pas si difficile.

Le prévôt le planta là sur, déjà, une amorce de regret, non pas à cause du choix qu'il venait de faire, mais parce que c'était injuste vis-à-vis des autres brigands pour lesquels il avait une égale affection. Si seulement il avait pu les désigner tous. Toutes. Mais Luirieux avait été catégorique. Deux hommes. Seulement. Qui partiraient en quête de Mathieu. Alors évidemment… Briseur, La Malice. C'étaient avec Villon les meilleurs amis de son père. Petit Pierre s'alla planter devant la fenêtre du bureau. Il n'avait pas le droit de sortir du bâtiment. Pas le droit de descendre aux geôles. Il n'avait eu que celui de voir ses anciens compagnons de jeux grimper les uns après les autres dans une charrette, s'y asseoir sur de la paille, certains pleurant leurs parents laissés derrière eux, les autres le regard noir et le visage fermé. Petit Pierre avait deviné, esquissée sur leurs lèvres pourtant serrées, cette conviction intime tant de fois ruminée : « Je suis pas un pesneux. » Pas de larmes dehors. Un raz de marée dedans.

Il s'était écarté de la croisée. Pour la première fois, il s'était vraiment senti honteux de se trouver là, mieux loti que les autres. « Sois pas idiot ! Ils sont saufs et tu les reverras certainement », lui avait dit Luirieux en haussant les épaules. Mais Petit Pierre n'avait pas envie de les revoir. Pour leur dire quoi ? Qu'il se terrait comme un rat en attendant que le gibet se balance ? Qu'il connaîtrait, peut-être, un meilleur sort que le leur ? L'avant-veille, profitant de l'absence du prévôt, il avait eu le malheur de s'aventurer dans les couloirs, espérant fausser compagnie aux soldats. Il avait entendu des rires gras, reconnu la voix de plusieurs des filles du campement. Il avait glissé un œil par l'entrebâillement d'une porte. Avant qu'il ait pu comprendre pourquoi elles juraient et criaient autant, le battant s'était écarté. Sa vue avait été bouchée par un des hommes de Luirieux qui l'avait aussitôt renvoyé dans ses quartiers. Il s'était écroulé sur sa paillasse, en larmes. Désespéré de ne rien pouvoir faire. Pour elles. Pour eux tous. Lorsque le prévôt était revenu, il lui avait raconté les agissements suspects de ses hommes. Mais son espoir de justice s'était seulement heurté à un rire et à une recommandation. Celle de ne plus traîner dans ce coin-là.

Alors, il passait ses journées à regarder par la croisée. Dans la cour, malgré la neige, les hommes s'entraînaient à l'épée ou au combat à mains nues. Luirieux était impitoyable avec eux. Qu'il pleuve ou qu'il vente, qu'il grêle ou qu'il neige. Chaque jour, ils s'affrontaient pour garder l'esprit clair et la main vigoureuse. Même Fanette, dans sa rudesse de caractère, n'exigeait pas autant de ses compagnons. À d'autres moments, il discutait. Le prévôt voulait tout savoir de leur vie à Choranche. En échange, il lui avait parlé de son passé, lui permettant de comprendre enfin l'intérêt qu'il portait au Mathieu.

Le prévôt lui avait appris qu'il avait été chargé d'une mission par le grand prieur d'Auvergne : retrouver son fils naturel, un certain Philibert de Montoison, mystérieusement disparu alors qu'il traquait sa fiancée en fuite, Hélène de Sassenage. Le prieur avait demandé à Luirieux de découvrir la vérité, en échange de quoi il recevrait des terres giboyeuses et riches ainsi qu'une rente conséquente. Petit Pierre avait demandé en quoi cette sombre affaire concernait son père. C'est ainsi qu'il avait appris qu'Algonde, alors l'épouse de Mathieu, était la dame de compagnie d'Hélène de Sassenage. Sa confidente. Mathieu savait forcément, par sa femme, ce qu'il était advenu du sire de Montoison. Comme le grand prieur, Luirieux n'avait aucun doute sur sa mort, mais il voulait apprendre comment et où, seule condition pour empocher sa récompense. Or la fin d'Algonde avait précipité Mathieu chez les brigands. Redevenu civil, Hugues de Luirieux avait battu la contrée pour le retrouver et, sur la recommandation du grand prieur d'Auvergne, avait été investi de la charge de prévôt pour avoir une chance d'y parvenir. Il lui avait fallu dix ans avant que Fanette lui en fournisse l'occasion.

À présent, Petit Pierre connaissait le lien qui unissait son père à cet homme. Tous deux avaient des raisons d'en vouloir à cette Hélène. Hugues de Luirieux la faisait surveiller par un de ses hommes. Ce dernier interceptait depuis des années le courrier qu'elle recevait du prince, mais cela n'avait pas été suffisant. Tout au plus avait-il appris qu'elle avait donné au Turc un fils mort-né. Il lui fallait une preuve. Lorsqu'il l'aurait, il laisserait le Mathieu s'accorder à sa vengeance.

De tout cela, Petit Pierre avait compris l'essentiel. Son père était pour l'heure infiniment précieux à cet homme. Alors, stupidement, il avait demandé s'il partagerait avec lui l'or et les terres. Nouveau rire de Hugues de Luirieux, qui l'avait poignardé d'un regard méprisant.

« La réhabilitation sera bien suffisante pour un misérable de son espèce. Mais avec ses deux complices, il pourra continuer de travailler sous mes ordres et toi aussi, cela va de soi… »

Ce qui allait de soi pour Petit Pierre, à l'instant où la porte s'ouvrit sur Briseur et La Malice, c'était qu'ils avaient désormais, lui et son père, deux alliés de poids, qui comprendraient tout et rétabliraient la justice. Non pas celle des gens de bien. Mais celle des gens d'en bas.

Comme ils l'avaient toujours fait, ils prendraient ce qui leur revenait, occiraient ce triste sire et quitteraient le pays, libres et fortunés.

Petit Pierre se jeta dans leurs bras puants de la crasse du cachot, un franc sourire aux lèvres. Lui qui avait douté ne doutait plus. Il était un des leurs. De toute son âme.

*

Il avait fallu neuf jours à Elora pour atteindre le campement des bohémiens repoussé loin de Rome par les soldats qui continuaient d'affluer. Renseignée sur leur itinéraire à chaque contrôle et grâce au sauf-conduit qu'elle avait obtenu du roi par l'intermédiaire du maréchal de Gié, elle avait pu traverser les lignes sans être inquiétée. Malgré cela, Julie n'avait cessé de trembler et de se tasser sur son siège, craignant de voir un Français se pencher dans la voiture et la reconnaître. Cela n'avait pas été. On s'était seulement étonné de leur passage en ces temps troublés, avant de fondre en courbettes devant le sceau royal. À présent, pourtant, qu'elle savait devoir continuer sous la seule protection de l'évêque d'Alatri qui s'était joint à eux, Julie était la terreur même. Elle serrait en permanence la petite Laura contre sa poitrine, rabattant à chaque arrêt sur le visage de l'enfançonne, la couverture dans laquelle elle l'avait enroulée. Khalil, lui, trépignait d'impatience et de curiosité. Impatience à retrouver les siens. Curiosité des armes et des mises de la soldatesque qu'ils croisaient. Relevant le volet au grand désespoir de Julie, il penchait la tête au-dehors, avalait les éclaboussures de neige boueuse, en revenait maculé mais riant aux éclats, la bouche emplie de questions militaires auxquelles, et bien qu'il s'y connaisse peu, l'évêque se chargeait de répondre.

Lorsque enfin parurent au détour d'un chemin et non loin d'Ostie les couleurs bariolées des carrioles,

Khalil poussa un cri de joie, passa le buste presque entier par l'ouverture, gueula au cocher d'aller plus vite, cognant des paumes sur la portière, puis, voyant que l'allure était à peine forcée, l'ouvrit tout entière et sauta. Julie hurla d'effroi, réveillant sa fille qui dormait et qui se mit à pleurer. Le cocher immobilisa ses chevaux.

Quant à Elora, tout en se disant qu'elle n'était pas fâchée de se débarrasser de cette assemblée, elle se borna à passer le front sous le rabat de cuir. Khalil, qui avait savamment roulé dans la neige, se releva dans un éclat de rire, passa devant elle en clignant d'un œil complice et courut de l'avant en agitant les bras, la voix pleine du nom des siens.

Quelques instants plus tard, tandis qu'il tombait dans leurs bras et recevait, des larmes de bonheur plein les yeux, Bouba, sauvé du pape, sur son épaule, le carrosse s'immobilisait en bordure du pré.

*

Les premiers jours de l'installation du roi Charles à Rome avaient excédé laïcs et clergé. En quelques heures, la ville avait été ravagée, les palais pillés et dégradés par la soldatesque. Sans le moindre scrupule, Charles VIII s'était approprié le palais Saint-Pierre, imposant au marbre du sol des salles de réception les litières de paille, les excréments et la gouaille de sa garde. Indifférent à leur dégoût, il avait reçu les cardinaux venus lui rendre hommage. Lorsque ce fut le tour de César Borgia, il s'accorda le plaisir de le faire patienter jusqu'à la fin de la messe. Avec le fils, c'était le père que le roi s'imagina humilier.

Il dut pourtant attendre le cinq janvier, veille de l'Épiphanie, avant de pénétrer les murs du Vatican avec les puissants de France. Alexandre VI le reçut avec une chaleur feinte et l'autorisa à lui baiser les pieds. Honneur suprême qui fit jubiler Charles, certain désormais de voir ses exigences satisfaites.

Le soir même, il déchantait. Après les doléances du sire de Burckhardt, furieux des manières des soldats qui avaient été jusqu'à déféquer dans toutes les pièces de sa demeure après avoir vidé le garde-manger, ce fut au tour de l'envoyé du pape de l'exaspérer.

Bien qu'il se prétendît heureux de leur entente, Alexandre VI refusait de lui remettre le prince Djem et plus encore César Borgia à titre d'otages pour garantir son entrée dans Naples. Il ne pouvait risquer la colère des Turcs et entraîner Rome dans une guerre plus sanglante encore.

Fou de rage, le roi se dressa sur ses jambes torses, fronça son visage simiesque et, d'une voix sifflante, rétorqua que les seigneurs français allaient de ce pas imposer sa volonté et déposer le pape pour simonie.

À quatre heures du matin, prenant la menace au sérieux, Alexandre VI déménageait au château Saint-Ange par un corridor secret qui reliait ses appartements du Vatican à la forteresse. À peine y fut-il en sécurité qu'une partie du rempart s'éboula brutalement, entraînant sept des créneaux et trois gardes dans la mort. S'il n'avait accéléré son pas, lui-même se serait retrouvé emmuré.

Alexandre VI ne s'attarda pas sur cette coïncidence. Il mit en poste les quatre cents Espagnols de sa garnison sur le chemin de ronde, fit pointer ses canons sur les Français qui, déjà, montaient à l'assaut. Jugeant que ce ne serait pas suffisant pour les arrêter, il fit sortir les châsses de leurs caches et exposa sans vergogne les reliques des saints qu'elles contenaient.

Charles VIII, profondément chrétien, se signa et ordonna le repli avant même qu'une seule goutte de sang ne soit versée.

Lorsqu'il voulut recommencer le lendemain, il fut reçu de même.

Lors, il réunit son conseil pour décider de la meilleure attitude à adopter.

En cette soirée du neuf janvier, fort de ses prérogatives et de ses victoires, Alexandre VI était plus que jamais déterminé.

Il était en position de force.

Le roi avait commencé le ménage. Il venait de décréter le couvre-feu, d'organiser des patrouilles de nuit pour limiter les pillages et de faire pendre en place publique cinq soldats pris la main dans le sac. Furieux d'avoir vu sa parole bafouée auprès des habitants qu'il sentait prêt à se retourner contre la France, Charles VIII venait en outre d'ordonner que tous les objets volés fussent restitués.

Alexandre VI eût dû s'en réjouir. Il n'y parvenait pas. Julie Farnèse, sa Julie tant aimée ne reviendrait jamais.

*

Prise par l'émotion qui se dégageait des guitares et des voix, subjuguée par les danses sensuelles des bohémiennes qui tournoyaient autour du feu géant, Julie avait déjà oublié son amant et Rome. La liberté de ces gens, leurs manières chaleureuses, la tendresse dont les mères couvraient les enfants sans peser sur leurs jeux, la dignité des hommes jusqu'au front haut et au regard fier qui donnaient à la simplicité de l'accueil des manières princières, avaient en quelques minutes eu raison de sa méfiance. Elle était sous le charme. Adossée au moyeu d'une roue, elle donnait le sein à sa fille. Là où, à Rome, le moindre valet se serait léché les babines à semblable scène, ici, au milieu du campement que cernaient les roulottes, le geste, naturel, n'attirait pas un regard. Du coup, Julie en avait presque oublié sa condition de dame. Le cardinal, à ses côtés, battait des mains en cadence pour accompagner le rythme des musiciens, Khalil se trémoussait au milieu des filles de son âge et de ses sœurs, entraîné par le foulard que l'une d'elles avait détaché de ses hanches pour le lui passer autour de la taille. La fête tenait le cœur de tous. Même Bouba, juché sur le crâne de son propriétaire, agitait les bras en cadence, un sourire grimaçant sur ses dents serrées que traversait parfois une langue moqueuse.

Seules deux personnes s'étaient éclipsées discrètement. Elora et le père de Khalil. Ils venaient de gagner l'intérieur de la roulotte qui avait abrité la jeunesse du petit bohémien.

Alors qu'Elora refermait sur eux l'étroite porte cintrée, Nycola le jeune, comte de petite Égypte Sarrazin, souleva le verre d'une lanterne pour allumer une bougie. La lumière grandit dans la pièce, révélant un mobilier hétéroclite, glané au fil des voyages, des étoffes précieuses jetées de-ci, de-là en un savant mélange de couleurs et de matières. Des motifs floraux peints sur le bois des côtés montaient jusqu'au plafond leurs arabesques de feuilles et de tiges. Il se dégageait de l'endroit, jusqu'aux matelas empilés la journée les uns sur les autres, non la misère d'un peuple d'errance, mais le faste d'un palais en miniature, que la lumière crue du jour aurait montré délavé par les infiltrations d'eau ou reprisé dans ses toiles. Pour l'heure, le lieu était propice aux confidences. Nycola le jeune invita d'un geste Elora à s'asseoir sur les coussins de sol qui meublaient un angle avant de déverrouiller une petite armoire accrochée au mur et d'en sortir une bouteille et deux verres ouvragés. Il s'installa en face d'elle et les remplit d'une liqueur verdâtre.

— Une décoction de simples. Nous en aurons besoin, je crois, dit-il.

Elora lui offrit un sourire bienveillant.

— À quoi m'as-tu reconnue ?

Les yeux noirs pétillèrent en face d'elle.

— Au halo de lumière que tu dégages. Il est différent de tous les autres, mais tel que mon père le décrivait.

— Tu peux le voir ?

Il hocha la tête.

— Comme tous les hommes qui m'ont précédé.

Elora avala une gorgée qui lui caressa la gorge d'une brûlure douce et revigorante avant de conclure :

— Mais pas Khalil…

Le noble Nycola secoua sa belle tête aux moustaches qui remontaient jusqu'en haut des pommettes.

— Khalil n'est pas mon fils. Il n'est pas non plus de notre communauté.

Une lueur de fierté passa dans son regard.

— Ne va pas croire que nous l'avons enlevé.

— Je ne crois en rien d'autre qu'au destin, celui qui nous lie, lui et toi, toi et moi, et moi et Khalil.

Une main carrée, usée par les intempéries, souleva d'un geste fataliste l'air parfumé de fleurs séchées.

— C'était il y a dix années tout juste. Nous venions d'arriver en Istanbul. Le sultan Bayezid était absent, mais son grand vizir nous accorda le droit de séjourner dans l'arrière-cour du palais. En levant les yeux vers une des tours au pied de laquelle je me promenais, j'ai vu cette femme sublime qui berçait un nouveau-né. La lumière qui émanait de lui était faible, mais, comme la tienne, d'un bleu particulier, pailleté d'or. Dans les minutes qui suivirent, j'ai entendu deux hommes discuter. L'un était un eunuque, l'autre le gardien des fauves. Ils complotaient pour faire disparaître cet enfant, fils du sultan et d'une Égyptienne. J'ai aussitôt compris que nous n'étions arrivés là que pour le sauver d'une mort certaine. J'ai offert à l'eunuque de l'acheter et de disparaître.

Il émit un petit rire désabusé.

— On raconte tellement d'horreurs sur notre compte qu'il n'a pas douté un instant lorsque je lui ai affirmé que nous voulions le manger. Pire, il jubilait, le monstre, certain que la première épouse du sultan qui avait commandité l'assassinat s'en réjouirait.

La grimace sur son visage céda la place à la tendresse.

— Mon épouse et moi avons élevé Khalil comme notre fils, avec d'autant plus d'amour que nous n'avons pas réussi à en avoir avant qu'elle ne soit emportée par les fièvres l'hiver dernier. J'attendais qu'il soit adulte pour lui révéler la vérité, persuadé qu'il comprendrait à la fois mon geste et sa vérité. Mais je me trompais sur lui. Enfin… à moitié.

Il avala le contenu du gobelet d'un trait, essuya ses moustaches d'un revers de manche avant de le reposer et de poursuivre :

— Khalil parle en dormant. Il fait toujours le même rêve…

— Il me l'a raconté, l'interrompit Elora.

Nycola hocha la tête, puis poursuivit :

— Il ne nous a jamais parlé de toi, mais une nuit, à la faveur de ce qu'il évoquait, j'ai compris qu'il t'avait rencontrée. Cette lumière bleue qui l'avait guéri, le pape qui voulait te brûler pour sorcellerie. Lorsqu'on vint nous signifier qu'il avait été arrêté pour avoir enlevé Sa Sainteté, j'ai compris qu'il avait été poussé par la même détermination que moi, autrefois, pour le sauver, sacrifiant tout ce que nous possédions de liquidités. Nous nous sommes conformés aux ordres de Sa Sainteté. Les autres inquiets. Moi confiant. Je savais que tu nous retrouverais et me le ramènerais.

À cet instant, des pas résonnèrent sur les marches de bois et la porte s'ouvrit à la volée. Bouba se rua à l'intérieur et Khalil s'arrêta sur le seuil, jovial malgré sa surprise.

— Qu'est-ce que vous faites ?

Son père lui fit signe.

— Approche mon garçon. Le temps est venu pour moi de te révéler qui tu es.

Les minutes qui suivirent furent de déchirement. Khalil pleura en silence, renfrogné sur lui-même, refusant de n'être pas de leur race, de leur famille, de leur sang, jusqu'à ce que Nycola se redresse, empli de cette noblesse d'âme qu'il portait mieux que d'autres, celle d'épée.

— Qui prétendrait que tu n'es pas mon fils m'insulterait assez pour que je le tue sans hésiter. Tu l'es, Khalil, et tu le resteras, quoi qu'il advienne, mais ce jourd'hui, ton destin te rattrape et il est lié à Elora, autant qu'au lourd secret de notre famille.

Il fourragea dans son col, détacha de son cou une lourde chaîne en or et la tendit à Elora. Une émotion vive emporta les battements du cœur de celle-ci quand elle découvrit la clef ouvragée qui y était rattachée.

— J'ignore à quoi elle sert et pourquoi elle a été confiée à mon aïeul il y a des siècles. Tout ce que l'on m'en a dit, c'est que je devais la garder précieusement. Pour toi, Elora, reine de lumière.

26.

Ce seize janvier, Celma avait décidé d'y retourner. Elle jugeait que suffisamment de temps avait passé pour que les soldats aient définitivement cessé de surveiller Choranche. Et puis elle suivrait le chemin de l'allée, escortée depuis les rivières souterraines par Algonde et ensuite, dans le boyau qui restait, serait vigilante pour ne pas tomber dans un piège qu'ils auraient laissé. L'idée d'être accompagnée de Fanette ne lui plaisait guère, mais la brigande avait insisté. Ses plaies étaient cicatrisées et bien qu'elle consacrât beaucoup de temps à son fils, elle en avait assez de l'oisiveté. Elles ne seraient pas trop de deux pour récupérer du matériel, certaines que le prévôt ou ses sbires ne s'étaient encombrés que du butin.

Celma avait ajouté un second poignard à sa cheville, là où d'ordinaire elle n'en portait jamais, puis avait consulté ses runes, discrètement. Elles annonçaient à la fois une heureuse et une mauvaise surprise. L'heureuse à son sens serait que Fanette se noie ou se perde, la mauvaise, qu'elle profite d'un moment d'inattention pour se jeter sur elle et mette un terme à leur rivalité. Pour elle, la traîtresse n'avait pas eu, bien qu'elle soit défigurée, le sort qu'elle méritait.

Quant aux trois enfants, d'un commun accord, les deux femmes avaient jugé qu'il valait mieux, pour cette fois du moins, ne pas les emmener. Ils s'entendaient à merveille et ne firent aucune difficulté pour demeurer seuls quelques jours sous la garde de Presine. D'autant qu'Algonde pouvait aller et venir, elle, en quelques heures seulement, pour s'assurer que tout allait bien.

Sous la terre, la distance à parcourir était réduite, malgré les méandres. Ils n'avaient pas à traverser les monts du Vercors et souffraient d'une température constante alors qu'au plus fort de l'hiver, au-dessus d'eux, les bourrasques se succédaient. Pour autant, il leur était impossible de parler tant le roulement des eaux se répercutait sous la voûte, par endroits réduite à hauteur de genoux, à d'autres, élevée en cathédrale. Sachant qu'elle n'inspirait aucune confiance à son ancienne camarade de rapine, Fanette avait proposé de prendre la tête et la lanterne, Celma, les chandelles de rechange et les sacoches, emplies de viande et de fruits séchés. Toutes deux ayant eu tout loisir de se fabriquer arc et flèches, elles partirent parées.

Après avoir croisé les cadavres décomposés des soldats qu'avait envoyés le prévôt sur leurs traces et compris qu'Algonde, sans le leur dire, avait protégé leurs arrières, elles abandonnèrent cette dernière, retenue par l'étroitesse de la rivière au-delà du dernier lac.

Avec un semblable pincement au cœur, mais pour des raisons différentes, Fanette et Celma empruntèrent le corridor qui conduisait à la salle dans laquelle, tant d'années durant, elles avaient vécu en communauté.

L'odeur de fumée piqua les narines de Fanette au bout du dernier tunnel. Elle tendit le bras en arrière pour immobiliser Celma et se plaqua contre le mur, lui montrant l'infime lueur qui dansait sur la roche. L'endroit était habité. Et à en juger par ce qui avait précédé, ce ne pouvait être que par une arrière-garde. Même si certains de leurs compagnons avaient réchappé à l'embuscade et tenté de regagner l'abri, il était évident qu'ils s'y étaient fait cueillir.

« L'instant de vérité », songea la devineresse. Anticipant sa méfiance, Fanette se pencha vers elle.

— Je vais y aller. Toi, reste là. Si je suis prise, promets-moi seulement de continuer de t'occuper de mon fils comme tu l'as déjà fait.

Celma le lui accorda sans hésiter. Bien que cela lui coûtât, elle détacha son arc passé en bandoulière et l'arma d'une flèche.

— Je te couvre, dit-elle simplement, le regard davantage empli de l'envie de la faucher que de la protéger.

Fanette se contenta de sa parole. Celma n'en avait jamais manqué. Elle s'accroupit et pénétra le plus discrètement possible dans la salle par l'arrière des rochers. Le feu avait été allumé à l'emplacement habituel. Mais elle était trop loin pour distinguer qui s'y trouvait. L'odeur de viande rôtie lui agaça les narines, réveillant à la fois sa faim et l'envie de vengeance. Elle rampa jusqu'à un point d'observation plus efficace, se redressa à peine derrière une concrétion de calcaire pour prendre une flèche dans son carquois. Lorsqu'elle dépassa de la tête, son bras était armé et prêt à tirer.

Elle faillit le baisser et se précipiter en reconnaissant Briseur et La Malice qui déchiquetaient à pleines dents les cuisses d'un lapin. Un regard de droite, de gauche. Ils étaient seuls. Seuls, mais certainement pas mieux disposés à son égard que Celma. Fanette hésita. Revenir en arrière ou affronter ses anciens compagnons. Pour autant qu'elle ait changé, elle avait toujours assumé ses responsabilités. Encore faudrait-il qu'ils lui laissent le temps de s'expliquer. Elle se leva tout à fait, les mit en joue et avança jusqu'à eux.

Briseur la vit le premier. Il fronça les sourcils et en oublia de mâcher. La Malice, réagissant selon son habitude, pivota de trois quarts et bondit sur ses pieds, prêt à se battre. Fanette réalisa qu'ainsi éclairée, elle était sinon méconnaissable, du moins suffisamment monstrueuse. Elle les héla, d'une voix affermie par son réel bonheur de les revoir, saufs et libres :

— Ferme la bouche, Briseur, et toi La Malice, écarte tes doigts, je ne voudrais pas recevoir ce poignard que tu caches dans ta manche.

Ils obtempérèrent sur-le-champ. Un reste d'autorité songea Fanette. Ou d'habitude. Déjà La Malice se reprenait :

— T'es pas noyée ?

— Comme tu vois.

Il se rassit, indifférent à l'arme qu'elle continuait de pointer. D'un os rongé, Briseur désigna le lapin démembré piqué encore au-dessus des braises.

— T'en veux ?

Quelque chose sonnait faux dans leur attitude, leurs réactions. Dans leur indifférence à son égard. Elle se campa plus solidement sur ses pieds écartés.

— Je ne suis pas seule.

Briseur haussa les épaules. Elle ajouta :

— Celma est en embuscade au bout du tunnel.

La Malice sursauta, tourna cette fois vers elle un visage chargé d'espoir.

— Mathieu ?

— Nous deux seulement.

Les deux hommes échangèrent un regard déçu. Ils le seraient plus encore, songea-t-elle, lorsqu'elle leur apprendrait qu'Algonde l'avait vu, toujours inconscient, sous la garde d'Enguerrand de Sassenage. Mais ce n'était pas le moment. Non, vraiment pas.

Abandonnant son morceau, La Malice se leva et gagna le fond de la salle. Fanette consentit enfin à ranger son arme. Elle s'installa en face de Briseur qui continuait de déchiqueter la viande avec sa voracité habituelle. Un malaise grandissait en elle. Elle ne comprenait pas pourquoi, maintenant qu'elle était désarmée, le colosse ne se jetait pas sur elle pour l'étrangler. Il ne pouvait pas ne pas lui en vouloir. Elle-même se haïssait. Elle avait besoin d'un reproche, d'un coup, d'une injure. Elle les provoqua :

— C'est moi qui vous ai trahis.

— Je sais. Celma nous avait prévenus.

Il secoua la tête.

— On n'a pas voulu l'écouter.

Fanette regarda par-dessus son épaule. La devineresse avait rejoint La Malice. De grands gestes de part et d'autre ponctuaient une discussion dans laquelle Fanette imaginait aisément tenir le mauvais rôle. Elle ramena son attention sur Briseur.

— Comment peux-tu m'avoir pardonné ?

Le regard s'enflamma.

— Je peux pas. Mais on est pareils maintenant.

Le sang afflua aux tempes de Fanette.

— Comment ça, pareils ?

— Le prévôt nous a relâchés.

Il sourit. Elle blêmit. Il la rassura :

— Calme-toi, c'est pas toi qu'il veut. Il te croit morte.

Fanette serra les poings.

— Je ne vous laisserai pas lui livrer Celma. J'ai fait assez de mal comme ça.

Il émit un petit rire désabusé.

— Pour sûr que t'en as fait, Fanette. Pour sûr. Mais c'est Mathieu qu'on espérait trouver.

Elle tressauta, comme piquée par un frelon.

— Toi ? Toi, son meilleur ami, tu le trahirais ? Je ne peux pas le croire.

Il darda sur elle ses grands yeux délavés de Normand.

— C'est pas ce que tu crois. Le prévôt veut pas le pendre. Il a besoin de lui et de nous aussi, rapport à un projet de vengeance contre Hélène de Sassenage. Tu le sais comme moi que Mathieu lui en voulait à cette garce. Pour Algonde.

L'explication ne convainquit pas Fanette. Elle s'empourpra.

— Mensonge. On ne peut pas lui faire confiance, Briseur. Regarde, regarde ce qu'il m'a fait en récompense de mes bons services.

Il ne tiqua pas davantage que tout à l'heure devant sa joue abîmée qu'elle tendait vers lui. Derrière eux, leurs deux compagnons arrivaient, la mine grave. Briseur comprit qu'en quelques mots La Malice avait tout raconté à Celma. Il ramena sur l'ancienne meneuse de bande un visage empreint de tristesse.

— On n'a pas le choix, Fanette. Et Mathieu non plus s'il veut revoir Petit Pierre.

*

À Rome, les rancœurs s'étaient atténuées.

Aucun des deux adversaires ne pouvait demeurer sur sa position. Il fallait trouver un accord. Le roi dépêcha des émissaires pour combattre les arguments du pape. Pour bien montrer que le temps de l'offensive était terminé, Charles VIII entreprit de visiter les monuments antiques, accompagné de Jacques de Sassenage et de ses fils Louis et François, retrouvés, d'Aymar de Grolée et de bien d'autres familiers. Il ne dressait plus sa superbe, mais une sobre humilité.

Alexandre VI y fut sensible, non qu'il eût décidé de céder, mais lui aussi savait qu'il ne ressortirait rien de positif à s'entêter. La rouerie était son arme favorite. Il l'utilisa en signant un traité qui, entre autres points, garantirait l'avancée et le ravitaillement de l'host dans sa reconquête de Naples. Les exigences principales du roi, bien évidemment, n'y étaient pas évoquées.

Qu'importe à ce dernier. Installé depuis le matin au Vatican, il espérait encore, et décida après le déjeuner de ce seize janvier de se rendre au-devant du pape qui venait de quitter le château Saint-Ange par la coursive des remparts.

Alexandre VI, entouré de ses conseillers et de son fils, fit semblant de ne pas le remarquer, agenouillé sur sa route. Il le dépassa en regardant ailleurs. Fit de même une deuxième fois, plus loin, avant de juger qu'il ne le pourrait indéfiniment.

Charles VIII avait l'œil noir de rancune lorsque enfin le pape se décida à le relever.

Bouillant de fureur sous son masque de civilité, le roi décida aussitôt de s'accorder une revanche tout en calant son pas sur celui de son ennemi. Après quelques banalités d'usage, bien loin des considérations de ces mois derniers, il réclama le titre de cardinal pour Guillaume Briçonnet qui, l'accompagnant en cette promenade, rosit de voir ses espoirs matérialisés. Le roi laissa le pape promettre avant de s'embraser. Pourquoi attendre ? Ne valait-il pas mieux s'acquitter de la cérémonie de création tout de suite puisque Briçonnet se trouvait là, loin encore des aléas d'une croisade ?

Alexandre VI, piégé, feignit un malaise, s'appuya lourdement au bras de son fils.

La véritable guerre, celle de deux hommes emplis des mêmes ressentiments, venait de commencer. Plus d'armée entre eux cette fois. Mais un combat impitoyable de fourberies réciproques et de rouerie.

Le pape se retira dans la première pièce qui se présenta.

Deux heures plus tard, Charles VIII y faisait encore antichambre, bien décidé à obtenir ce qu'il voulait.

Alexandre VI ne put que céder. En toute hâte, il réunit un consistoire dans la salle du perroquet. Pris au dépourvu, il demanda à César d'ôter sa cape pour en couvrir les épaules de Briçonnet et au cardinal de Sainte-Anastasie d'aller quérir un chapeau en ses appartements. Mais ce ne fut pas encore suffisant au roi Charles, rancunier. Dans l'heure qui suivit, paradant dans les corridors avec son favori pour mieux narguer les soutiens du pape, il fit remplacer la garde suisse par la sienne, écossaise, mettant toutes les portes du Vatican sous sa seule autorité.

Ne pouvant s'y opposer, le pape se calfeutra dans ses appartements pour ruminer sa rage impuissante. Il savait que son ennemi ne s'en tiendrait pas là. Mais partie gagnée n'était pas la guerre. Et bien fol celui qui tenait tête à un Borgia.

Le roi, de même, se prépara à la prochaine joute.

Il lui restait d'autres faveurs à obtenir.

Dont une qui lui tenait particulièrement à cœur. Celle d'enfin rencontrer le prince Djem.

Il trouva le prince fort occupé dans la vaste salle de réception qu'il habitait. Le mobilier avait été repoussé contre les murs, les tapis roulés, et l'endroit transformé en champ clos. Les familiers de Djem avaient repris là un entraînement qu'on leur avait interdit au-dehors. À l'instant où il passa la porte, les cimeterres s'entrechoquaient dans un ballet de turbans et de pantalons bouffants qui arrêta le roi sur le seuil. Il les regarda évoluer un moment, s'attarda sur les mouvements malhabiles d'un jeune Turc qui peinait sous le poids de l'arme avant de demander lequel était Djem. Jacques de Sassenage le lui désigna, dissimulant au possible son émoi en reconnaissant sa fille en ce combattant emprunté que le prince guidait dans ses ébauches guerrières. Le roi hocha la tête à plusieurs reprises, une moue à la bouche, admiratif des conseils et de la patience de cet homme dont depuis tant d'années il avait imaginé les traits. Lorsque Djem les tourna enfin vers lui, ce fut l'azur de ses yeux, peu commun en vérité, qui le subjugua. Djem claqua des mains. Les lames retombèrent. Le silence se fit. Quelques secondes. Le temps pour le roi de réunir les siennes et d'applaudir au spectacle qui venait de lui être donné. Djem savait par Jacques et Aymar à quoi ressemblait son sauveur et, de fait, sa difformité était telle qu'on lui avait décrite. En cet instant pourtant il ne vit que beauté. Parce que sa seule présence lui évoquait, avec la liberté, tous ces lieux de chevauchée dont il avait été privé. Il marcha vers lui la main sur le cœur, le menton relevé, mais, parvenu à quatre pas, il posa un genou à terre avec humilité.

Cette attention toucha le roi. Il s'approcha, lui pressa l'épaule, accrocha ce regard qui se levait.

— Point de cela entre nous, prince. Je viens en ami, pas en monarque. Et quand bien même. Votre égal je fus, votre égal je reste. Relevez-vous.

Djem se redressa, sourit, ému de cet instant qu'il avait espéré depuis tant d'années, et accepta, devant les seigneurs français médusés, l'étreinte fraternelle que le roi venait de lui concéder.

Il ne fallut que quelques minutes pour qu'en ordre et en silence, les janissaires quittent la salle et que les serviteurs réinstallent tapis et coussins de sol. Le roi y trouva place sans sourciller, ses familiers de même. L'un d'entre eux fixait avec insistance Hélène, qui s'en étonna. Le visage de cet homme lui évoquait quelque souvenir, mais elle aurait été incapable de dire lequel. Persuadée qu'il ne pouvait la reconnaître avec cette peau matifiée de brou de noix et cet accoutrement, elle lui tourna le dos, indifférente, avant de se couler au milieu des hommes. Le lendemain même du départ d'Elora, le roi ayant pris ses quartiers en ville, Djem avait jugé qu'il était temps de la présenter aux siens en toute officialité. Des nez s'étaient tordus, des yeux s'étaient agrandis, des bouches ouvertes sur de la surprise, d'autres fermées sur de l'effroi. Djem n'avait tenu compte d'aucune de ces réactions. Il avait arraché le turban qui masquait la chevelure de sa belle, essuyé de sa manche son visage de femme et, la prenant aux épaules, l'avait plaquée contre son torse.

« Frères, mon exil, ma souffrance, mes doutes, mes désillusions, mes espoirs et mes trahisons, vous les avez acceptés sans vous plaindre quand vous pouviez m'abandonner et rejoindre Bayezid. Vous pouvez ce jourd'hui partager mon secret de la même manière. Je ne vous l'ai pas caché par manque de confiance, mais pour la protéger de Lucrèce Borgia. Voici la véritable Hélène de Sassenage. Mon épouse future, ma sultane. La femme que j'ai choisie devant Allah le Grand pour régner avec moi à la fin de ma guerre. Elle n'intégrera jamais le harem. Jusqu'en Istanbul, elle restera sous son fard et, comme vous, combattra à mes côtés. Parce qu'en ce jour comme hier, malgré votre affection et votre amitié, elle fut et demeure ma seule raison de vivre. »

« Ma seule raison de vivre », avait répété Djem avant d'embrasser le haut du crâne de sa promise. Nassouh s'était écarté, Sinan Bey aussi. Hélène était venue s'asseoir entre eux, avait accepté le narguilé qu'un autre lui avait tendu. Elle avait aspiré une bouffée. S'était étouffée. Djem avait ri, puis les autres, puis elle à son tour. Ce jourd'hui, ils ne la voyaient plus comme une femme, mais comme celle qui avait tout sacrifié, au même titre qu'eux Pour Djem. C'était suffisant pour rabattre us et coutumes. À Rome, ils n'étaient plus à cela près.

Cela n'avait pas fait oublier à la damoiselle sa tristesse du départ d'Elora, sa douleur de ne jamais revoir son fils Constantin, mais au moins elle n'avait plus à jouer les serviteurs zélés. Quant à l'ennui, il était sorti de son quotidien. Djem voulait la voir victorieuse à ses côtés. Lui apprendre à se battre était donc devenu une nécessité. Parler couramment le turc aussi. Elle avait eu le temps de se familiariser avec la langue et échangeait à présent avec les compagnons de Djem dans chacune des langues qu'ils parlaient. Hélène lança donc une conversation, achevant ainsi de déstabiliser le seigneur français qui reporta son attention sur celle du roi et de Djem.

Cet échange les mena fort tard dans la nuit. Les accords signés prévoyaient que Djem accompagnerait le roi jusqu'à la forteresse de Terracine, où, de nouveau il serait gardé, pour protéger le prince et Rome des représailles turques. Bien évidemment il devrait être rendu au pape sitôt que les Français auraient quitté l'Italie. Pour se garantir, le pape exigeait cinq cent mille ducats, et quarante otages parmi des barons et prélats français, sans compter qu'il garderait la pension de quarante mille autres que lui versait Bayezid.

Le roi n'entendait pas donner suite à ces exigences, moins encore rendre Djem aux Borgia. Les lettres de Bayezid saisies sur Giorgio Buzardo ne lui avaient laissé aucun doute quant à la connivence du pape avec le sultan. Bayezid redoutant autant la croisade que le retour de son frère, le roi restait persuadé qu'Alexandre VI ferait assassiner Djem dès que la menace française s'éloignerait. Si les motivations du pape à trahir le Latran laissaient perplexe le roi Charles, il lui avait suffi d'entrer dans Rome pour vérifier ce que la rumeur et Julien della Rovere prétendaient. Qui permettait semblable débordement n'était digne ni de Dieu ni des hommes. Certes, de son côté, son armée s'était montrée vile et ravageuse, mais il comprenait aisément qu'une telle débauche l'ait inspirée.

Lorsqu'il se retira aux alentours de quatre heures du matin, ce fut en promettant au prince qu'il quitterait Rome avec lui pour n'y revenir jamais et qu'une fois sorti d'Italie, il serait libre d'aller où bon lui semblerait. Charles VIII espérait seulement de lui suffisamment de reconnaissance pour l'accompagner au terme de son projet, en foi de quoi il l'aiderait à destituer Bayezid.

Djem affirma qu'il était l'être le plus droit qui puisse être, Jacques de Sassenage en témoigna, de même qu'Aymar de Grolée et quelques seigneurs, ici présents, que Djem avait côtoyés à Romans, lors de ce grand tournoi pour les épousailles d'Antoine de Montchenu.

C'est à cette évocation qu'Hélène se souvint enfin de celui qui, par intermittence, continuait de la dévisager. Bel homme d'une quarantaine d'années, les yeux clairs mais vifs, le visage anguleux mais agréable à regarder, il s'agissait de Jacques de Montbel, comte d'Entremont, qui lui avait glissé en aparté à l'époque combien il aurait été heureux de la demander en épousailles si elle n'avait été promise au sire de Montoison. Aymar de Grolée, en la mariant après la mort de ce dernier, lui avait coupé l'herbe sous le pied. Elle ne l'avait jamais revu, mais visiblement Jacques de Montbel ne l'avait pas oubliée puisque, de nouveau, ses traits lui parlaient. Le cœur d'Hélène se mit à battre à tout rompre. Elle fixa ses larges épaules, alors qu'aux côtés du roi, il prenait congé de Djem.

« Pourvu, songea-t-elle, pourvu qu'il n'imagine rien qu'une passable ressemblance. »

Rien qui compromette ses projets.

27.

La grand-place de Romans était aussi agitée qu'au moment du grand tournoi pour les épousailles d'Antoine de Montchenu, dix ans plus tôt. Certes, d'autres l'avaient animée, des marchés aussi et nombres de fêtes votives, mais rien qui n'ait laissé de souvenir aussi puissant, d'émotion aussi vive. Parce que cette fois comme l'autre, on était venu assister à la mort d'hommes. En ce jourd'hui dix-huit janvier, la corde casserait les nuques. Quarante-deux personnes en tout. Hommes et femmes de mauvaise vie. Deux jours de pendaisons. De quoi attirer les gens de loin, colporteurs, marchands d'oubli, porteurs d'eau et même, oui, même d'autres malandrins. Les trousse-chemises n'officiaient jamais loin de leurs compagnons d'infortune. Provocation morbide ? Défi de vivant ? Nul ne savait ce qui se passait dans leur tête à l'instant où, profitant de l'attention extrême provoquée par le spectacle, du souffle retenu par la main du bourreau, ils plongeaient la leur dans les poches.

Hugues de Luirieux avait exigé d'une partie de ses hommes qu'ils s'habillent en civil et se mêlent à la masse pour débusquer ceux-là. En vérité, il espérait la venue du Mathieu. Dernier adieu aux siens. C'était de règle chez les brigands. Du moins était-ce ce que

Briseur lui avait dit avant de prendre la route vers Choranche. Luirieux n'était pas certain de revoir ces bougres sitôt relâchés dans la nature, alors, pour les convaincre, une fois Petit Pierre hors d'écoute, il les avait menacés de le faire pendre si son père ne se présentait. Mais ce dernier pouvait tout autant profiter de l'occasion pour tenter de le délivrer. Dans le doute, Hugues de Luirieux avait laissé l'enfant sous bonne garde, même si le siège de la prévôté n'était pas un lieu facile à forcer. Lui se tenait face aux douze gibets, construits pour la circonstance, assis sur une estrade auprès du juge, du procureur, du seigneur de Clermont, de Sidonie de La Tour Sassenage et des notables de la ville. Nombre d'autres seigneurs avaient aussi fait le déplacement, malgré le mauvais état des routes et du temps, ravis de mettre un terme, enfin, à des années d'insécurité dans la région. Des barrières interdisaient aux badauds d'approcher trop près, mais ils poussaient tant pour glaner les meilleures places que Hugues de Luirieux avait dû renforcer le périmètre. Usant de la pointe de leurs hallebardes, les soldats s'assuraient que personne ne passerait, ami, curieux ou rancunier. Il s'était engagé à ce que cette exécution fasse date et entendait bien ne rien laisser la perturber.

Il ne tourna pas davantage la tête lorsque, encadrée d'une forte troupe de cavaliers armés, la première charrette amena les prisonniers. Il se contenta de noter qu'un méchant nuage assombrissait l'azur, qu'un vent plus froid encore s'infiltrait de chaque côté de l'église collégiale devant laquelle ils étaient installés et se mordit la lèvre en pensant que la fin de la journée les verrait glacés.

Fanette était là. Avec Celma, Briseur et La Malice. Ils avaient repéré les soldats à leurs manières inquisitrices, les voleurs, à leurs façons de trop bonnes gens.

La gorge nouée, le cœur battant, refoulant leur chagrin, ils détaillèrent le premier convoi. Debout, mains liées derrière le dos dans le chariot, les femmes, leurs amies, leurs comparses, ne les virent pas. Elles psalmodiaient des prières entre leurs dents serrées. Sur leurs joues, des larmes séchées semblaient demander un pardon que crachats et seaux d'urine jetés sur leur passage refusaient. Parvenues devant l'estrade, elles descendirent l'une derrière l'autre. Remontèrent de même les trois marches d'escalier. Dignes. Une seule fut emportée par la panique. Prise de nerfs, elle voulut s'échapper, dévaler l'escalier. Deux soldats l'arrêtèrent. Elle se débattit sous les moqueries. On la laissa haranguer la foule, quémander pitié, telle une furie désespérée. Elle n'avait tué personne, lésé personne, elle avait juste aimé. Aimé un homme. Un voleur, un paria. Elle n'était coupable que de cela. D'amour. Et de ne pas être bien née. Fanette savait qu'elle disait vrai, mais nul en cette place ne lui accorda crédit. On se mit à rire pendant qu'on la traînait, à la traiter de putain qui n'avait que ce qu'elle méritait. Le bourreau l'assomma d'un coup de bâton derrière la nuque. Elle s'écroula. On lui passa la corde au col, la maintint debout de force pour qu'elle ne s'étrangle pas trop vite. Trop tôt. Mesurer l'effet. Le prévôt y tenait. Toutes ensemble. En même temps. Chaque fournée. Lorsqu'elles furent alignées face aux gens de Romans, le silence se fit, brusquement, comme avant une tempête. Seul le vent continua de siffler, le ciel de noircir et le cœur de Fanette de s'étrangler de remords. Elle baissa la tête, sentit une lame lui piquer les côtes. La voix de Celma, douloureuse mais déterminée, contre son oreille, lui vint par-derrière :

— Jusqu'au dernier !

Fanette regarda. Deux jours durant. Chacun de ceux qu'elle avait condamnés. Tour à tour précipité dans la mort par cette trappe qui basculait sous leurs pieds. Leur langue démesurément tirée pour chercher un air qu'ils ne trouveraient plus, les battements désordonnés des jambes des femmes, le vit bandé dans les chausses des hommes. Elle entendit les hourras des vivants. Et au-delà, ceux des trépassés. Leurs rires d'hier dans la grotte, leurs plaisanteries, leurs étreintes, leurs joies, leurs peines. Tout un chapelet d'années de complicité, de solidarité dans leur misère. Tout ce qu'elle avait construit avec l'envie de détruire. Tout ce qu'elle avait détruit. Tous ceux qu'elle avait détruits.

Lorsque le dernier fut pendu, la foule se dispersa, soulagée, éreintée d'émotions contradictoires. La neige commença à tomber. Celma, Briseur et La Malice emboîtèrent le pas aux retardataires. Ils avaient échappé à la vigilance des soldats. Fanette les regarda s'éloigner tous trois. La mine basse, mais soudés d'une même détresse, ils ne faisaient pas attention à elle. Et quand bien même. Elle n'aurait plus jamais sa place. Elle ne l'avait même jamais eue. Mais elle pouvait encore se racheter. Donner à Mathieu la preuve d'un amour qui l'avait perdue.

Elle tourna les talons et prit le chemin de la prévôté.

*

Charles VIII avait conscience de s'être fait flouer. Dans sa chambre, près du feu, en gilet et sans chausses, il n'était pas pressé de s'habiller. L'évêque de Concordia et Burckhardt se tenaient près de la porte, embarrassés par son flegme, dansant d'un pied sur l'autre. Le premier, d'une voix fluette et étranglée, insista :

— L'heure approche, sire. Le pape vous attend. Il s'inquiète de votre santé.

— Elle est bonne. Rassurez-le.

— Arrivez-vous ?

— J'arrive.

Ils hésitèrent puis, voyant Jacques de Montbel leur ouvrir la porte, la repassèrent, fortement ennuyés. À peine furent-ils sortis que le roi bondit de son siège.

— Il s'inquiète ? Eh bien, il n'a pas fini de s'inquiéter ! Il attend ? Qu'il attende. Une heure. Dix, si j'en ai envie !

Il cogna du pied dans un oreiller qui avait eu la mauvaise grâce de tomber du lit au cours de sa nuit agitée. C'eût été un boulet de canon qu'il eût fait de même sans hésiter. Il prit à partie le comte d'Entremont avec lequel il avait lié une sincère amitié :

— Pour qui me prend-il, ce suppôt du diable ? Croit-il que je ne le vois pas venir ? Que je n'entends pas sa langue puante siffler la fourberie entre ses phrases ?

— Calmez-vous, sire. Il ne sert à rien. Vous le savez comme moi. Ce traité n'était que prétexte à l'un comme à l'autre. Toute provocation attire réponse et vous l'avez provoqué avec Briçonnet. Il fallait s'attendre à ce qu'en retour le pape réclame votre serment d'obédience.

— Si je le lui donne avant qu'il m'ait accordé l'investiture comme roi de Naples et proclamé chef de la croisade, c'en est fini, Jacques. Fini de nos prétentions. Et ce compromis signé hier ? Il ne me satisfait pas. Non. Pas du tout.

Le comte d'Entremont lui tendit ses chausses. Le roi les enfila. Un pied en l'air, il brassa l'air d'une main aux doigts noueux.

— Vingt-six. Vingt-six de mes familiers contre Djem. D'accord, c'est mieux que quarante, mais c'est encore trop. Non ?

— Si, lui accorda Jacques de Montbel, en lui passant un bras sous l'aisselle pour l'aider à rétablir son équilibre.

Le roi reprit, d'une voix que l'agacement rendait suraiguë :

— Je ne peux pas faire une croisade tout seul, enfin !

— C'est une évidence. Mais vous ne gagnerez rien à le brusquer. Il est intelligent et fourbe. Davantage que Julien della Rovere, je vous le concède, mais vous en déposerez un que l'autre sera tout aussi détestable. Vous en avez convenu vous-même l'autre soir en aparté avec le prince Djem.

— Qu'en sais-tu ? Tu n'écoutais rien ! Tu n'avais d'yeux que pour ce jeune Turc si maladroit à se battre. Si le nœud te gratte, trouve-toi un mignon. Mais un bon chrétien, qui ne nous fasse pas d'incident diplomatique ! À ce que j'ai pu voir, les curetons ne demandent que ça ici !

Jacques de Montbel soupira.

— Il ne s'agit pas de cela, sire. Vous savez bien que je ne suis pas sodomite. C'est autre chose. J'ai l'impression de connaître ce visage, cette voix. Ma mémoire s'en souvient et mon cœur s'accélère. Pourtant, je suis certain de n'avoir jamais rencontré ce Turc.

Le roi se dégagea, tira sur son gilet, les joues grenat, le nez vérolé et l'œil noir.

— Alors, oublie-le ! Nous avons mieux à faire !

Jacques de Montbel courba la nuque.

— Je suis à vos ordres, Votre Majesté.

Bien décidé à agacer son rival, Charles voulut assister à la messe dans la basilique, puis il déjeuna, prenant le temps de mastiquer et de s'entretenir avec les mêmes délégués et d'autres encore, revenus vers lui pour lui annoncer qu'Alexandre VI siégeait dans la salle du perroquet. Sachant le poids de la mitre pontificale, toute d'orfèvrerie, le roi s'attarda encore en se renseignant sur le déroulement de la cérémonie d'obédience, jouant le sot avec une incroyable vérité. Il gagna ainsi plus d'une heure et demie à laisser mijoter le pape sur son trône. Il n'en put hélas pas davantage.

Parvenu devant Alexandre VI qui feignait la superbe, il accomplit les trois génuflexions rituelles puis lui baisa le pied et la main droite, un profond dégoût aux lèvres qu'accentuait le trop de chair ingurgité auparavant. À ces côtés, Jean de Ganay qui gardait encore en travers de la gorge l'accueil que le pape leur avait réservé quelques semaines plus tôt, s'avança à son tour pour réclamer au nom de la coutume qu'on leur accorde trois faveurs. Celles justement que le pape s'entêtait à refuser. Alexandre VI prit un air de commisération profonde, dodelina de la mitre, épousseta d'une main ferme un grain invisible sur sa chape écarlate et consentit enfin, d'une voix un rien cynique, à la première : confirmer au roi et à sa famille tous ses privilèges chrétiens. Pour ce qui était de l'investiture de Naples et de la caution de Djem, c'était une autre affaire. Il lui était impossible, cette fois, de leur offrir la diligence d'une cérémonie cardinalice, leur servit-il, l'air navré. Il lui fallait en référer à son conseil. Autant dire, jamais. Charles ravala sa colère et son orgueil. Malgré son envie, il ne pouvait tourner les talons et repartir en claquant la porte. La salle était pleine des familiers du pape, réjouis d'avance, et des siens, dont Julien della Rovere, crispés, qui attendaient son serment.

Il grommela, le débit rapide pour s'en débarrasser :

« Je suis ici pour faire obédience et révérence à Votre Sainteté ainsi que l'ont fait tous les rois de France. »

Ce n'était pas là, exactement, ce qu'Alexandre VI attendait. Il mit sa main en cornet contre son oreille, feignit d'avoir mal entendu.

— Plaît-il ?

Quelques ricanements étouffés passèrent dans l'assistance. Le roi la fouilla d'un regard ulcéré, ramenant aussitôt un silence de circonstance. Tout en lui pourtant refusait de reformuler son discours. Jean de Ganay n'en avait pas plus envie. Pourtant, il s'éclaircit la voix d'un raclement de gorge.

— Sa Majesté Charles, le huitième, en ce jour du dix-neuf janvier de l'an de grâce 1494, vous reconnaît, vous Rodrigo Borgia, pour le souverain pontife des chrétiens sous le nom d'Alexandre VI. Il vous tient pour le véritable vicaire du Christ et le successeur des apôtres Pierre et Paul. À ce titre, il vous rend l'hommage obligatoire et filial que ses prédécesseurs sur le trône de France ont accordé aux papes. Pour finir, il se donne tout entier dans ce qui lui appartient au Saint-Siège et à Votre Sainteté.

Alexandre VI hocha la tête, bénit son adversaire, vaincu, d'un geste grandiose. Leurs regards s'accrochèrent. Le roi pensa à Djem qu'il devrait rendre s'il voulait libérer les siens. Son cœur se serra.

À cet instant, il le sut. La partie était jouée. Et ce serait encore l'exilé qui en paierait le prix.

28.

Petit Pierre regardait au-dehors lorsqu'il la vit entrer dans la cour. Son cœur s'arrêta de battre. Il frotta la vitre qui, par intermittence, s'embuait autant de son souffle que du froid, puis ses yeux incrédules. Malgré le chapel qui lui retombait sur les oreilles et la distance, il sut que cet inconnu habillé en garçon qui se présentait aux gardes n'était autre que sa mère, déguisée. Un sentiment contradictoire le balaya de bas en haut puis de haut en bas comme une tempête qui ne saurait quel couloir emprunter pour ravager mieux et plus fort. Il l'avait crue morte, elle ne l'était pas. Indifférente à son sort ? Le fait qu'elle soit là tendait à montrer le contraire. Elle n'avait d'autre raison que lui d'être venue narguer Luirieux après ce qu'elle lui avait fait à l'entrejambe. L'envie le prit d'ouvrir la croisée, de lui faire signe. Il se retint. Si le soldat en faction n'avait pas reconnu la brigande, mieux valait ne pas bouger.

Hugues de Luirieux ne reviendrait pas avant la fin de la soirée, une grande réception étant donnée chez l'officier des monnaies pour marquer la fin des exécutions. Il en serait de même à la nuitée, sur la grand-place, autour du gibet. « C'est un grand jour pour la contrée ! » s'était exclamé le prévôt en froissant la tignasse du garçonnet. Petit Pierre avait haussé les épaules. La gorge nouée, il était muet depuis que la première charrette s'était ébranlée. Il priait en silence. Pour chacun et chacune des gens qui avaient bercé son enfance de leurs rires, de leurs chamailleries, tout en songeant à Briseur et La Malice, à Celma, Bertille et Jean. Tout en espérant que son père n'était pas loin et que ce cauchemar prendrait fin. Et voici que contre toute attente, c'était elle, sa mère, qui s'annonçait. Elle dont il s'était réjoui à l'idée qu'elle s'était noyée. Une déchirure se fit sous ses côtes et il n'eut qu'une envie en cet instant, lui qui avait tant souffert de sa haine, ce fut de se jeter dans ses bras, et en pleurant, de lui pardonner.

Fanette avait changé. Le crâne rasé, les sourcils et les cils disparus, l'allure masculine, les taches brunes sur la moitié du visage. Elle savait qu'à part Luirieux, personne ne ferait le rapprochement avec la fille qui était venue vendre ses compagnons de rapine entre le sire Dumas et Enguerrand de Sassenage. Il lui avait suffi de se présenter comme le commis d'un drapier qui aurait doléance à faire au prévôt, suite à une effraction pendant la pendaison. Gêné par sa laideur, le garde avait d'abord fait mine de la renvoyer, Hugues de Luirieux étant absent, puis, devant son insistance, il l'avait laissée passer en lui indiquant le bâtiment qu'elle connaissait déjà. Preuve qu'il avait été trompé. Restait à trouver Petit Pierre. Et à le convaincre de lui faire confiance.

Elle n'eut pas à attendre longtemps. Elle faisait antichambre depuis moins de trois minutes dans la pièce voisine du bureau de Luirieux lorsque la porte qui donnait sur le corridor s'entrebâilla. La tête de son fils passa. Ses yeux, à la fois heureux et inquiets, s'attardèrent sur elle, la submergeant d'émotion. Ils se jaugèrent en silence, la gorge pareillement nouée, puis Petit Pierre entra tout à fait et rabattit l'huis.

L'instant qui suivit ne s'effaça jamais de la mémoire du garçonnet. C'était la première fois qu'il entendait ces mots-là dans la bouche de Fanette. Mots d'amour et de pardon, de regrets et de souffrance. De tendresse et de fierté. Mots tant de fois attendus, espérés. Caresses tant de fois recherchées sans rien en laisser paraître. Quelques minutes de grâce avant que la réalité ne les reprenne, que Fanette ne s'écarte de lui, le visage ravagé. De ses doigts tremblants, elle essuya les larmes qui avaient roulé sur les joues de son fils, indifférente aux siennes.

— Il nous faudrait du temps, dit-elle, et je n'en ai pas à t'offrir. Alors, écoute bien, Petit Pierre. T'es pas un pesneux, tu l'as jamais été.

Il secoua la tête, incapable de répondre, de parler, tant il pressentait l'importance de cet échange. Fanette récupéra le poignard attaché à son mollet.

— L'un de nous deux doit rester pour que les gardes ne se doutent de rien. Faut que ce soit moi, tu comprends ?

Il hocha la tête. Renifla.

— Mouche ton nez et viens là.

Il passa sa manche sur son visage, se cala contre elle et, tandis que ses boucles brunes tombaient l'une après l'autre, écouta le plan que, sans rien dire à personne, sa mère avait mis quelques nuits à échafauder.

Fanette se glissa la première dans le corridor désert. Les vêtements de son fils lui étaient trop petits, mais de loin, en se tassant un peu, elle pouvait, de par sa courte taille, faire illusion. Difficile tout de même de dissimuler son arme. Elle la lui avait laissée. Elle en avait emporté d'autres. Plus subtiles. Elle referma sur elle la porte de la chambre de Luirieux et se mit à la fenêtre. L'action avait toujours été un bon moyen pour elle de refouler ses émotions. De ne pas songer à ce baiser sur la joue de Petit Pierre. À ce mensonge.

— Ne t'inquiète pas. Je m'en sortirai. Je m'en suis toujours sortie…

Cette fois, c'était différent. Elle n'en avait plus envie. Elle colla son front à la fenêtre. Prête à faire diversion s'il le fallait pour que son fils passe la poterne.

Comme elle le lui avait expliqué, il ne se retourna pas, marcha droit devant, en pressant les coudes contre ses oreilles à l'approche du portail. Le froid était vif. Le soldat en faction soufflait dans ses mains, sa hallebarde coincée entre ses cuisses serrées. Le geste de Petit Pierre passa pour normal. Il écarta à peine les pans rabattus de son chapel, juste assez pour dégager légèrement ses cils coupés, ses sourcils rasés, sa joue striée de brou de noix. Grommela :

— Je r'viendrai…

La mise était la même. Le soldat n'en demanda pas davantage. Il le laissa passer. Petit Pierre s'enfonça dans la rue, obliqua dans une venelle, à droite, comme indiqué, le cœur battant et déchiré.

Fanette s'écarta de la croisée. Elle s'installa confortablement dans le fauteuil de Luirieux, croisa les pieds sur le bureau et se servit une rasade de vin. Dans moins d'une heure, Petit Pierre serait hors de danger et elle mettait au défi quiconque de le retrouver. Elle se surprit à sourire, le cœur étonnamment en paix. Elle prit un pruneau dans une coupelle. Cela faisait longtemps. Oui, bien longtemps qu'elle n'en avait pas mangé. Elle le savoura puisque ce serait le dernier.

*

Khalil demeurait maussade. Être le fils d'un sultan et d'une princesse d'Égypte le perturbait bien moins que de ne pas être celui des bohémiens. Et puis il n'aimait pas les cachotteries. Julie Farnèse avait continué sa route le lendemain avec le prélat et eux avaient repris la leur. Pour aller où ? Et cette clef, elle servait à quoi ? Elora n'avait pas voulu répondre. Elle avait seulement demandé à ce qu'on ne la dérange pas et qu'on se dirige vers Venise, avant de s'enfermer, seule, dans la roulotte. Elle n'en sortait qu'aux repas, qu'elle avalait, l'esprit visiblement ailleurs et des cernes de plus en plus violacés sous les yeux. Sans le fard qui avait servi à la vieillir à Rome, elle ressemblait chaque jour davantage à ce qu'elle était en ce monde. Une fillette. Qui n'avait plus rien d'un ange gardien. Plus rien de magique ni de divin.

Khalil n'aimait pas ça. Non. Pas ça du tout. Du coup, il avait mauvais caractère, bousculait ses sœurs à tout bout de champ, leur arrachait des larmes et se retournait férocement contre son père adoptif lorsqu'il le reprenait, sous le méchant prétexte qu'il n'avait aucun droit sur lui. Nycola le jeune accusa la première révolte, puis la deuxième. Le « voleur d'enfant » grommelé par souci de blesser emporta la mesure. La gifle partit, marqua la joue de Khalil. Les yeux du garçonnet débordèrent. Sautant de la roulotte en marche, Nycola sur les talons, il courut en sens inverse avec l'intention de se jeter dans la Méditerranée du haut des falaises qu'ils longeaient.

Un cri, relayé de chariot en chariot, immobilisa le convoi sur la route étroite et sinueuse. Les visages inquiets des bohémiens s'accordèrent à leur poursuite, peu habitués à ce que l'unité du clan soit rompue, à ce que les jeunes résistent à l'autorité des aînés, et du chef, plus encore.

La rébellion de Khalil fut de courte durée. Le comte de petite Égypte le rattrapa et le plaqua dans la boue. En quelques secondes, malgré les coups de pied et de poing qui évacuaient la rage douloureuse de l'enfant, il l'immobilisa. Khalil éclata en sanglots. Nycola s'assit par terre, l'attira dans ses bras.

— C'est rien, mon fils, c'est rien, lui dit-il en lui caressant la nuque pour le calmer.

Elora sortit enfin de son propre hiver à ce moment-là, épuisée d'un combat contre elle-même. Elle n'entendit pas le garçon murmurer « papa », comme une prière muette, un serment indélébile. Mais elle le perçut au fond d'elle. Elle sauta à son tour de la roulotte qu'elle venait d'ouvrir. La tête courbée pour se garder de la bourrasque chargée d'embruns qui emmêlait ses longs cheveux dénoués, elle s'avança jusqu'à eux.

À peine fut-elle là que Khalil la foudroya d'un regard noir.

— Va-t'en, dit-il méchamment. C'est à cause de toi tout ça.

Mais Elora ne s'en offusqua pas. Elle s'agenouilla sur le sol détrempé par les pluies incessantes, au mépris, comme eux, de ses vêtements de voyage. Elle secoua la tête.

— Je te demande pardon, Khalil. Mais nous devons nous y rendre.

Il s'arracha presque des bras protecteurs de son père, silencieusement respectueux devant elle. Lui ne voulait pas l'être. Il ne voulait plus l'être tant qu'il ne saurait pas.

— Où ? Où enfin ? Où veux-tu nous emmener ?

— En Istanbul, Khalil. Je dois vérifier quelque chose qu'on m'empêche de voir.

Il fit non de la tête, se blottit de nouveau contre le buste rassurant et puissant de l'homme qui l'avait élevé.

— Je veux pas. C'est lui ma famille.

Le visage d'Elora se troubla d'une détresse infinie. Jamais il ne l'avait vue pâle et éteinte, telle qu'elle était en cet instant. Pour preuve, elle posa sur son bras une main glacée. Il se dégagea. Les doigts d'Elora retombèrent telle une araignée sur l'arrondi de son genou. Sa voix s'affermit pourtant.

— Tu te souviens de cette femme dans ton cauchemar ? Celle qui te menait à la créature démoniaque ?

Il se crispa. Elora ramena sur le devant de son mantel la lourde masse de sa chevelure qui, volant au vent, lui fouettait le visage. Elle la tortilla puis l'emprisonna dans sa main.

— Si je m'en tiens à la description que ton père a faite, il se pourrait bien qu'elle soit ta mère. Ta vraie mère.

Il blêmit et Nycola le jeune avec lui. Elora s'affaissa des épaules. Elle était fatiguée. Anormalement fatiguée, aspirée par une force invisible qu'elle n'avait jamais ressentie jusque-là et dont elle avait passé les derniers jours à rechercher l'origine. Elle avait fini par comprendre qu'avoir usé d'une telle magie pour ramener Khalil à la vie l'avait fait repérer par Marthe. La Harpie attendait son heure elle aussi. Tapie dans l'ombre. Et activait à distance le lien qui les unissait pour la détruire ou l'inféoder. Elle poursuivit d'une voix troublée :

— Je dois savoir, Khalil. C'est important. Tu comprends, n'est-ce pas ? Je dois savoir si je peux empêcher ça…

Un instant de silence. Troublé d'un grondement au-dessus de la mer. L'horizon charriait de lourds cumulus gris. Le vent forcit sur la falaise. L'air devint électrique. Comme son père qui le pressa plus fort, Khalil frissonna.

— Et si tu ne peux pas ?

Elora ouvrit les bras dans un geste d'impuissance.

— Alors ce sera à toi de trouver le moyen de me sauver. De nous sauver.

Khalil revit le mur noir de sa geôle, se remémora la douleur du fouet, la déchirure du poignard des malandrins dans Rome, le froid de la camarde sous celui de César. Et la lumière bleue. Pailletée d'or. Chaleureuse. Puissante. Comme une eau délicate qui l'avait envahi chaque fois, lavé, épuré. Il se rappela les images qu'elle avait réveillées en lui. La ville blanche aux sept rivières. La tour qui, au centre, protégeait une table de cristal au travers de laquelle, venu du cœur de la terre, jaillissait un rayon bleu. Les trois flacons de même couleur, de forme pyramidale, qui récupéraient cette énergie pour nourrir le liquide qu'ils contenaient. Et elle, Elora. Elle dans sa splendeur divine, emplie de tant d'amour et d'espoir que sur son passage les sources taries redevenaient bruissantes.

La promesse d'un renouveau. Depuis sa renaissance il avait cessé de cauchemarder. Et c'était grâce à elle. Grâce à cette Elora-là. L'envie de la retrouver l'emplit tout entier.

Il s'apaisa. Lui tendit la main, ainsi qu'à son père. Les noua toutes deux dans la sienne. Sourit enfin.

— D'accord, dit-il. Comme ça, ça me va.

*

La surprise qui s'abattit sur les traits de Hugues de Luirieux fut un baume pour le cœur de Fanette.

— Referme la porte, prévôt, il est inutile d'alerter tes hommes, je suis venue me rendre.

Il obtempéra, désappointé. Le gouverneur de la ville était un bavard qui devait souvent s'humecter la langue. Chaque fois qu'il vidait un verre, il le faisait remplir, tout comme celui de son interlocuteur. Hugues de Luirieux avait donc l'esprit plus aviné qu'il ne l'aurait fallu en ce soir de feste. Cela expliquait pourquoi il voyait Fanette dans les vêtements de Petit Pierre. Elle l'obsédait. Tout à l'heure encore, quand il avait été obligé de faire garer la voiture sur le bas-côté, qu'il était descendu en trombe, s'était calé dans une encoignure de mur, la vessie trop pleine pour aller plus avant, et qu'oubliant sa misère il s'était soulagé. Ses braies en étaient encore inondées. Il gagna un tabouret et s'y laissa choir en grinchant.

— Donne de la lumière, Petit Pierre, et cesse ces agaceries. Je suis fatigué.

Fanette enflamma les quatre bougies du chandelier et rapprocha celui-ci de son visage, pendant qu'il ôtait ses bottes.

— Est-ce mieux ?

Il grogna sans lever la tête, empêtré de gestes gourds au moment de se déshabiller. Fanette attendit qu'il se lève, à moitié nu, amusée de le savoir à merci et bien décidée à en profiter.

C'est ainsi qu'il la découvrit enfin, un sourire narquois aux lèvres devant son anatomie rectifiée qu'un bouton manquant de sa chemise lui révélait. Il lui fallut quelques minutes encore avant de dessoûler d'un coup et de blêmir de son ridicule.

Il s'étrangla.

— Fanette ?

— Elle-même…

— Petit Pierre ?

— Parti. Envolé.

— Un échange…

— En quelque sorte, lui concéda Fanette.

Hugues de Luirieux étouffa un juron. Décidément, cette garce avait l'art de l'exaspérer. Et tout autant de le surprendre. Il ouvrit un coffre, en arracha de quoi se rajuster.

— Comment as-tu fait, dans la grotte ?

— Une alliée inattendue.

Luirieux enfila des braies propres. Se moqua :

— Mélusine ?

Fanette se mit à rire.

— Une légende n'est pas toujours ce qu'elle paraît.

Il lui fit face, reprenant sa dignité.

— Ton exécution n'en sera pas une. Cette fois, tu ne pourras pas t'échapper.

Fanette décroisa nonchalamment les bras de derrière sa nuque.

— Ne sois pas stupide. Si je l'avais voulu, tu n'aurais trouvé personne à ton retour.

La certitude qu'elle disait vrai l'agaça. Et plus encore de ne pas comprendre pourquoi elle se condamnait.

— Alors quoi ? Ton fils n'a pas voulu te pardonner ? Les autres non plus peut-être…

Fanette ne se laissa pas atteindre par cette évidence. Elle empoigna la bouteille, remplit de vin le gobelet qu'elle avait trouvé sur place et un autre, découvert dans un coffre. Elle poussa ce dernier vers lui. Il se rapprocha, le prit en main. Elle leva le sien.

— Je suis restée pour te faire une confidence.

Elle avala une infime gorgée de breuvage.

— Vraiment ?

Luirieux reposa, lui, la boisson sans y toucher. Finalement, il en avait bu assez pour la soirée. Fanette soupira.

— Il y a dix ans de cela, de nuit et en pleine forêt à hauteur de Quaix-en-Chartreuse, tu as croisé une paysanne qui s'était perdue.

Il haussa les épaules. Il ne voyait pas où elle voulait en venir.

— Cela ne m'évoque rien, mais c'est possible. Je quadrillais l'endroit durant cette période.

— À la recherche d'une bande de brigands. Du Mathieu surtout, n'est-ce pas ?

Il fronça les sourcils sur la certitude que Briseur et La Malice lui avaient tout raconté.

Fanette lui désigna son verre.

— Tu devrais boire une rasade, Hugues de Luirieux. Tu vas en avoir besoin.

— Pas soif.

— Dommage… Parce que cette paysanne que tu as culbutée entre deux souches d'arbres n'en était pas une en vérité.

Il s'agaça. Il était fatigué, migraineux de la foule hurlante, de trop de chère et de vin, enrhumé de courant d'air glacé et indisposé de fait à se venger d'elle aussi pleinement qu'il en avait rêvé. Demain, par contre, dès la première heure. Il marcha vers la porte.

Elle l'arrêta sur le seuil.

— C'était moi. Cette fille dans le bois. C'était moi.

Il fit volte-face. Livide. Rattrapé soudain par le souvenir qu'elle évoquait et l'évidence qu'il était passé à quelques pas de celui qu'il recherchait.

— Qu'espères-tu avec cet aveu ? Adoucir ma haine ?

— Juste sauver mon fils, Hugues de Luirieux. Et le tien pour le cas, infime, où tu le retrouverais.

Il tituba. Avisa le verre sur la table. Elle avait raison. Il en avait besoin. Il fondit dessus. Buta sur ses bottes, s'emmêla les pieds, partit de l'avant, se rattrapa de justesse à la bordure du bureau, renversa son gobelet et ébranla tant le meuble que le vin de Fanette se déversa de moitié. Le visage de celle-ci s'assombrit d'un coup. Elle ricana.

— Décidément, tu es comme moi, tu gâches toujours tout.

Anticipant une autre catastrophe, elle avala d'un trait ce qui restait, alors qu'il se redressait. Il voulut se resservir. La bouteille était vide. Il jura. Contourna le bureau, la prit au col avec tant de violence qu'il la décolla du siège.

— Tu mens, Petit Pierre ne peut pas être mon fils.

— Il l'est, je te le jure. N'as-tu pas à l'intérieur du genou une tache de naissance en forme d'étoile ?

— Co… co…

Elle toussa. La tête lui tournait.

— Petit Pierre a la même. Et toi… toi aussi, j'en suis sûre. Pas Mathieu.

Son visage virait au violet, se boursouflait. Luirieux la lâcha brusquement. Recula d'effroi.

— Qu'est-ce que…

Elle s'affaissa sur le siège, le souffle court et sifflant, la poitrine barrée d'une douleur vive. Elle trouva la force de le narguer.

— Fini de jouer. J'ai gagné, prévôt.

Elle s'étouffa, lui fit signe d'approcher. S'accrocha à son gilet. Chuchota à son oreille :

— T'auras pas d'autre descendance…

Ricana :

— C'est comme pour pisser. Faudra t'habituer.

Un dernier râle. Elle mourut en souriant. C'est alors seulement qu'en plus de tout le reste, Hugues de Luirieux réalisa que, sans sa maladresse, il aurait fini comme elle.

Empoisonné.

29.

Mathieu se dressa brutalement sur la couche, roulant des yeux fous, la bouche ouverte, aspirant un air qui semblait ne pas vouloir emplir ses bronches. Assoupi dans une position inconfortable, Enguerrand de Sassenage, qui le veillait nuit et jour depuis son retour, sursauta dans son fauteuil. Malgré ses courbatures, il bondit, se cogna le petit orteil contre l'angle d'un coffre, se maudit d'avoir laissé le feu et avec lui la lumière s'affaiblir et vint s'asseoir sur le bord du lit. Mathieu était déjà retombé sur les oreillers, les paupières closes. La barbe hirsute, les cheveux mal peignés, amaigri d'inquiétude, le chevalier ne valait guère mieux en apparence que son ami d'enfance. Il porta un index au cou de ce dernier. Le pouls était rapide et irrégulier, le souffle restait court. La main qui s'abattit pourtant brutalement et enserra son poignet était aussi ferme qu'autrefois.

— Avise-toi de m'étrangler et je te brise les os, grinça le malandrin en dardant sur lui deux prunelles chargées de rancœur.

Enguerrand de Sassenage se sentit aussitôt soulagé de la tension qui le tenait depuis qu'il avait découvert Mathieu inanimé. Visiblement ce dernier n'avait perdu ni force, ni mémoire. Il haussa les épaules, se gaussa :

— Je l'aurais pu cent fois pendant que tu dormais. Me crois-tu assez fol pour attendre que tu sois réveillé ?

Se rangeant à cet argument, Mathieu desserra son emprise et referma un instant les yeux, le temps de calmer la folle sarabande de son cœur face à la corde qu'il avait sentie enserrer son cou. Frottant sa peau meurtrie, Enguerrand s'écarta pour lui servir à boire.

Lorsqu'il revint, porteur de vin épicé, il trouva Mathieu adossé contre les oreillers, les sourcils froncés et les yeux dans le vague. Enguerrand se demanda si le cauchemar qui avait hanté chacune des nuits de son inconscience en était la cause. Bien qu'il l'ait fait se dresser de même, c'était la première fois qu'il était assez puissant pour l'en extraire totalement. Il préféra n'en pas parler pour le moment. Laisser venir les choses. Mathieu accepta le verre tendu, en avala une gorgée, puis deux, avant de le vider, de passer une manche de chemise sur sa bouche et de demander :

— Quel jour sommes-nous ?

— Le vingt-huit janvier.

Mathieu sursauta si fort qu'Enguerrand se félicita qu'il ait étanché sa soif au préalable. Le visage de Mathieu se décomposa. Il répéta.

— Le vingt-huit… Déjà…

Son abattement soudain était si poignant qu'Enguerrand eut le sentiment, puissant, d'être passé à côté de quelque chose de vital. Il n'eut pas le temps de s'en inquiéter davantage. Balayant son inertie et sa désespérante impuissance, la colère ramena un râle de bête sauvage aux lèvres de Mathieu. Le gobelet tomba sur les draps et Enguerrand, surpris, fut précipité en arrière d'un coup de tête vengeur en plein ventre.

Le chevalier se plia en avant. Le temps pour Mathieu de sauter du lit, de se jeter sur lui et de le couvrir de coups d'autant plus violents qu'Enguerrand refusait de les rendre. En quelques secondes la porte s'ouvrit et celui qui avait abattu Mathieu une première fois l'empoigna aux épaules.

— Ne lui faites pas de bal, ordonna Enguerrand d'une voix nasillarde, le visage en sang.

Mathieu n'offrit pas de résistance. Tout ce qu'il avait de force, il l'avait donné dans ce combat. Sa tête dodelina, mais il ne perdit pas connaissance cette fois.

— Recouchez-le et faites bonter un repas conséquent.

— Avec du vin, ajouta Mathieu.

— Avec du bin, confirma Enguerrand en se précipitant vers une bassine.

Il y versa l'eau contenue dans un broc, y trempa son visage, puis essuya avec une serviette le sang qui continuait de couler de son arcade sourcilière et d'une narine.

— Pour un bourrant, tu gognes fort.

Mathieu ricana depuis sa couche réintégrée.

— Donne-moi les moyens de récupérer et tu verras mieux encore.

Enguerrand pinça l'os de son nez, le rajusta d'un coup sec en étouffant un juron puis, revenant vers Mathieu, soupira.

— En te sauvant de la potence, j'avoue que j'attendais mieux de notre vieille amitié.

— Elle m'indiffère. Tout m'indiffère désormais à part te trouer le ventre.

Enguerrand sentit la colère l'emporter. Il resserra ses poings sur la serviette souillée.

— Mais, mordius, que t'ai-je fait ?

Mathieu le foudroya d'un regard de naufragé.

— Tu as tué mon fils, ne crois-tu pas que ce soit assez ?

Enguerrand demeura bouche bée. Mathieu développait. Petit Pierre laissé en lisière du bois, endormi. L'attaque. Son angoisse à l'imaginer mort. Sa fuite dans le seul but de vérifier. Et puis son emprisonnement ici, le mettant dans l'incapacité de le sauver de la prison. De la potence. Enguerrand qui s'était rapproché au fil des secondes, se laissa choir sur le lit. Bouleversé. Mathieu avait la voix brisée.

— Si je ne m'abuse, cela fait vingt jours que l'embuscade a eu lieu.

— Dix-neuf, rectifia Enguerrand.

— Dix-neuf, répéta Mathieu en haussant les épaules. Connaissant l'empressement du prévôt et la rancœur des familles de ceux que nous avons violentés, c'en est fini. Ils sont pendus.

Enguerrand ne pouvait le détromper. Mieux qu'un autre, il connaissait les manières expéditives de Luirieux.

— Je suis navré, Mathieu. Si Fanette m'avait dit, pour Petit Pierre…

Mathieu se troubla plus encore.

— Fanette ?

— C'est à la Bâtie qu'elle est venue se réfugier.

De nouveau, cette fureur dans le regard de Mathieu.

— Et tu n'as rien trouvé de mieux que de l'escorter chez le prévôt, je présume.

La joue en sang, Enguerrand pressa de nouveau la serviette sur son arcade éclatée. Il n'eut pas le temps de rétorquer qu'on toquait à la porte. Un valet parut, chargé d'un plateau. Indifférent au silence retombé entre les deux hommes, il le déposa sur les genoux de Mathieu, s'inclina, souhaita un heureux appétit et disparut sans s'attarder.

Dans un plat qui voisinait avec un pichet de vin, deux cuisses de poularde entourées de navets baignaient dans un jus épais. Enguerrand se leva, approcha une petite bassine emplie d'eau de rose. Le malandrin y trempa sa main unique, l'essuya.

— J'ai beaucoup à te dire, Mathieu, mais mieux vaut que tu reprennes des forces pour les entendre. Demain si tu veux bien.

Du temps qu'il reposait les ustensiles, Mathieu empoigna la viande comme il l'aurait fait d'une épée, la pointa dans sa direction.

— Demain, je te tuerai.

Enguerrand hocha la tête, gagna la porte d'un pas lourd, l'ouvrit. Il se retourna sur le seuil pour le regarder, voracement, arracher un morceau à pleines dents. La détresse de son ami le plombait autant que la sienne réveillée par le manque de Mounia. Qui mieux que lui pouvait comprendre le prix d'une vengeance ?

— Si cela peut nous permettre à toi et à moi de trouver la paix, je ne ferai rien pour l'empêcher, lui laissa-t-il à méditer.

*

C'était un grand jour pour Djem. Le meilleur qu'il eût connu depuis longtemps. Le jour de sa liberté retrouvée. Certes, il était encore tenu par les accords passés entre le pape et le roi Charles, mais ce n'était qu'une formalité. S'il s'échappait, César Borgia qui les accompagnait ne pourrait que témoigner de sa rouerie naturelle et innocenter le monarque. Alexandre VI n'aurait alors d'autre choix que de relâcher les seigneurs français qu'il avait exigés en otages. La suite des événements dépendrait de Charles, mais ce dernier lui avait assuré qu'il l'aiderait, lui, quoi qu'il advienne, à récupérer son trône. Djem était confiant en sa parole. Il n'avait plus que des amis ce jourd'hui, empressés de le dégager de l'emprise des Borgia. Il se dressa encore sur son destrier.

Du haut de la loge de la bénédiction qu'il avait gagnée après l'avoir chaleureusement embrassé, le pape dardait sur lui son œil fourbe. Pensait-il à la possibilité de le perdre, en cet instant ? Ou se réjouissait-il simplement de voir le cortège s'ébranler ?

Peu importait en vérité au prince. Tout en lui pétillait d'espoir et de félicité. Ses fidèles Nassouh et Sinan Bey l'encadraient, de même qu'Hélène sous le nom d'Anwar. Le roi avait abandonné César aux bons soins des cardinaux della Rovere, Colonna et Savelli en tête du convoi et se tenait en retrait, juste devant Djem, encadré par Jacques de Sassenage, Aymar de Grolée, Jean de Ganay, Laurent de Beaumont et Jacques de Montbel.

Lorsqu'ils passèrent le pont, la clameur des Romains venus les escorter réchauffa le cœur de Djem. Certes, après avoir souffert de l'échauffourée entre les Catalans de la garnison du château Saint-Ange et les Suisses de l'armée française, des exactions en nombre, multipliées à la veille du départ, sans parler des palais saccagés, la population avait de bonnes raisons d'être enchantée de leur départ, mais il n'empêche. Djem se réjouissait de ces mains tendues qui le saluaient, de ces sourires qu'on lui adressait. Il était heureux. Et le bonheur avait été si rare en sa vie qu'il savourait chaque seconde de sa progression hors les murs de la vieille ville comme une victoire. La veille, Lucrèce était venue lui souhaiter un bon voyage, avec l'air pincé d'une femme qu'il avait réussi à nourrir d'espoir jusqu'à la dernière minute et qui comprenait enfin avoir été jouée. Il avait ri. Ri à s'en décrocher la mâchoire à peine avait-elle tourné les talons. Ri à soulever Hélène dans ses bras et à la faire tournoyer jusqu'à ce qu'elle demande grâce. Il ne l'avait reposée que pour l'embrasser avec la fougue d'un premier baiser. Ils partageaient la même certitude. Ils étaient désormais libres de s'aimer.

Il lui coula un regard de biais.

Montée à crue sur un cheval bai, habillée à la turque, elle était aussi à l'aise que Nassouh. Elle regardait droit devant, avec un brin de fierté et de moquerie, les épaules du seigneur de Saint-Quentin qui bougeaient au pas de sa monture. Il ne s'était pas passé un mois sans qu'avec Marie de Dreux son épouse, Laurent de Beaumont vienne au château de Bressieux pour visiter Hélène et Aymar de Grolée. Ils étaient amis de longue date. Hélène s'était rassurée de constater qu'il ne l'avait pas reconnue. Elle avait eu peur que ce ne soit le cas de Jacques de Montbel, le sire d'Entremont, mais celui-ci s'était désintéressé d'elle dès le lendemain qu'il l'avait rencontrée.

Tout était au mieux en vérité.

Djem embrassa l'azur qu'aucun nuage ne troublait. « Oui, songea-t-il en aspirant l'air froid et vif de ce vingt-huit janvier, c'est une magnifique, une exceptionnelle journée. »

*

La nuit était enfin tombée sur le manoir de la Rochette et Mathieu rejeta l'épaisse couverture de laine qui le recouvrait. Depuis quelques minutes, aux abois, il guettait les bruits de la maisonnée. Elle était silencieuse, mais il était prêt à parier que derrière la porte de sa chambre, un garde restait vigilant pour le cas où il aurait envie de s'échapper. La promptitude avec laquelle l'homme de main d'Enguerrand était intervenu lorsqu'il l'avait plaqué au sol tendait à le prouver. Quoi qu'en prétende le chevalier, au nom de leur ancienne amitié, Mathieu se savait prisonnier. Il n'avait pourtant aucune envie d'attendre de fumeuses explications. Quant à pourfendre Enguerrand pour se venger, ici, c'était impossible. Avant qu'il ait pu se procurer une arme, il serait déjoué et quand bien même, il se trouverait toujours un soldat pour s'interposer. Mathieu n'avait d'autre choix que de ruser. Car s'il était une chose que le malandrin désirait plus fortement encore que la mort du chevalier, c'était de connaître le sort de son fils. Il restait une chance, infime, pour qu'il ait été épargné à cause de son jeune âge. Mathieu ne voulait pas la gâcher par des actes irraisonnés.

Il se sentait assez vigoureux à présent pour se glisser par la fenêtre, descendre au long du tronc épais de la clématite, et de là, gagner le pigeonnier, en face, qui faisait corps avec la muraille d'enceinte de la maison forte. Malgré son infirmité, l'escalader resterait un jeu d'enfant. Se laisser retomber de l'autre côté et cavaler jusqu'à la forêt, également. Au matin, il serait loin.

Certes, il lui faudrait longer les falaises, se heurter à ses souvenirs puisque c'était là, au milieu des rochers, qu'il avait découvert Algonde, le corps disloqué et le cœur arraché, mais il n'avait pas le choix. Il ne voulait pas abandonner son fils comme il avait abandonné sa fille.

Il n'était pas guéri de cette nuit, terrible, où, arrivant au château de Bressieux, il avait appris que son épouse s'était enfuie avec Elora pour sauver l'enfant d'Hélène et de Djem. Marthe s'était élancée sur leurs traces, le distançant grâce à ses pouvoirs surnaturels. Bien sûr, il était arrivé trop tard. La bataille, démoniaque aux dires des villageois qui y avaient assisté, était déjà jouée. Les restes d'un petit corps velu dans une grotte habitée par des loups avaient témoigné de la fin de l'enfant d'Hélène. Quant à Algonde, le prêtre n'ayant pas voulu lui donner les sacrements par crainte de voir le diable ressurgir, il l'avait enroulée dans son mantel, l'avait chargée devant lui sur sa selle et au pas, l'âme écartelée et le cœur en cendres, il l'avait ramenée à sa mère en le castel de Sassenage. Il n'était resté que quelques minutes, le temps d'embrasser la défunte au front et de jurer de ramener Elora. Il avait failli. Personne n'avait pu le renseigner. Entre ceux qui ne savaient rien, ceux qui avaient vu et n'étaient pas sûrs, ceux qui étaient sûrs et ceux qui extrapolaient, il avait exploré mille pistes sans trouver une seule qui fût vraie. Il avait espéré l'appui de la grand-mère d'Algonde, la fée Presine qui se cachait sous les traits d'une sorcière en la forêt de Sassenage. Il ne put la trouver. Il sonda chacun des souterrains de la contrée, sans davantage de succès. Pour finir, il était venu s'asseoir au bord du réservoir des Cuves du Furon, avait supplié Mélusine de lui venir en aide. La démone était restée sourde, sans doute furieuse de la mort d'Algonde qui, en empêchant sa libération, l'avait privée du trône des Hautes Terres, ce légendaire monde que des géants peuplaient en des temps immémoriaux. Selon Algonde, un seul être pouvait empêcher le mal de vaincre, de s'étendre et d'asservir l'humanité. Elora, leur fille, lorsqu'elle serait en âge de lutter. C'était pour cette raison qu'elle avait été emmenée ou tuée par Marthe.

Désespéré, certain qu'il ne pouvait plus rien pour sa fille puisqu'il n'avait aucun moyen de gagner ces Hautes Terres, Mathieu avait rejoint sans les chercher Villon et sa bande.

Mais depuis, pas une seule nuit il n'avait dormi en paix. Voilà pourquoi il s'était enfui lorsqu'il s'était retrouvé devant Mélusine au lac de Choranche. Sitôt qu'il fermait les yeux, il voyait la démone tendre ses bras vers lui, les joues ruisselantes de larmes et l'appeler. Désormais, seul l'amour d'un homme pouvant l'arracher à sa malédiction, elle espérait sans doute qu'il céderait à cette ressemblance. Mathieu s'y refusait. Il ne la délivrerait pas. Il le devait à la mémoire de sa femme, massacrée au nom de ses manigances, et de sa fille qu'il ne reverrait jamais. Mélusine était de la pire engeance, l'être le plus fourbe et vil qu'il ait rencontré.

Il pouvait accuser Enguerrand, elle était autant coupable. S'il n'avait craint qu'elle n'utilise son fils pour le piéger, il l'aurait laissé à Choranche au lieu de l'emmener. Peut-être, alors, Petit Pierre aurait pu s'échapper. Mais non. Une fois encore, il avait fallu qu'elle se mette en travers des siens. Et lui enlève ceux qu'il aimait.

Son regard tomba sur les armoiries sculptées dans la pierre du manteau de cheminée. Même là, elle le narguait de son corps de serpent enroulé autour d'une épée. Il lui tourna résolument le dos et entreprit silencieusement de s'habiller. Il achevait d'enfiler ses bottes lorsqu'il fut éberlué de voir un pan de mur bouger. Il pensa sur l'instant être pris de vertige, mais non. Un bloc entier venait de s'ébranler, révélant le halo d'une lanterne. Sa surprise fut plus grande encore lorsque pénétrèrent dans la chambre Celma qui ouvrait la marche, puis Briseur et La Malice, dont la voix, rieuse et basse, acheva de le convaincre qu'il ne rêvait pas éveillé.

— Alors quoi, tu croyais quand même pas qu'on allait t'abandonner ?

30.

Algonde avait insisté auprès de ses nouveaux amis. Ne rien dire à Mathieu au sujet de Constantin et de Presine. Ne rien révéler la concernant. Lui seul, en passant par-dessus sa peur et son aversion, en retrouvant en lui assez d'amour pour elle, telle qu'elle était ce jourd'hui, pouvait la délivrer. Révéler son identité ne changerait rien, sinon le tourmenter à jamais s'il n'y parvenait. Mathieu devait accepter de sauver Mélusine et non Algonde. Presine le lui avait assez répété. Voilà pourquoi Algonde se tordait les mains d'angoisse, dissimulée derrière un rocher. Cet instant, elle l'avait attendu dix ans, espéré dans la grotte de Choranche avant de voir Mathieu s'enfuir en courant. Depuis, elle ne se berçait plus d'illusions, malgré les runes de Celma qui prétendaient la fin proche de sa malédiction. Si Mathieu n'était pas revenu vers elle de son plein gré malgré tous les appels qu'elle lui avait lancés en ses rêves et sa détresse à Choranche, il y avait peu de chances qu'il le fasse contraint et forcé.

Celma lui avait entouré les épaules de son bras chaleureux lorsqu'elle lui avait confié ses craintes.

— Regarde autour de toi, Algonde. Ceux que tu as réunis, sauvés. Constantin bien sûr, mais Briseur, La Malice, Bertille, moi, Jean et même Fanette. Je ne l'aurais pas crue capable de ce qu'elle a fait pour Petit Pierre. Je ne me serai pas crue capable de lui pardonner.

— Pour autant Petit Pierre est introuvable et Jean, malheureux…

— … Mais fier de sa mère comme il ne l'a jamais été. Mathieu saura où chercher son fils. Tu dois avoir confiance. Nous sommes à tes côtés… Nous sommes ta famille désormais.

Mais à l'instant où Mathieu s'immobilisa à l'entrée de la grotte, comme brûlé au fer par la vision du lac qui s'étendait sous la voûte, elle comprit que cette famille-là ne serait pas recomposée.

— Alors quoi ? le bouscula Briseur qui arrivait derrière lui.

Mathieu ne bougea pas. Glacé de la tête aux pieds, il était soudain incapable d'un pas de plus. Passé le moment des étreintes fraternelles, il avait suivi ses anciens compagnons sans hésiter. Avait descendu les escaliers sans bruit pour ne pas risquer d'alerter son gardien. S'était éloigné par le tunnel, toujours en silence. Les explications viendraient bien assez tôt. Il était libéré d'Enguerrand et la joie lui étreignait le cœur d'apprendre en deux mots que Petit Pierre était sauf. Il s'attendait à le retrouver au sortir du passage. Et avec lui nombre de leurs compagnons. Mais c'était l'antre de Mélusine qu'il découvrait et dans sa poitrine, une angoisse démesurée prenait soudain toute la place, l'empêchant de respirer.

— Ça va pas vieux frère ? s'inquiéta La Malice en s'immobilisant à ses côtés.

Mathieu n'eut pas le temps de répondre, de les mettre en garde, que, déboulant tel un furet, Jean vint se jeter dans ses jambes en levant vers lui de grands yeux satisfaits.

— Alors c'était vrai ? T'es réveillé ?

Mathieu l'enleva dans ses bras. Ils lui faisaient face, tous, dans la lueur de la torche. Celma, Briseur, La Malice et Bertille qui venait de sortir de l'ombre à son tour. Aucun d'eux n'était blessé, aucun d'eux ne paraissait inquiet, au contraire il se dégageait de leur groupe une belle sérénité. Il se détendit un peu. Froissa les boucles rousses de Jean de sa main valide.

— Où est ton frère ?

La joie de l'enfant disparut de ses traits.

— On sait pas. Mais tu vas le retrouver, pas vrai ?

Le cœur de Mathieu s'étrangla de nouveau.

— Viens, lui dit Celma, on va te raconter.

Déjà elle se détournait de lui pour s'enfoncer dans la grotte. Droit vers le lac. Mathieu resserra son emprise autour de la taille du garçonnet.

— À l'air libre. Il ne faut pas rester ici.

— Personne ne nous délogera. Tu n'as pas à t'inquiéter.

Mathieu s'impatienta.

— Personne à part Mélusine…

Briseur éclata d'un rire gai.

— Alors c'est elle qui t'effraie ?

Mathieu se durcit plus encore. Étaient-ils devenus fous, au point de ne plus mesurer le danger ?

— Croyez-moi, mieux vaut quitter la place avant qu'elle ne nous découvre sur son territoire.

Jean lui taquina les oreilles d'une main espiègle avant d'y murmurer :

— Elle sait déjà qu'on est là. C'est elle qui nous a sauvés.

Mathieu eut l'impression que le sol se dérobait sous ses pieds. Il cauchemardait. Tout cela n'était pas réel, voilà l'explication. Il était toujours dans la chambre, à la Rochette. Et cette démone utilisait son inconscience pour le tromper. Il posa Jean à terre presque brutalement. Recula, le regard empli de panique. Avant même qu'on ait pu le raisonner, il tourna les talons et s'enfuit en courant.

Celma fit volte-face, sonda le fond de la grotte d'un regard désolé avant de le rabattre sur ses compagnons, indécis.

— Rassemblez nos affaires et rejoignez-nous, leur dit-elle, avant de s'élancer à ses trousses, le cœur lourd de la douleur d'Algonde.

Leur stratagème n'avait pas opéré.

Elle trouva Mathieu assis sur une pierre plate à l'issue du souterrain, une lieue plus loin. Égaré par le doute, l'angoisse et l'incompréhension, il s'y était laissé choir, fauché par la lumière lunaire et l'air vif. Au bruissement des branches qui masquaient l'ouverture dans un pan de roche, il tourna le buste un peu trop brusquement.

— Ce n'est que moi, le rassura Celma en s'approchant.

Il la laissa s'installer près de lui et comme autrefois, lorsqu'ils revenaient d'embuscade, accepta sa tempe contre la sienne.

— Les autres vont nous rejoindre. Le temps de ramasser vivres, armes et couvertures et nous prendrons la direction de Romans.

Mathieu ne répondit pas. Il ne parvenait pas à faire la part du rêve et de la réalité. Le fait que Mélusine n'ait pas jailli des eaux pour le happer contredisait l'idée d'un cauchemar. Pourtant cette scène était inconcevable. Irréelle. Mélusine, disposée au bien ? Il ne pouvait y croire. Il avait trop souffert de ses manigances, il avait trop perdu. Quoi qu'elle ait pu faire pour ses amis, c'était dans le but de le ramener à sa cause. Celma et les autres pouvaient s'y laisser prendre. Pas lui. Pour autant, il avait besoin de réponses. Éperdument besoin de réponses.

Il enroula son bras autour des épaules de Celma.

— Raconte-moi, demanda-t-il.

Lorsque Briseur, La Malice, Jean et Bertille parurent vingt minutes plus tard, il savait l'essentiel. L'attaque de la grotte de Choranche, Mélusine jaillie des eaux, Fanette mutilée, le rapatriement vers le repaire de la femme-serpent. Puis les retrouvailles avec les deux malandrins libérés par le prévôt, l'exécution de leurs compagnons, le sacrifice de Fanette, la disparition de Petit Pierre que Hugues de Luirieux recherchait discrètement, tout en laissant croire qu'il le détenait encore et, pour finir, l'inquiétude et l'attachement de Mélusine à sa personne. C'était elle qui, le veillant discrètement de ses pouvoirs, leur avait annoncé qu'il s'était enfin réveillé, elle qui les avait convaincus de le ramener. Elle voulait son pardon. Rien de plus. Ensuite, elle le laisserait en paix.

Cette dernière révélation renforça son sentiment. Mélusine avait besoin de lui comme elle avait eu besoin d'Algonde. Il hésita pourtant. Peut-être fallait-il qu'il affronte sa douleur une dernière fois pour pouvoir s'en libérer. Qu'il accepte enfin la mort d'Algonde à travers ce visage qui le supplierait.

Retourner sur ses pas…

Les autres s'étaient écartés, fondus dans l'obscurité de la forêt qui les cernait. Mathieu se leva. Choisit de les rejoindre. Celma le retint par la manche.

— Fais un geste, Mathieu. Les êtres ne sont pas toujours ce qu'ils paraissent, c'est toi-même qui me l'as enseigné.

Il se dégagea.

— Plus tard, Celma. J'ai d'autres priorités.

Elle baissa le front sur cette évidence. À quelques pas, elle devina Presine et Constantin, tapis dans l'ombre.

Laissant Mathieu partir devant, elle leur adressa un adieu discret, puis s'en fut rejoindre les siens, attristés comme elle de ne pouvoir rien révéler.

*

Les coqs s'époumonaient lorsque Enguerrand décida de se lever. Pris d'insomnie, il s'était retourné en vain sur sa couche, réveillant la douleur des coups de Mathieu sur son visage chaque fois qu'il s'enfonçait trop dans l'oreiller. Il était habitué à dormir peu depuis la mort de Mounia, mais cette nuit c'était un autre visage qui était revenu le hanter. Celui d'Algonde. Preuve que la détresse de Mathieu avait pénétré profondément en lui, rouvrant les portes d'un passé dans lequel la jouvencelle avait tenu une place primordiale. Mathieu refusait de le voir mais ils étaient semblables désormais. Plus de seigneur et de vassal. Juste deux hommes rongés de douleur et de vengeance, de souvenirs et de regrets. Le chevalier le savait. Pour lui, il était trop tard. Mais pas pour Mathieu. Il lui avait fallu la nuit pour que s'impose une évidence. Une évidence qui contredisait les propos de sa mère à la Bâtie. Mathieu n'aurait jamais pu abandonner sa fille. S'il l'avait fait, c'était contre son gré.

Lorsqu'il bondit de son lit pour s'habiller en hâte, Enguerrand de Sassenage avait acquis la certitude que Mathieu ignorait qu'Elora était encore en vie, et c'était une information qu'il devait au plus tôt lui révéler.

Sa surprise fut donc à la hauteur de sa déception lorsqu'il franchit la porte de la chambre de son ami. La pièce était vide, la fenêtre bouclée de l'intérieur. Il ressortit, s'enquit auprès du garde qu'il avait laissé en faction dans le couloir et revint avec lui, perplexe, pour s'assurer que le malandrin ne s'était pas caché. Il leur fallut moins d'une minute pour se rendre à l'évidence : il avait fui.

Pendant que ses hommes s'élançaient sur les routes pour le rechercher, Enguerrand s'assit sur le lit et balaya l'endroit d'un œil acéré. Tout lui indiquait que Mathieu avait emprunté un passage secret, jusqu'à cette odeur de suif qui imprégnait l'air. Ils n'en utilisaient pas à la Rochette. Quelqu'un était donc venu le récupérer. Qui, par où, pourquoi ? Autant de questions sans réponses. Il sonda les murs d'un poing fermé, tâtonna, bouscula les pierres de la cheminée avant de comprendre que, seul, il n'avait aucune chance de trouver le mécanisme d'ouverture. Mieux valait s'adresser au maître d'œuvre que sa mère avait engagé dix ans plus tôt pour construire le manoir. Enguerrand se souvenait l'avoir rencontré lorsqu'il avait pris possession des lieux après son adoubement. Il fouilla ses souvenirs en quête de son nom. Dreux. Maître Dreux. Il fit seller son cheval en toute hâte et, avant d'avoir seulement pris son matinel, galopa en direction du village de Fontaine où l'homme habitait.

Maître Dreux n'exerçait plus. Une méchante blessure à la jambe l'avait rendu infirme peu de temps après l'exécution de son frère, drapier, en place publique de Romans. Il se contentait depuis de conseiller ses fils qui avaient repris le métier. Il reçut Enguerrand avec amabilité, lui offrit de partager le bouillon clair devant lequel il était attablé avant de se renfrogner.

— Votre question m'embarrasse, messire. Je suis un homme de parole. J'ai promis à votre mère de ne rien révéler à ce sujet et je ne voudrais pas me dédire.

— Vous me confirmez donc qu'un souterrain existe bien ?

L'homme hocha la tête, mais refusa d'en révéler l'entrée. Enguerrand insista, jeta quelques pièces sur la table, en ajouta une autre devant le regard de convoitise de dame Dreux, et obtint enfin sa réponse par le biais d'une énigme qu'il ne mit pas plus de quelques secondes à élucider.

« Croyez-vous en l'existence de Mélusine ? »

Revenu à la Rochette, dans la chambre qu'avait occupée Mathieu, il enfonça l'œil de la démone au fronton de la cheminée et vit enfin le pan de mur s'écarter.

Éclairé par une lanterne récupérée auprès d'un valet, il longea la coursive qui courait sur la longueur du manoir. Le passage secret se terminait en cul-de-sac. Il jeta un œil par une des fines meurtrières qui s'ouvraient à hauteur des yeux et reconnut la salle de réception du donjon. À quatre pattes sur le parquet qu'elle cirait, une vieille servante chantonnait en activant son chiffon. Enguerrand chercha le mécanisme, le trouva sous son pied et dans un glissement silencieux apparut en pleine lumière, effrayant la servante qui hurla de surprise. Planté entre les deux murs, Enguerrand lui demanda si elle avait vu quelqu'un sortir avant lui du passage. Redressée sur ses genoux calleux, la vieille femme secoua la tête avant de se signer.

— Pas depuis dix ans, monseigneur.

Enguerrand fronça les sourcils.

— Dix ans ?

La vieille s'essuya les mains à son tablier. Les couleurs avaient regagné son visage empreint soudain d'importance.

— C'était après votre départ. Y a eu un meurtre à Fontaine. Une petiote de Sassenage.

Enguerrand s'approcha d'elle, impatient.

— Algonde ?

— C'est ça. J'étais occupée de même quand elle a surgi, comme vous. Sauf que c'était pas vraiment elle.

— Comment ça ? C'était elle ou pas elle ?

La vieille prit un air de conspirateur. D'un index osseux et recourbé, elle lui fit signe d'approcher. Enguerrand s'accroupit devant elle.

— Je connaissais la Gersende, sa mère. On était voisines à Fontaine autrefois, avant qu'elle devienne l'intendante du castel de Sassenage. La petiote a ben grandi mais elle a jamais manqué une occasion de me saluer. Sauf cette fois.

— Ah ! fit Enguerrand en se relevant, prêt à repartir.

Consciente de n'avoir pas retenu son attention, la servante lui crocheta le poignet, fronçant les sourcils pour aggraver l'expression d'un visage déjà abîmé par les années.

— C'est pas tout.

— Non ?

— Non.

Enguerrand eût pu se dégager, mais il n'était pas dans ses habitudes de violenter les petites gens. De toute manière, il y avait fort à parier que Mathieu était déjà loin et que c'était Algonde qui lui avait révélé l'existence du souterrain.

— Elle m'a demandé la route de Fontaine. Jamais Algonde aurait demandé la route de Fontaine. C'est là que j'ai commencé à douter. Et puis aussi quand elle a mis sa main devant ses yeux pour les protéger de la lumière. Et puis ses jambes. Elle marchait pas normalement. Elle marchait comme moi, en regardant ses pieds. Pas qu'elle était voûtée, non, juste comme si elle était étonnée d'avoir des pieds, vous voyez ?

— Je vois, lui concéda Enguerrand en pensant que cette femme n'avait certainement plus toute sa raison.

— Elle m'a pas dit merci non plus, ni adieu. Elle a quitté la place. Une heure après, y avait des éclairs plein le ciel et on la retrouvait mutilée. Si vous m'en croyez, messire, cette Algonde-là, c'était Mélusine déguisée… Mais je me suis bien gardée de le révéler, termina la vieille femme d'un air entendu.

Enguerrand lui tapota la main avec indulgence, la remercia pour ces informations qu'il qualifia de primordiales et s'en retourna à ses explorations. Comment eût-il pu croire un mot de ce qu'elle lui avait raconté ?

Lorsqu'il eut refait le chemin inverse et découvert les quelques marches qui transformaient la coursive en souterrain, il ne songeait déjà plus aux affabulations d'un esprit fatigué.

Le tunnel qui s'ouvrait devant lui était étroit, l'odeur de suif, présente. Cette fois il n'eut plus de doute, Mathieu l'avait emprunté. Il s'avança confiant. Non qu'il s'imaginât le trouver à la sortie, mais, au moins, il aurait un point de départ concret pour diriger ses recherches.

Un bruit de sanglots, intrigant, l'arrêta plus loin. Il promena sa lanterne, accrocha une ouverture circulaire dans la paroi de droite. À peine le passage d'un homme. Baissé de surcroît. Délaissant le corridor de calcaire qui continuait devant lui, il s'enfonça sous l'arche épaisse et s'immobilisa sur le seuil d'une salle gigantesque joliment éclairée de fins rais de lumière qui tombaient du plafond.

À quelques toises de lui, émergeant à demi d'un lac qui envahissait l'espace, les épaules nues recouvertes par endroits de longues mèches couleur châtaigne, une femme pleurait, le visage enfoui dans ses bras repliés sur la bordure rocheuse. Le cœur d'Enguerrand trembla dans sa poitrine face à sa poignante détresse. Il se sentit incapable de passer son chemin.

Pas davantage lorsqu'une queue de serpent émergea de l'onde pour la fouetter avec rage, réveillant en lui le souvenir de la légende et les paroles conjointes de la servante et de maître Dreux. La plainte qui emplissait l'espace, telle une prière désespérée dans cette cathédrale de calcaire, trouvait un écho en ses veines, annihilait la monstruosité physique de la créature, le renvoyant à d'autres, invisibles chez ses semblables, mais dont il avait souffert plus que de raison.

Il se délesta de sa lanterne devenue inutile et s'avança jusqu'à elle dans l'espoir d'apaiser son tourment, quelle qu'en fût la manière.

Tout à son désespoir, elle ne l'entendit pas venir, s'agenouiller sur le sol détrempé. Ce ne fut que lorsqu'il posa la main sur son épaule qu'elle leva vers lui son visage ravagé.

Enguerrand s'étrangla alors de surprise et d'émotion, tandis que battaient en son cœur les mots de la servante. Une évidence. Un nom.

— Algonde…

Elle recula dans l'eau comme brûlée par son contact, secoua la tête.

— Oh ! Enguerrand, si tu savais…

Il la retint par le bras, planta son regard dans le sien. Fouilla ses larmes.

— Je sais, dit-il, ému, en la ramenant vers le bord.

Avant qu'Algonde ait pu s'en étonner, il cueillait son visage dans le creux de ses mains et, succombant à un désir longtemps refoulé, se penchait sur ses lèvres pour les embrasser.

31.

Hélène était moulue. Ils n'avaient pourtant pas forcé l'allure depuis Rome, mais elle n'était plus montée à cru depuis de longues années et l'intérieur des cuisses lui chauffait un peu. Elle n'aurait pas pour autant songé à se plaindre. Djem était rayonnant, la compagnie du roi, agréable, et la ville de Velletri où ils avaient pris leurs quartiers, avenante. L'évêque leur avait cédé son palais, à contrecœur c'était visible, mais sans faire d'histoires, selon les accords que le pape avait signés.

Cette première journée de voyage avait été gaie. En sécurité sous ses vêtements d'homme, elle avait cessé de s'inquiéter d'être reconnue par les Français. Quant aux proches de Djem, ils avaient fini par oublier qu'elle était une femme tant, elle le sentait, ils respectaient son abnégation et son courage. De fait, elle-même était fière de ce qu'elle était devenue. Les leçons de Djem avaient porté leurs fruits. Elle était ce jourd'hui capable de se battre au sabre, au poignard comme à mains nues, compensant par la ruse et l'adresse sa constitution féminine. Il lui avait même enseigné l'art du tir à l'arc. Depuis, Hélène ne manquait aucune cible. Elle avait mis, à apprendre, un appétit qui avait forcé l'admiration des janissaires et, ce jourd'hui, lui permettait de se sentir en totale adéquation avec eux, riant de leurs plaisanteries. Elle était même capable d'uriner debout d'une manière inventive et légèrement acrobatique. Il lui suffisait de s'assurer que personne n'était en face pour donner le change à la discrétion d'un bosquet. Son seul souci dans quelques jours, elle le savait, viendrait de ses menstrues, mais elle avait fait provision de linges. Vu qu'elle en plaçait déjà dans ses braies ajustées, sous la tunique, pour figurer l'appareil qui lui manquait, elle imaginait sans peine pouvoir, là encore, tromper son monde sans trop de difficultés.

La soirée était donc joyeuse.

On venait de leur faire servir un repas conséquent et l'évêque, auquel le roi avait accordé l'honneur d'être à sa droite, riait plus franchement qu'à leur arrivée. Tout semblait au mieux. La vaste salle de réception du palais, surchargée de dorures et de tableaux bibliques jusqu'en la coupole du plafond, accueillait ce jourd'hui deux cents convives à cette table dressée en hâte. Les cuisiniers avaient vidé les garde-manger et composé avec goût de quoi sustenter les familiers du roi et du prince.

César Borgia était de ceux-là, au grand regret d'Hélène. Il était le seul qui eût quelque intérêt à sa perte. À la fois pour venger l'outrage du roi au pape, mais aussi en représailles des pouvoirs d'Elora. De ce fait, elle gardait sur lui un œil que les autres avaient jugé inutile, puisque par traité il était convenu qu'il les accompagnerait jusqu'à Naples et là, en vertu de ses pouvoirs de légat, couronnerait le roi Charles sitôt que ce dernier aurait détrôné Alphonse II.

Elle se méfiait d'autant plus de lui qu'un incident avait attiré son attention. César avait quitté Rome avec dix-neuf mules, harnachées à ses couleurs, et porteuses de ses bagages. Deux chargements avaient été ouverts au départ devant eux, révélant vaisselle d'or et d'argent ainsi qu'une multitude de vêtements rehaussés de pierreries. Curieusement, ce soir, à l'instant de les mettre en sécurité, ces deux-là manquaient et César n'avait marqué aucune contrariété de le constater. Au contraire, il semblait plus enjoué que la veille, riait fort et appelait l'échanson plus qu'il ne buvait, enivrant visiblement Djem à ses côtés.

Au fil des heures qui voyaient la nuit grandir sur la ville et la tablée s'émécher, Hélène acquit la certitude que le fils du pape était sur le point de filer. Ne pouvant rien en dire à Djem, elle se confia à Nassouh. Le tchélébi réagit d'autant plus favorablement à son inquiétude qu'il détestait César Borgia. Il craignait, lui, davantage ses manières d'empoisonneur et s'assurait en permanence que le goûteur de Djem testait chaque plat, chaque verre avant que ce dernier ne les porte en bouche. Pour ce faire, il se devait de garder l'esprit clair. Hélène consentit à se détendre. Du coup, la fatigue commença de peser sur ses épaules, de même que le vin traîtreusement épicé qu'elle avait goûté pourtant avec modération. Boudant le dessert, elle décida qu'un peu d'air frais ferait du bien à sa migraine grandissante. Ensuite, profitant que tous seraient encore distraits, elle se glisserait discrètement dans la chambre allouée à Djem. C'était ainsi convenu entre eux. Profiter de chaque instant d'intimité, sachant qu'en pleine campagne, sous les tentes, il leur serait plus hasardeux de se retrouver.

Laissant Nassouh à sa surveillance, elle se leva et quitta la salle emplie d'un brouhaha détestable.

Le palais était construit sur une butte qui dominait la ville, mais la nuit était si sombre qu'elle ne put rien distinguer du campement de l'armée tout autour des remparts. Elle demeura un long moment accoudée au muret de pierre d'un chemin de ronde, l'esprit vers ces terres d'Orient que lui promettait Djem, inspirant à grandes goulées l'air de leur liberté. Des bruits montaient jusqu'à elle, variés. Cris de rapace, voix étouffées, rires de femmes, raclements de sabots. À Velletri comme à Rome ou en chacune des villes du Saint-Siège, la vie nocturne, indifférente au couvre-feu, était tournée vers le plaisir. Les servantes étaient plus nombreuses en ce palais que les valets et, à en juger par les agaceries que leur prodiguaient les seigneurs français au moment où Hélène les avait quittés, peu farouches.

Elle bâilla, s'étira et décida qu'il était temps pour elle de dormir et de récupérer. Elle s'apprêtait à quitter la coursive lorsque, à la faveur d'un rayon de lune qu'un nuage venait de dégager, il lui sembla reconnaître César Borgia qui, en contrebas, se dirigeait vers les écuries. Elle s'immobilisa, sonda la progression de la silhouette, s'attendant à voir Nassouh derrière lui. Personne. Elle était prête à reconnaître son erreur lorsque, émergeant du silence et bien qu'affaibli, le timbre caractéristique du légat monta jusqu'à elle. Il s'adressait à un palefrenier. Le cœur d'Hélène battit à tout rompre. Un choc, assourdi, lui confirma ses craintes. Elle eut juste le temps de voir un corps glisser à terre avant que la lune ne soit de nouveau masquée. Le palefrenier avait été assommé. Elle porta une main à sa bouche, grignota l'ongle de son pouce. Ce traître ne devait pas s'échapper. Il était le seul à pouvoir légitimer le roi Charles sur le trône de Naples après sa victoire. Que faisait Nassouh ? Malgré les enseignements guerriers de Djem, était-elle de taille à affronter un Borgia ? Elle en doutait, mais ne pouvait laisser partir César sans réagir. Il fallait au moins gagner du temps, permettre au tchélébi de les rejoindre.

Elle se décida. Dégaina son sabre et dévala l'escalier qu'elle avait longé quelques minutes plus tôt. Il la ramena dans la cour intérieure, au pied des écuries. Il ne lui fallut pas plus de trois minutes pour se camper dans l'embrasure de la porte.

L'obscurité était totale, les chevaux paisibles. Elle se repéra au bruit. Débarrassé du palefrenier qu'elle trouva dépouillé de ses vêtements et dans les jambes duquel elle manqua s'entraver, César avait vraisemblablement entrepris de seller sa monture. Le plus discrètement qu'elle put, elle se dirigea vers le fond de la salle obscure, les lèvres pincées d'angoisse, la main tétanisée sur le manche du sabre. Le silence retomba. Elle s'immobilisa. Avait-il terminé ou entendu son pas pourtant léger ? Le souffle court, contenu au possible pour ne rien trahir, Hélène demeura là, dans la travée centrale, à l'affût d'un mouvement qui eût pu la guider ou masquer son avancée. Un raclement de sabot sur sa dextre lui fit tourner la tête. Juste l'agacement d'une bête. À la présence d'un insecte ? À la sienne ? Elle n'eut pas le temps de s'interroger davantage. Déplié comme un chat sauvage, César Borgia lui bondit sur les épaules. Elle cria de surprise. Une demi-seconde après, elle se retrouvait à plat ventre dans la jonchée de paille, le sabre arraché par la violence du choc et trop loin d'elle pour qu'elle puisse le récupérer. Quand bien même elle l'aurait pu, César Borgia, à califourchon sur ses reins, lui rabattit les poignets dans le dos avec violence. Déjà, il lui empoignait le front pour dégager sa trachée. Hélène connaissait ses manières. Elle allait mourir égorgée. Elle hurla :

— Pitié ! Je ne dirai rien.

La lame s'immobilisa à l'instant de trancher.

— Tiens, tiens, mais c'est mon joli Turc…

Hélène approuva d'une voix troublée par l'angoisse. Si elle pouvait gagner quelques secondes, laisser le temps à Nassouh d'intervenir. De la sauver.

— Partez, César. Partez où vous voudrez.

Il libéra son col mais pas ses reins, sur lesquels il s'assit sans façon.

— Je n'apprécie guère les fouineurs d'ordinaire, mais je vais faire exception pour vous et bien que nous n'ayons pas été présentés en réalité, ma chère Hélène.

— En ce cas, si vous pouviez… grimaça-t-elle, le dos broyé sous son poids.

— Vous dégager ?

— Merci…

Il se leva avec la souplesse d'un félin. L'œil d'Hélène évalua la distance qui la séparait de son sabre. Elle ne put seulement l'apercevoir, avalé qu'il était par l'obscurité. Elle renonça. De toute manière, face à pareil adversaire, seule la ruse pouvait gagner. Elle s'assit, le corps douloureux de sa chute, et épousseta ses mains l'une contre l'autre. Gagner du temps. Si ce n'était Nassouh, il s'en trouverait bien un autre pour remarquer l'absence du légat. César Borgia n'avait pas bougé. Elle le devinait devant elle, jambes légèrement écartées et, sans doute, le poignard encore au poing.

— M'aiderez-vous à me relever ? demanda-t-elle en tendant son bras.

La poigne ferme de César Borgia l'emporta sans la moindre élégance. Elle n'eut que le temps d'un nouveau cri de surprise avant de se retrouver debout et plaquée de dos contre un des piliers qui soutenaient la travée. Le fils du pape contre elle, la lame sur sa jugulaire.

— Je croyais… bredouilla-t-elle.

— Il ne faut jamais faire confiance à un Borgia, ma jolie. Dégrafe tes braies.

Le cœur d'Hélène s'emballa plus encore dans sa poitrine.

— Que voulez-vous faire ?

— M'offrir un petit dédommagement avant de partir.

— On risque de nous surprendre. Vos projets…

La lame piqua la peau.

— Justement. Hâte-toi d'ôter ces artifices masculins.

Hélène descendit son bras. Sur le côté gauche de sa ceinture se trouvait son poignard. Si elle parvenait à le saisir, à le lui enfoncer dans les côtes… Elle tâtonna tout en feignant l'obéissance.

— Tu ne le trouveras pas ici, mais contre ta gorge, s'amusa-t-il.

Elle n'insista pas. César Borgia passait pour un redoutable guerrier. Elle défit ses boutons, vaincue, soulagea son entrejambe des linges qu'elle abritait.

— Les miens à présent…

Elle connaissait bien ces manières de soudard. En son temps, Philibert de Montoison avait usé des mêmes sur elle. Hélène savait pouvoir s'en remettre, à condition de garder la vie sauve. Elle obéit. Ferma les yeux et serra les dents, prête à son sacrifice, lorsqu'un bruit de course arrêta le geste de César.

— Par là ! hurla-t-on.

Quelqu'un venait de découvrir le corps inanimé du palefrenier. Déjà, la lumière d'un falot grandissait. César Borgia s'écarta aussitôt.

Lorsque Jacques de Montbel, comte d'Entremont, parut devant elle, la lame au poing, une lanterne dans l'autre, le légat s'était déjà fondu dans l'obscurité.

— Vous n'avez rien, Hélène ?

Elle secoua la tête par réflexe, avant de se mordre la lèvre devant son sourire soulagé et complice. Il lui passa un bras autour des épaules et la poussa avec délicatesse vers la sortie.

— Rentrez vous coucher et rassurez-vous. Avec moi, votre secret est bien gardé.

Elle trouva Nassouh aux côtés de Djem et comprit aussitôt pourquoi il avait délaissé César Borgia. Le légat avait à peine quitté la grande salle, Nassouh sur ses traces, que Djem piquait brusquement du nez sur la table, affolant ses voisins et le goûteur qui, lui, se portait à merveille. Nassouh avait fait demi-tour.

Il s'avérait à présent, toute inquiétude passée, que ce n'était pas du poison mais une puissante liqueur de pavot que César avait dû, juste avant de se lever et pour faire diversion, verser dans le hanap de Djem.

Le pouls du prince restait régulier et tranquille. Il dormait.

Celui d'Hélène se stabilisa à son tour. Laissant Djem à son repos, elle raconta à Sinan Bey et à Nassouh ce qu'elle venait de vivre et s'accorda à leur constat. Au vu de ce qui venait de se produire, Djem serait bien plus en sécurité si César Borgia réussissait sa manœuvre. Tant pis pour le roi de France qui verrait anéanties ses ambitions sur Naples. Eux y gagneraient en sérénité.

Lorsqu'ils s'éclipsèrent dans la chambre voisine, elle tarda à s'endormir, cherchant le contact de Djem contre elle pour se rassurer. Elle finit par caler son souffle sur le sien et par sombrer. La dernière image qui lui vint fut celle du seigneur d'Entremont qui l'avait si joliment sauvée.

*

La transformation n'avait pas eu lieu.

Étourdie par la tendresse du baiser d'Enguerrand, Algonde avait cru être enfin débarrassée de cette malédiction, jaillir de l'eau sur ses jambes retrouvées et quitter la grotte à jamais. Il n'en avait rien été. Elle avait attendu quelques secondes, le désespoir et la surprise au cœur, avant de s'écarter du chevalier, de reculer jusqu'au centre du lac et, malgré les appels répétés et l'angoisse visible de ce dernier, de s'immerger totalement. À quoi bon sa pitié ? À quoi bon vivre en vérité, puisque Mathieu, son Mathieu, l'avait repoussée une fois de plus ? Une fois de trop. D'un coup de reins puissant, elle s'était enfoncée dans les eaux émeraude jusqu'à trouver l'abîme le plus sombre et, sous ses mains, la roche d'un tombeau de silence. Elle était démunie cette fois, vaincue d'évidence et de renoncement. Elle hurla, recrachant l'eau de ses poumons comme une vomissure de désespérance. Pourquoi ne pouvait-elle mourir comme tout un chacun ? Plus que jamais elle comprenait ce qu'avait été la détresse de Mélusine avant elle. Elle ne lui en voulait plus de ses manigances. Tout valait mieux que de demeurer là encore quand l'espoir n'existe plus, quand la vie persiste au-delà du vivable.

Elle était demeurée des heures prostrée, n'acceptant pas même la ronde des rares poissons qui nageaient en eaux profondes, les faisant fuir d'un grondement de sa queue monstrueuse.

Et puis, soudain, ce fut comme une fulgurance en elle. L'appel d'Elora. L'image de sa fille menant la roulotte du noble Nycola, ballottée par les pavés de la *via* qui menait à Venise. Cela faisait des jours qu'elle ne la captait plus. Algonde sentit son cœur de mère se réveiller dans sa poitrine morte. Elora avait retrouvé sa lumière et l'implorait si fort de remonter à la surface qu'elle finit par s'arracher des hauts-fonds.

Lorsqu'elle jaillit de nouveau dans le lac, le rayonnement du jour avait laissé place à celui des flambeaux aux murs. Près du feu sur lequel rôtissait un lapin, Enguerrand jouait aux osselets avec Constantin, sous l'œil complice de Presine qui avait repris sa forme humaine. Le cœur d'Algonde s'accéléra dans sa poitrine nue. Dix ans qu'elle n'avait plus vu la fée autrement qu'en louve. Était-ce un signe vers sa rédemption ?

Alerté par Constantin, Enguerrand tourna la tête vers le lac, lui adressa un signe chaleureux de la main. Au même instant, la voix d'Elora explosa dans sa tête :

— Tout ira bien, maman… Aie confiance en lui. Aie confiance en moi.

De nouveau ces larmes stupides sur ses joues. Un « je t'aime » défiant la distance. Algonde nagea vers le bord. À la rencontre de cet homme d'hier qui n'avait pas fui en la voyant et, au contraire, accepté la différence des êtres qui composaient son quotidien.

Il entra dans l'eau jusqu'à la taille, indifférent au fait de mouiller ses chausses, la rejoignit malgré la froidure de l'onde.

— Il n'y a pas si longtemps, tu m'aurais giflé au lieu de fuir, dit-il, ému comme tout à l'heure de la retrouver vivante.

Elle baissa les yeux sur sa misère.

— C'est vrai, mais, comme tu vois, j'ai changé.

Il haussa les épaules.

— Nous avons tous changé.

— Pas toi.

Enguerrand l'enlaça tendrement.

— Nous sommes tous le fruit de nos blessures et de nos choix. Un fruit bien amer en ce qui me concerne, crois-moi.

Elle nicha son menton dans son cou. Accepta ses doigts dans ses cheveux. Presine et Constantin s'étaient discrètement retirés par le boyau, les laissant seuls. Qu'avait raconté la fée au chevalier ?

— Pourquoi es-tu resté ?

— Pour comprendre. J'ai bien essayé de tirer les vers du nez de la sorcière et de son protégé, mais ils sont restés muets.

— Juste pour ça alors…

Algonde voulut s'écarter, de nouveau rattrapée par sa détresse.

Il l'en empêcha en riant, lui claqua un baiser léger au front.

— Qui oublierait le chant d'une bécaroïlle ?

Elle faillit répondre Mathieu, mais s'abstint. La simple évocation de son dégoût lui déchirait l'âme. Enguerrand perçut le tremblement de sa mâchoire. Jamais il n'avait vu le regard d'Algonde aussi éperdu. Il en fut bouleversé, mais refusa d'en rien laisser paraître. Au contraire. Il se fit violence. Pour retrouver son rire, sa légèreté, sa lumière. Il en avait besoin soudain. Quelle que fût son apparence. Il égaya le timbre de sa voix d'un trait d'humour.

— Allez, viens. J'ai hâte de savoir comment tu as réussi à piquer sa place à Mélusine…

— Je ne peux pas… sortir complètement de l'eau, je ne peux pas. Le sortilège me retient.

Enguerrand l'entraîna par les épaules.

— Et alors ? Tu as peur de quoi ? Que je préfère tes écailles à cette gorge splendide ?

Elle s'illumina d'un fard, croisa par réflexe ses bras sur sa nudité, puis, éclatant de rire à sa suite, se laissa entraîner pour s'asseoir à ses côtés sur la rive. Il avait l'air heureux de sa présence. Oui, heureux. Comme autrefois. Alors monta quelque chose en elle. Un crépitement tout au long de sa queue qui lui explosa dans le bas-ventre en petites décharges de lumière. La certitude qu'elle n'était plus seule dans sa nuit, même si son aspect ne changeait pas.

32.

À l'origine, elles étaient trois. Plantine, Mélior et Mélusine. Trois êtres nés de l'accouplement d'une fée, Presine, et d'un humain, le roi Elinas d'Écosse. Trois filles qui, en lieu de la grâce, de la sagesse et de la bonté de leur mère, avaient hérité de naissance le caractère querelleur, envieux et rancunier de leur géniteur. Caractère qui, très tôt, emporta les trois sœurs à réclamer justice contre leur père, lequel les avait bannies avec leur mère du monde des humains. Unies dans la colère, elles utilisèrent leurs pouvoirs magiques pour emprisonner Elinas et le tuer à petit feu. Lorsque Presine l'apprit, sa rage et sa douleur furent si grandes qu'elle décida de punir ses filles. La malédiction tomba. Chassées de l'île d'Avalon sur laquelle elles avaient grandi, Plantine fut emmurée en Aragon, Mélior devint prisonnière d'un épervier, quant à Mélusine, son mariage ayant connu le même sort que celui de sa mère, elle resta femme-serpent.

Ce dont Presine ne pouvait se douter au moment de voir ses filles s'éloigner, c'était qu'une ancienne prophétie venait de trouver son sens dans cette punition. Une prophétie rattachée à l'histoire même d'Avalon et de l'humanité tout entière.

Il n'est pas une culture, un peuple, une religion qui ne se souvienne des Géants, ces êtres prétendus venus des étoiles, porteurs de lumière et de connaissance, qui rendirent l'homme plus apte à affronter son destin. À grandir. Ces Anciens, tels que racontés dans les pierres, les écrits ou les légendes, avaient laissé de leurs passages de nombreuses traces. Des menhirs jusqu'aux grandes pyramides d'Égypte, des temples sumériens aux nuraghes de Sardaigne. Et, bien au-delà des mers, un passage de leur monde originel au nôtre, dans des temps si reculés que les continents eux-mêmes étaient encore en mouvement.

Ce passage avait été oublié, peu à peu remplacé par d'autres qui avaient vu des portes s'ouvrir, telle celle d'Avalon, sur la terre des Hommes. S'ouvrir grâce à la magie. Se refermer tout autant lorsque la cupidité et la soif de pouvoir pervertirent les Anciens. L'un d'eux, Morlat, vola la table de cristal, sorte de catalyseur qui permettait, au travers de trois flacons bleus de forme pyramidale, d'extraire l'énergie pure et de la transformer en élixir de vie éternelle. Dès lors les Anciens déclinèrent. Les rivières, portes magiques au-delà du temps et de l'espace, s'asséchèrent jusqu'à disparaître, emprisonnant dans le monde des humains les Géants qui y séjournaient. Un seul résista, empêchant la porte d'Avalon de disparaître à son tour. Merlin, le sage, qui continua de transmettre le savoir, la connaissance et l'intégrité des Anciens en formant des druidesses. Hélas ! il ne put enrayer la progression du mal dans son monde. La convoitise des fourbes. Peu à peu, il se détacha de ceux qui avaient été les siens.

Lorsque Presine entendit la prophétesse annoncer que le pouvoir des trois triompherait du mal et qu'un enfant velu, né d'Hélène et d'un prince d'Anatolie, reconquerrait le monde originel des Anciens, ce monde appelé les Hautes Terres, elle craignit plus que jamais la cupidité et la cruauté de ses filles. Le temps qui passa lui donna raison. S'appropriant la prophétie comme l'ultime moyen de vaincre le sortilège de leur mère, de récupérer leurs pouvoirs, leur immortalité et leur sublime apparence, les trois sœurs s'accordèrent à la vérifier et à se venger des Humains. Mélior mourut trop tôt, Mélusine fut abandonnée des siens. Seule Plantine se libéra en emprisonnant une Harpie à sa place, indifférente à la transmutation qui s'opéra alors entre elles. Avec les tares et les pouvoirs de l'animal mythique, Plantine revêtit apparence humaine et se rapprocha, sous le nom de Marthe, de la lignée de Mélusine.

Jusqu'à ce jour où Hélène de Sassenage sortit du couvent et rencontra le prince Djem.

Ce que ni Mélusine ni Marthe n'avaient prévu, ce fut la guerre impitoyable que Presine, leur mère, avait choisi de leur mener pour sauver les deux mondes. S'offrant à Merlin juste avant que celui-ci ne soit fait prisonnier dans les Hautes Terres et que le passage d'Avalon ne se referme, elle mit au monde un fils qui à son tour donna naissance à Algonde. Son arme était prête.

Algonde accepta son destin. Unies, les deux sœurs seraient invincibles, mais elles étaient bien trop égoïstes pour se contenter d'une régence à deux têtes que compléterait l'enfant-roi. Une des deux devait mourir. Ce fut Mélusine, qu'Algonde libéra en prenant sa place.

— Elle n'avait pas au cœur la noirceur de Marthe, c'était un moindre mal pour nous tous. À présent c'est à Elora, ma fille et celle de Mathieu, née de féerie, qu'incombe la lourde tâche de réunir ceux que l'âme des Anciens a choisis. C'est à elle de retrouver la table de cristal volée par Morlat, ainsi que les flacons pyramides. En plus de leurs facultés propres, une fois rassemblés, ces objets indiquent l'emplacement du passage initial entre les deux mondes. C'est le seul moyen ce jourd'hui de rejoindre les Hautes Terres, libérer Merlin et rendre au monde sa lumière, conclut Algonde en tournant son visage vers Enguerrand, immobile à ses côtés.

Elle ne s'y attarda pas.

Le chevalier grelottant dans ses vêtements mouillés, elle l'avait invité à les enlever et les faire sécher près du feu avant qu'elle ne lui raconte son histoire. Lorsqu'il était revenu vers elle, enveloppé dans une des couvertures qu'avait abandonnées la bande de Celma, elle avait pris soin de ne plus le regarder pour se garder du trouble que sa nudité éveillait en elle.

Le silence retomba entre eux, lourd de cette confidence, mais plus encore des échos qu'elle avait trouvés en Enguerrand, réveillant une à une ses blessures. Ce fut la voix de ce dernier, altérée par une poignante émotion, qui monta à son tour sous la voûte de calcaire :

— Elle s'appelait Mounia. Lorsque je l'ai connue, elle tentait d'échapper à la condamnation du prince Djem pour haute trahison. Je l'ai sauvée, aimée pour me guérir de toi, puis pour elle seule. Contrairement à ce que j'ai cru jusque-là, je ne suis pas venu à toi par hasard, Algonde…

Mounia…

Ce prénom évoqua instantanément à Algonde le visage de Houchang, parti sur les traces de l'Égyptienne qui avait dérobé à Djem un élixir puissant. Une étincelle s'alluma en ses yeux.

— Le flacon pyramide…

Enguerrand hocha la tête.

— L'histoire de Mounia rejoint la tienne. Aziz ben Salek, son père, était le descendant du capitaine qui voulut ramener Morlat dans les Hautes Terres après que les Anciens furent devenus trop faibles pour lui opposer résistance. Pris dans une effroyable tempête, le navire sombra. Le Géant disparut avec la table de cristal et les flacons pyramides. Seul le capitaine réussit à se sauver. Dès lors sa quête commença. Retrouver ce précieux trésor et consigner sur peau le souvenir de la carte originelle qu'il avait pu lire sur le bateau. Mounia n'a consenti à épouser Djem que pour lui reprendre le flacon qu'Aziz avait découvert en sa possession. Elle m'a avoué la vérité après nos épousailles. Nous venions d'accoster en Sardaigne. C'est sur cette terre que j'ai pour la première fois ressenti le souffle des Anciens, dans un nuraghe. Il a guidé nos mains, nos corps enlacés comme s'il voulait, dans le tumulte de lumière bleutée qui nous caressait, nous offrir quelque chose de précieux.

— Khalil, murmura Algonde comme une évidence, forte de ce que lui avait raconté Elora.

Enguerrand tiqua. Elle lui sourit.

— N'est-ce pas le prénom de ton fils ?

Le sang quitta le visage du chevalier.

— C'est celui qu'il aurait porté si nous n'avions été rejoints en Égypte par Houchang tout d'abord, puis par Hugues de Luirieux, alors au service des Hospitaliers de Saint-Jean. Nous ressortions de la tombe d'un de ces Géants dont tu parlais tantôt. Droits dans un traquenard…

Sa voix s'étrangla.

— … Lorsque je revins à moi quelques jours plus tard, j'appris des fellahs qui m'avaient recueilli et soigné que j'étais le seul survivant.

Algonde demeura un long moment songeuse, les sourcils froncés, avant de secouer la tête.

— Cela ne se peut. Tout concorde trop parfaitement. L'enfant. L'Égyptienne. Le souffle des Anciens… Khalil…

— Je ne comprends pas, osa Enguerrand, tendu.

Algonde lui prit la main et la serra dans la sienne.

— J'ai quelques pouvoirs désormais. Dont un qui me permet de communiquer avec ma fille où qu'elle se trouve en ce monde. Elle me parle depuis toujours des compagnons de Constantin, ceux avec lesquels elle devra emprunter un jour la route des Hautes Terres. Ils ne seront pourtant que trois, tel que l'annonce la prophétie, à pouvoir vaincre le mal qui s'y est répandu. Trois, protégés par les Anciens, et l'un de ceux-là est Khalil, qu'elle vient de rencontrer en Italie.

Le cœur d'Enguerrand s'accéléra dans sa poitrine. Il bégaya :

— Tu… tu peux le voir ?

— Et toi aussi si je le désire.

Elle n'attendit pas la réponse, tout entière contenue dans le regard qu'il lui lança, aussi démuni que chargé d'un espoir insoutenable.

— Ferme les yeux, dit-elle, et laisse-toi guider, quoi que tu éprouves.

Il obéit, sans pourtant oser trop y croire. Les fellahs le lui avaient assuré, ils avaient enterré quatre corps. Deux hommes, deux femmes. Houchang et Aziz, Mounia et sa mère. Ce Khalil-là ne pouvait être son fils. Quoi qu'imagine Algonde. Quoi que ressente Elora. Il n'avait pas eu le temps de naître, à peine celui de pousser de quelques mois en le ventre de Mounia.

Bousculé dans ses pensées, il se sentit aspiré, comme arraché de son corps par une main invisible. Il vit s'ouvrir devant lui un long tunnel sombre, illuminé de traits d'argent qui fondaient sur lui telle la pluie au plus fort d'une chevauchée. Puis soudain, lui succédant, les tracés d'une presqu'île en forme de botte que des nuages bas ombrageaient. Il s'imagina oiseau de proie, fondant vers cette terre qui peu à peu grandissait sous lui, jusqu'à faire oublier ses côtes, s'affirmer ses monts et ses vals, ses cours d'eau et ses villes. D'un œil fasciné, il devina Rome, et là, vers Naples, l'host français qui cheminait. Mais c'est vers le nord qu'il se dirigea. Il vit s'approcher une voie pavée. Des roulottes. Puis une seule. Et soudain, il les distingua. Deux enfants qui riaient, assis l'un près de l'autre et menant le bœuf de tractée. Il reconnut les traits d'Algonde sous ceux de la jouvencelle, mais sublimés par une énergie plus grande qui illuminait tout autour d'elle. Elle était grande pour son âge, lui sourit. Le jouvenceau gronda à ses côtés, rageur de la sentir s'échapper en pensée. Enguerrand fut envahi par une tendresse immense. Quelque chose d'absolu qui ne tolérait aucun doute, malgré la vérité des fellahs. Il reconnaissait cette fossette au coin des lèvres, la forme du regard, l'épaisseur de la chevelure, le grain de beauté sur la pommette gauche. Tout en cet enfant lui évoqua Mounia. Il voulut tendre la main pour le toucher, le caresser. Il emprisonna du vide. Ouvrit les yeux.

La grotte était de nouveau là. Le lac à ses pieds, immobile. Il se trouva désemparé, comme au sortir d'un songe, comme au sortir de ces nuits où il avait rêvé de lui. De sa naissance à ce jour. Comme si les Anciens avaient voulu conserver un lien entre eux, l'empêcher de se perdre totalement, le garder en vie.

Des larmes inondèrent ses yeux. Il dodelina de la tête, effondré.

— Ce n'est pas réel. Il ne peut pas être réel.

Algonde était de retour elle aussi. Il ne lui avait fallu que quelques secondes de plus pour qu'Elora sache. Elle pressa l'avant-bras d'Enguerrand, dévoilé par la couverture qui avait glissé de son épaule.

— Aux dires du noble Nycola qui mène cette troupe, Khalil aurait été enlevé à sa mère égyptienne, alors qu'il était au berceau.

Enguerrand serra les poings.

— Où ? Quand ?

— En Istanbul. Il y a dix ans. Sur les ordres de la première épouse du sultan qui craignait pour sa propre lignée, un eunuque a voulu assassiner Khalil. Le bohémien a offert de l'acheter.

Enguerrand persistait à ânonner le mot impossible, comme une litanie qui lui permettait de garder pied dans la réalité. Mounia aurait trompé Bayezid pour mener sa grossesse à terme ? La connaissant, cela se pouvait. Mais c'était le seul argument qu'il pouvait concéder à cette absurdité. Hugues de Luirieux l'avait assassinée avec ses parents pour assouvir sa vengeance. Il s'en était même vanté auprès de lui l'autre jour.

Une déchirure creva le plafond de ses certitudes. Et si Luirieux avait payé les fellahs pour lui mentir ? Si ce monstre avait négocié Mounia au sultan avide d'informations sur son frère Djem ? Le souffle manqua au chevalier. Dix ans. Il aurait perdu dix ans de sa vie à tenter de l'oublier quand elle espérait son aide. Non. Elle l'avait vu en si piteux état qu'elle n'avait pu que l'imaginer mort de son côté. Elle l'était sûrement ce jourd'hui, de chagrin, laissant Hugues de Luirieux jouir d'une vengeance plus implacable encore.

Une rage sourde l'emplit tout entier.

Luirieux cracherait la vérité. D'une manière ou d'une autre. Enguerrand tourna enfin la tête vers Algonde, silencieuse, aussi heureuse pour lui que désolée de l'avoir si vite perdu par cette révélation. Il le comprit, étendit le bras, la prit aux épaules, l'accola à lui sous la couverture, accepta sans tiquer, comme tout à l'heure, l'anormale fraîcheur de son corps contre le sien, bouillant. D'un index replié il lui releva le menton, plongea dans son regard couleur des eaux sombres.

— J'irai chercher la vérité. Où qu'elle se trouve, Algonde, mais mes sentiments demeurent les mêmes. Je t'aime encore, telle que je t'aimais.

Il chercha de nouveau ses lèvres. Elle les offrit. Pas avec cet amour dont elle était emplie pour Mathieu, mais avec la sincérité et la tendresse qui les avaient toujours rapprochés.

Ce fut de ce moment d'abandon que se nourrit le miracle. Elle le sentit opérer depuis ses orteils jusqu'à sa taille. Lorsque Enguerrand, bouleversé de trop d'émotion, la bascula délicatement vers le sol, elle murmura d'une voix emplie de certitude :

— Près du feu, je suis glacée.

Il descendit ses doigts vers sa taille. Ne rencontra qu'une peau nue, la courbure d'une hanche, l'amorce d'une cuisse, là où les écailles avaient été. Il comprit aussitôt, éclata d'un rire heureux. Se dressant d'un bond, indifférent à la couverture qui demeura au sol, il lui tendit la main pour l'aider à en faire de même, puis se mit à chanter à tue-tête cette vieille comptine dont autrefois, enfant, Algonde se régalait.

Alors, sous le ciel de cette grotte, nue comme aux premiers temps de la Création, usant sur la pierre ses pieds retrouvés, la bécaroïlle de Sassenage se mit à danser.

*

Petit Pierre leva les yeux vers la colline. Une aube aux douces teintes entremêlées de gris et de rose découpait de noir les contours du castel de Bressieux, baigné de contre-jour. Il sentit son fardeau s'alléger. À dire vrai, il était épuisé et la faim le tenaillait chaque jour davantage, ralentissant son pas.

Il était fier de lui. Et triste à la fois.

Tout s'était passé ainsi que Fanette le lui avait expliqué. Il avait emprunté une ruelle, puis une autre, contourné une place, laissé une venelle à dextre, le quartier des tanneurs à senestre avant de se retrouver sur la grand-place de Romans désertée où les derniers pendus se balançaient sous un vent fou. Bouleversé de les reconnaître dans cette posture ignoble, Petit Pierre avait senti son visage s'inonder de larmes. Une dizaine d'enfants de son âge jouaient à les prendre pour cibles avec de grosses pierres, marquant des points chaque fois qu'une faisait mouche, à grand renfort de rires et de jurons. La première réaction de Petit Pierre fut de s'élancer vers ces garnements pour les battre. Il la contint en songeant à sa mère. Il n'avait pas le droit d'être repris. Il avait détourné la tête, se consolant de se dire que les coups laissaient les morts indifférents et que leur dépouille avait déjà été salie par d'autres. Sa colère n'y changerait rien. Il avait traversé le parvis, était entré dans l'église collégiale, avait compté les statues comme Fanette le lui avait demandé. La sixième, tout au fond, saint Antoine de Padoue sur sa stèle rectangulaire. Petit Pierre l'avait gagnée, discrètement, se glissant dans une rangée dès que le moindre bruit résonnait sous la voûte et adoptant, le temps qu'il cesse, l'attitude de prière des quelques âmes qui s'y trouvaient.

Une fois la statue atteinte, Petit Pierre l'avait contournée puis, en se haussant sur la pointe des pieds, avait enfoncé de son index le petit ergot sous la sandale du saint. Un claquement léger avait répondu au battement de son cœur. Il s'était accroupi, avait poussé la pierre et, sans tarder, s'était glissé à l'intérieur, sous la statue. Huit marches, avait compté Fanette. À la troisième qu'il avait descendue, le passage s'était verrouillé dans son dos. C'est là que ses anciennes peurs l'avaient repris. Il se trouvait dans un noir d'encre et ignorait la manière de déverrouiller l'accès pour revenir en arrière. Ne risquait-il pas de manquer d'air, de se retrouver emmuré ? Il avait dégluti, le cœur en panique, s'était assis sur la dalle le temps de se calmer. Il avait fouillé dans ses souvenirs les dernières minutes passées avec sa mère, revu son visage grave, mais aussi son regard transformé d'amour et de pardon. Il s'était rassuré. Si elle avait voulu se venger de lui, elle n'aurait eu qu'à le laisser à la merci du prévôt. Il s'était levé, avait descendu calmement jusqu'à trouver le plat sous ses souliers. L'endroit, étroit, puait la moisissure et l'humidité. Reprenant courage, il avait cherché le contact des murs de chaque côté, puis avait avancé, fort de la promesse de sa mère de le rejoindre dès qu'elle le pourrait.

Sa première halte, il l'avait faite une lieue et demie plus loin. Comme Fanette le lui avait affirmé, il avait localisé une porte dans la paroi. Il avait alors récupéré, d'une chaîne à son cou, la clef qu'elle lui avait remise. À tâtons, il l'avait tournée dans la serrure. L'instant d'après, il s'était retrouvé dans la cave d'un castel qui avait autrefois appartenu à l'ordre du Temple et était toujours possession de l'Église. Il s'était servi. Jambon, pommes, réserve de bougies, briquet d'amadou qu'il avait pêle-mêle enfouis dans une besace. À défaut d'eau, il avait ouvert le robinet d'une barrique de bière, empli plusieurs gourdes de peau dénichées dans un coin et visiblement inutilisées depuis longtemps. Il était paré pour continuer sa route. Il avait regagné le souterrain, rabattu puis bouclé la porte, s'était adossé au mur et avait calmé sa faim à la faveur d'une chandelle. Puis, repu, la flamme soufflée par mesure d'économie, il s'était endormi, certain de trouver sa mère à ses côtés à son réveil.

Elle n'était pas venue. Il avait décidé de patienter le temps qu'il faudrait, rassuré par la présence de cette porte vers l'extérieur et d'un garde-manger conséquent. Il avait fini par perdre toute notion du temps, rompant la monotonie des jours en accumulant des pitreries. Parfois, il entrebâillait la porte, se hasardait au-delà de la resserre. Le castel était petit, bien mal protégé et habité par une famille qui gérait l'intendance dans l'attente, devenue improbable, qu'une délégation d'hospitaliers s'y installe. Le père manquait. C'était lui que Fanette avait égorgé un matin de mars sur la grand-route, quelques années plus tôt. C'était de lui qu'elle tenait le secret du souterrain. Il l'avait avoué en espérant qu'elle s'en contenterait pour prix de sa vie. C'était mal la connaître. Elle avait récupéré la clef comme un trophée, et Petit Pierre l'avait toujours vue pendue à son cou. L'enfant la caressait souvent, comme une prière muette, comptant chaque phase de long sommeil pour un jour. Au bout de la troisième, il s'était rendu à l'évidence que Fanette était demeurée prisonnière de Hugues de Luirieux. L'idée que peut-être elle était déjà pendue à côté des autres avait amené des larmes dans ses yeux qu'il avait essuyées d'un mouvement latéral et rageur de sa manche. Il se devait d'être digne d'elle. De son sacrifice. Il avait refait provision, avait bien failli cette fois se faire prendre puisque l'autre porte, celle qui conduisait dans les appartements au-dessus d'une volée de marches, s'était ouverte sur le ruminement bourru d'un valet. Il avait refermé l'huis vitement, un peu trop pour empêcher qu'il ne grince, l'avait verrouillé puis, empoignant le restant de ses affaires, s'était enfui en courant, le cœur cognant aussi fort que le poing du valet contre le bois. Il ne s'était calmé qu'une fois le souffle coupé. Le silence avait repris ses droits. Personne ne l'avait pourchassé. Il avait ri de nervosité, s'était accordé une pause par défi avant de reprendre sa route une heure plus tard. Il avait espéré renouveler son manège en l'église de Saint-Antoine dans laquelle il parvint plus loin, mais il ne rencontra pas même un curé pour lui donner un morceau de pain. Il arpenta la travée déserte, trouva la porte de l'église fermée de l'extérieur, dormit sur un banc avant de reprendre sa route souterraine. Elle s'achevait dans l'abbaye de la Trappe de Chambaran. Là encore, il dut ruser pour éviter que les moines ne le découvrent. Il attendit que la nuit tombe pour sortir de son trou, remonter à la surface, escalader une toiture et sauter de l'autre côté de l'enceinte. La cheville foulée malgré la neige, des larmes de douleur et de colère aux yeux, la faim au ventre, il s'était enfoncé dans les bois, avait grimpé tant bien que mal dans un châtaignier et, s'attachant à une des branches, s'était endormi lorsque ses sanglots s'étaient estompés.

Depuis, appuyé sur un bâton, la mise aussi sale qu'un mendiant, suçant la neige qui lui collait aux souliers et rongeant quelques racines arrachées difficilement au sol gelé, il progressait vers son but. Ce château de Bressieux enfin à portée. Parce qu'il avait envie, plus que tout, de croire ce que sa mère lui avait révélé.

Lorsqu'il y parvint enfin, claudiquant misérablement, le mollet enflé et la fièvre à son front, il fut arrêté par le corps de garde. Il demanda pitié, jura qu'il était apparenté à la vieille Malisinde, et obtint de passer. Il cherchait les cuisines lorsqu'il l'aperçut qui fendait du bois par côté. Il le reconnut tout de suite à la description que lui en avait faite sa mère. Les bossus ne devaient pas être légion en la maisonnée, surtout de son âge. Il se dirigea vers lui, à bout de jeûne, de fatigue et de courage.

— Mayeul…

La hache resta suspendue en l'air. Le visage marqua l'étonnement et en même temps la compassion.

— On se connaît ?

Petit Pierre s'appuya plus lourdement sur son bâton, l'enfonçant profondément dans la boue de la cour, déblayée de neige. Des papillons noirs voletaient devant ses yeux et, du fond de sa gorge, un relent acide monta dans sa bouche trop sèche.

— Pas encore. Je suis Petit Pierre. Le demi-frère d'Elora, parvint-il à articuler avant de glisser comme une poupée de chiffon le long du manche de bois.

33.

De mémoire d'homme, aucun hiver ne fut plus rude que celui-là en Vercors. Dès le lendemain et alors qu'on le croyait apaisé s'abattirent sur la contrée des bourrasques violentes de neige et de grêle, de vent et de froid, jusqu'en le cirque de Presles pourtant protégé. Les arbres se pliaient jusqu'à toucher terre, y demeuraient figés telles des statues de cristal, les ruisseaux ne coulaient plus, gelés sur une trop grande épaisseur, et même l'Isère, d'ordinaire bouillonnante de remous, se mit à charrier de lourds blocs qui, peu à peu, obstruèrent la surface. À la hauteur du péage de Saint-Quentin, au bout d'une semaine, ce fut un pont de glace qui remplaça celui de bois, emporté par le choc.

Ni homme ni bête ne pensait y survivre, s'aventurer hors des maisons ou des terriers.

Une troupe pourtant avançait, malgré les lourds glaçons qui durcissaient le poil de ses pelisses, épuisant ses pas dans une demi-toise de neige, courbant l'échine sous les grêlons, reniflant, malgré ses cache-nez, des particules de glace à en attraper la malemort.

Elle était menée par un être que plus rien ne pouvait retenir, ramener en arrière.

Les autres le suivaient sans rechigner, confiants en sa force, en cette puissance qui émanait de lui dès le lever, pourtant pénible, douloureux de courbatures et de frissons.

Chaque matin, ils guettaient l'embellie, chaque matin, quittant un abri précaire, ils s'enfonçaient dans la tourmente.

Conscients qu'il irait seul s'ils flanchaient.

Conscient de le perdre s'ils l'abandonnaient.

Et fiers d'être ses amis.

Parce que des êtres aussi volontaires et déterminés que le Mathieu de Sassenage étaient rares.

D'autant plus rare que c'était l'amour qui le guidait.

À Bressieux, durant ces trois semaines de tourmente qui firent songer que le diable avait évincé Dieu à la commande des éléments, Petit Pierre reprit des forces dans la souillarde de Malisinde.

La vieille cuisinière connaissait le pouvoir des simples et fort heureusement en avait fait provision avant l'automne. Elle le baigna de la tête aux pieds, lui remit l'entorse, indifférente à son hurlement de douleur, fit tomber la fièvre avec l'infection, nettoya de l'extérieur les engelures et, de l'intérieur, le ventre, hideusement gonflé, puis se mit à prier. À la fois pour que renaissent les beaux jours et pour que cet enfant arrivé de nulle part et d'aussi grand courage survive.

Mayeul ne le quitta pas une seconde. Le petit bossu, inconsolable du départ d'Elora, venait de se trouver un frère d'adoption, comme il avait eu une sœur de lait.

À la faveur des bûches qui crépitaient dans la cheminée de la cuisine, des bouillons et ragoûts que la vieille femme cuisait, de l'eau claire du puits comme des tisanes de bois cendré, l'enfant reprit peu à peu son teint coloré et sa bonne humeur.

Petit Pierre était sauvé.

Fier de son exploit et du sacrifice de sa mère.

Mais plus que tout il était content.

Mayeul le lui avait confirmé. Elora était en vie. Et Algonde aussi sous les traits de Mélusine. En quelques mots, Fanette lui avait tout raconté, donnant enfin un sens aux rêves qu'il faisait et dans lesquels la créature l'appelait.

Lors, juste en fermant les yeux, tout en remerciant le ciel pour la belle amitié que Mayeul lui offrait, Petit Pierre s'imaginait annoncer cette heureuse nouvelle à son père et reformer une famille sous la protection du sire de Bressieux, dès lors que ce dernier reviendrait et que le mauvais temps se tairait.

À l'abri de la grotte de Fontaine, protégés des regards et des meurtrissures de l'hiver, réchauffés par cette flambée bienveillante qui peignait sur les murs des mouvements fantasques, ils avaient fait l'amour, tels deux naufragés trop longtemps privés de contact, de chaleur humaine, de tendresse.

Leur étreinte s'apparenta à un long et lent ballet dont chaque pressement, chaque frottement, chaque souffle les invitait l'un et l'autre à rappeler en eux la vie disparue.

Ils jouirent d'un même cri.

Elle en pensant à Mathieu.

Lui en pleurant Mounia.

Avant de s'aimer de nouveau.

L'un pour l'autre.

Puisque, pour l'heure, tout espoir leur semblait perdu.

Les jours qui suivirent virent revenir au castel les mercenaires, éreintés. Ils n'avaient pas retrouvé le fugitif et les bourrasques avaient avalé toute trace.

Enguerrand s'accorda à la patience que lui imposa Algonde. Mathieu était de taille à affronter les éléments. Il connaissait chaque recoin de ce pays, y avait ses repères, ses caches. Et, plus que tout, il n'était pas seul. Quant aux deux enfants qu'il entraînait à sa suite, s'ils devaient un jour être de l'équipée d'Elora ainsi qu'elle le croyait, ils survivraient, s'aguerriraient.

En quittant la grotte pour retrouver la tiédeur d'une chambre dans laquelle l'odeur de Mathieu persistait, Algonde se mit à pleurer sans sanglots devant un miroir en pied. Juste une pluie fine, une eau de renaissance que le sourire de Presine, derrière elle, approuvait.

Lorsqu'Algonde fut vêtue des hardes qu'une servante de son gabarit lui prêta, Enguerrand insista pour récompenser celle qui, par son témoignage, avait influencé ses réactions, dissipé tous les doutes.

Ils la rencontrèrent ensemble.

En voyant paraître Algonde aux côtés de son maître, la vieille femme se signa par trois fois avant de lui baiser les pieds. Le chevalier la releva et lui offrit, avec une bourse emplie de tournois, un petit lopin de terre qui jouxtait le château. Ébaubie, puis ravie, la tâcheronne les remercia tous deux de son sourire édenté. En échange, Algonde lui demanda pour seule faveur de garder leur secret avant qu'elle ne puisse se rendre elle-même au castel de Sassenage, revoir sa mère et tout lui raconter.

Ainsi fut fait et la vieille femme, dispensée de service, s'installa sur une chaise, dans le large foyer qu'elle avait maintes et maintes fois briqué. Jusqu'au printemps qui verrait la construction d'une masure, Enguerrand l'affirma, elle était leur invitée.

Constantin demeura, lui, sous terre. Il refusa le regard des hommes. Il ne l'avait pas connu et n'était pas encore prêt à l'affronter. Sauvage il était né, sauvage il voulait demeurer jusqu'à l'heure de son destin. Enguerrand n'insista pas. Algonde non plus. D'autant que le révéler aux yeux du monde risquait de ramener Marthe qui le croyait défunt. Refusant d'en prendre le risque, Presine retourna près de lui, et Algonde s'attacha à leur rendre visite plusieurs fois dans la journée.

Trois semaines passèrent ainsi à la Rochette, à voir les éléments se déchaîner derrière les vitres et à composer à deux voix, deux cœurs, deux forces, un demain qui ferait accepter Algonde à Mathieu et rendre l'âme à Luirieux.

Amour et vengeance.

Vengeance dans l'amour.

Ce fut un quotidien de début de guerre, lorsque l'accalmie règne sur les terres mais qu'au-dehors, déjà, la bataille se devine. Parce qu'ils savaient trop, l'un comme l'autre, l'enjeu d'une victoire sur le destin.

Et son prix.

Car en recouvrant sa liberté, Algonde avait perdu, en plus de tous les autres, un don précieux, celui de communiquer avec Elora, celui de voir les êtres qu'elle aimait.

Pour la première fois en dix ans, elle comprit au long de ces journées sans fin à quel point sa fille lui manquait.

Cette faculté, Elora la possédait toujours quant à elle. Elle assista à la transformation de sa mère et se réjouit de l'attention dont le sire de Sassenage la comblait.

En suivant les jeux de Mayeul au castel de Bressieux, elle découvrit Petit Pierre, se rasséréna de leurs rires en songeant qu'ils seraient demain les meilleurs amis de chevauchée.

Elle fut troublée par l'angoisse et la déception de Mathieu, son père, chaque fois qu'il quittait une des caches où Petit Pierre ne s'était pas réfugié. Elle le vit chuter dans une ornière à une lieue de Romans, s'en extirper grâce à l'aide des siens, puis jurer, le poing levé en direction du ciel, avant de reprendre la route quand même, comme un défi à sa sombre destinée, indifférent à la douleur de sa hanche vrillée.

Elle s'attendrit des doigts de Bertille recroquevillés sur ceux de Jean, de leur courage malgré les vivres qui s'épuisaient et les températures qui continuaient de chuter.

À deux reprises, elle sentit que Celma la captait, pas suffisamment, hélas ! pour mettre la devineresse sur les traces de Petit Pierre. La main de celle-ci qui lançait les runes était bien trop gelée. Son esprit trop embrumé.

Qu'importe.

Elora percevait la puissance de leur lien, la force de l'amour dans les veines de son père, là où hier encore ne coulait que la soif de vengeance. Lui aussi, insidieusement, peu à peu se transformait. À chaque pas, le malandrin d'hier s'estompait au profit de l'ancien panetier.

C'était pour Elora une belle avancée.

Même si son chemin à elle était à l'image de ces pavés sur lesquels les roulottes cahotaient.

Irrégulier.

Dangereux.

Elle luttait.

Contre cette force obscure qui, dès qu'elle relâchait sa vigilance, semblait vouloir lui sonder l'âme, lui en arracher la lumière.

Elle avait enfin raconté à Khalil la légende des Hautes Terres, leur implication à tous deux et la sienne en particulier dans la reconquête de ce monde oublié.

Elle lui avait révélé à quoi allait lui servir la clef, confiée autrefois par un Géant à l'ancêtre du noble Nycola. Pourquoi, alors que le peuple des bohémiens était originaire des Indes, son père adoptif portait de génération en génération le titre de comte de petite Égypte Sarrazin. Elle lui parla aussi avec beaucoup de délicatesse et de tact du chevalier de Sassenage qui, sans doute, l'avait engendré, et puis d'Algonde, de Mathieu, de Petit Pierre, de Constantin. De tous ceux qui comptaient pour elle et qui, demain, compteraient pour lui. Même si elle ne les avait jamais véritablement rencontrés.

Elle lui expliqua qu'elle était née avec le savoir et les pouvoirs des Anciens. Que les événements s'imposaient à elle comme une évidence, une histoire déjà écrite depuis la nuit des temps, de même que le visage de chacun de ses futurs compagnons d'épopée. C'était grâce à cette mémoire intuitive qu'elle l'avait reconnu et ce soir-là, à Rome, sauvé.

Il l'avait écoutée comme il écoutait, avant, les histoires de l'aïeule, cette bohémienne sans âge qui lisait les lignes de la main et qui, plus d'une fois, avait refusé de lui dire sa destinée.

Désormais, Khalil l'entrevoyait, ébahi de son importance et tout à la fois inquiet d'imaginer que ses cauchemars d'hier prenaient, avec un sens, une dangereuse réalité. Pourtant, chaque jour qui passait le rendait plus fort, plus confiant, plus déterminé et, à dire vrai, plus amoureux de cette jouvencelle si certaine de sa destinée.

En Italie, l'hiver était moins rude qu'en Dauphiné, et grâce aux lettres de recommandation qu'Elora avait conjointement arrachées au pape et au roi de France, leur équipage trouva asile dans chacune des villes et chacun des villages qu'ils rencontrèrent. S'arrêtant deux jours ici, quatre là pour négocier les quelques vivres que l'host français avait laissés aux habitants des terres du Saint-Siège.

Ils mirent trois semaines à atteindre Venise.

À l'heure où Mathieu parvenait à Romans et que, enfin, le ciel du Dauphiné se dégageait, le noble Nycola était reçu par le doge et le remerciait de leur permettre un séjour prolongé.

Le temps pour lui de trouver un navire en partance. D'escorter Elora et Khalil jusqu'en Istanbul.

À la recherche d'une vérité qui rendrait un fils à sa mère et une épouse à Enguerrand si, par chance, Marthe n'avait pas encore refermé ses griffes maléfiques sur Mounia.

Oui, Elora avait conservé cette vision des êtres qu'elle aimait.

Mais en ce jour du vingt et un février de l'an de grâce 1495, elle eût, à l'inverse de sa mère, préféré en être privée.

34.

Les premières nausées étaient apparues quelques jours plus tôt. D'autres indices déjà avaient préparé Hélène. La difficulté plus grande de comprimer sa poitrine, devenue trop douloureuse, son retard puis son absence de menstrues. Lorsqu'elle se leva précipitamment de sa couche pour se plier en deux sur un spasme plus violent que d'ordinaire, elle fut convaincue d'être enceinte. Elle n'eut pas le temps de gagner le cabinet d'aisance contigu à la chambre. Le bras replié en travers du ventre, elle se vida bruyamment par terre, à quelques pas du lit.

Éveillé par la violence de ses spasmes, Djem se dressa à son tour. Il demeura assis sur la couche, palpitant et en sueur, prisonnier d'une violente migraine qui le tenait depuis leur arrivée à Capoue, la veille. La bouche aussi amère que celle de son aimée, bouleversée de haut-le-cœur, il ne trouva pas de mots pour la réconforter. Il se contenta de la fixer, le regard trouble et la gorge dans un étau.

Quelques minutes passèrent ainsi, tableau figé de souffrances conjointes, que les flammes dans l'élégante cheminée érigeaient en bûcher.

Lorsque les spasmes cessèrent, Hélène dut s'appuyer au bois torsadé du baldaquin pour taire un vertige.

Elle recula d'un pas, la chemise maculée. Elle était épuisée.

Cherchant alors en lui une force qui s'obstinait à lui manquer, Djem réagit enfin. S'arrachant aux draps, il gagna à quatre pattes le pied du lit, s'agenouilla, étendit la main puis lui agrippa l'épaule.

Hélène se laissa attirer vers l'arrière pour s'asseoir lourdement sur la couverture.

— Bien le pardon, mon doux prince. Je suis peu ragoûtante à cette heure.

Luttant contre lui-même, contre cette pression à ses tempes, il claqua de la langue avant de la rassurer.

— Ce n'est rien. Lève les bras, je vais t'aider à te déshabiller.

Elle obtempéra, soulagée d'éloigner d'elle la toile pestilentielle.

Nue, Hélène s'abandonna contre le torse velu de Djem, à peine troublée de le sentir vaciller, se tasser sur lui-même.

Il l'enlaça pour les ancrer, ensemble, à ce carré de lit.

Malgré son estomac qui continuait de se tordre douloureusement, elle gémit de contentement.

— Je crains mon bel amour que nous ne soyons trois arrivés en Istanbul.

Djem ne réagit pas tout de suite tant ses pensées demeuraient prisonnières de la peur qui, au fil des minutes, s'était insinuée en lui, trouvant dans son malêtre des dernières semaines un écho détestable. Depuis que César Borgia lui avait fait prendre cette potion pour couvrir sa fuite, sa santé n'avait pas été mieux retrouvée que le traître, et il commençait de craindre un poison à retardement dont sa dame, aussi, serait devenue victime.

Hélène, qui ne savait rien de son tourment, suspendit son souffle à son silence, rattrapée par une évidence, qui lui poignarda le ventre. Trop tôt. Évidemment, c'était trop tôt. Et malvenu. Un enfant en pleine guerre. Alors qu'elle était censée être homme. Jamais le roi n'accepterait qu'elle continue à leurs côtés. Or rien ne devait contrecarrer leurs projets. Rien. Elle emprisonna les bras de Djem dans les siens, saisie d'un frisson malgré la brûlure de son corps serré plus fortement contre elle. Elle se devait de le rassurer. À l'instant, sa décision fut prise, aussi inhumaine fût-elle.

— Bien sûr, nous trouverons une faiseuse d'ange en chemin…

Il réagit enfin. Sursauta.

— Que dis-tu ?

— Je sais que c'est contre nature, mais je préfère perdre cet enfant qu'être séparée de toi.

Il fourra son visage dans ses cheveux, les respira jusqu'à retrouver le souffle.

— Alors c'est ça… juste ça. Un don d'Allah…

Les yeux d'Hélène lui piquèrent.

— Un peu prématuré, je crois…

Il se mit à rire en la berçant doucement.

— Dans deux jours nous serons à Naples. Et libres puisque telle sera la vengeance du roi Charles contre la traîtrise des Borgia. Libres, Hélène, ma douce, mon aimée, ma sultane. Qu'Allah soit béni. Tu portes mon fils. C'est le meilleur présage qui soit !

Elle s'adoucit, malgré la douleur qui persistait à lui barrer le ventre. Il s'écarta pour la tirer vers l'arrière. Ils gagnèrent le creux du lit, s'y enlacèrent pour se nourrir mutuellement de cette chaleur qui semblait vouloir de seconde en seconde déserter leurs veines. Le feu avait cessé de crépiter, ramenant de la froidure en la pièce. C'était suffisant pour justifier un frisson.

Djem cessa de s'en inquiéter. D'autant que nombre de soldats étaient malades, consécutivement aux pluies diluviennes qui avaient réduit leur avancée.

Demain, sa migraine accompagnerait un bon rhume. Bah, songea-t-il, rasséréné, il lui suffirait d'un peu de vin épicé pour le calmer.

Un gémissement échappa à Hélène, plaquée de dos contre lui. Il la pressa plus fort contre son pubis, sentit une érection monter.

L'aimer.

Il n'existait pas de meilleur remède.

Instinctivement, elle se cabra à sa rencontre.

Il ferma les yeux et pénétra en elle, doucement, lentement, comme un navire qui revient au mouillage.

L'aimer.

Il ne s'en lasserait jamais.

*

Nassouh n'aimait pas déranger son prince. Il le savait avide des matins contre Hélène. Mais l'heure avançait et tous deux tardaient à paraître. Il toqua à la porte. Attendit. Recommença, plus fortement. Au troisième essai, l'angoisse le saisit. Il appela. Colla son oreille à la porte. Perçut un faible gémissement à travers l'épaisseur du bois. Alors monta en lui cette rage sourde des secondes qui précèdent le combat. Sans réfléchir plus avant, il recula, empoigna son coude gauche dans sa main droite pour retenir son épaule et utilisa celle-ci pour bélier. La serrure ne résista pas à sa puissance. Il déboula dans la chambre puante de vomissure et les trouva tous deux enlacés, le teint cireux et les yeux fermés. Le cœur en deux, il s'élança jusqu'au lit, retourna Djem sur le dos, le gifla sans ménagement pour l'arracher à sa torpeur.

Il obtint enfin de le voir ouvrir les yeux, hébété.

— Es-tu devenu fou ? maugréa le prince en le reconnaissant, avant de porter la main à sa tempe et de grimacer.

— Maudite migraine. Elle m'a gâté la nuitée. Est-il tard ?

Nassouh ne répondit pas. Déjà il avait contourné la couche et, sans plus de manières, indifférent à la nudité d'Hélène, la rabattit à son tour pour lui soulever les paupières. L'apathie de son aimée, bien plus que le geste cavalier du tchélébi, ramena brutalement Djem dans la réalité.

La panique s'empara de lui.

— Écarte les tentures, ordonna-t-il.

Nassouh bondit, les arracha presque, inondant la pièce d'une lumière vive. Elle tomba de biais sur le visage d'Hélène, confirmant leurs soupçons. Les yeux étaient enfoncés profondément dans les orbites violacées, le souffle était faible, peinant à sortir du nez pincé. Hélène de Sassenage avait été empoisonnée.

Oubliant sa propre faiblesse, Djem sentit monter en lui une rage profonde. Inhumaine. Il secoua son amante avec violence. Elle gémit, faiblement.

Les yeux égarés de Djem sondèrent ces paupières obstinément closes. Combien de temps restait-il avant qu'elle passe. Une heure ? Une minute ? Il avait assisté à nombre de fins du temps de sa guerre avec Bayezid. Compagnons d'armes, de lutte. Il avait vu s'éteindre son frère de lait, foudroyé par le poison. Mais aucune mort ne lui sembla plus injuste, plus inutile, plus inconcevable que celle-ci. Il ne voulut pas l'admettre.

Sur le côté, Nassouh, lui, demeurait pragmatique. Son œil acéré courait de l'un à l'autre. Il voyait sur le visage de Djem se dessiner les mêmes affres. Même si la matité de son teint et la terreur sur ses traits égaraient les repères. Il secoua la tête, empli d'une tristesse profonde, d'un sentiment d'impuissance.

— Tu es touché aussi, Zizim.

Djem l'avait déjà compris. Depuis un bon mois, sans vouloir se l'avouer lui-même. Mentir pourtant. Oui, mentir. Il se tourna vers Nassouh.

— Cours. Il lui faut un prêtre.

Nassouh demeura indécis. Il avait conscience de l'importance d'une extrême-onction pour elle, mais laisser Djem, alors que peut-être, à son retour…

Contredisant son inquiétude, Djem bondit du lit pour le prendre aux épaules. Il fouilla son œil désemparé du sien, convaincu.

— J'ai pris froid, tu entends. Rien de plus. Ne te soucie pas de moi… Va, mon frère. Va…

Nassouh connaissait trop Djem pour être dupe. Il tourna les talons pourtant et partit à la course.

Djem attendit qu'il fût sorti pour retomber sur le lit. Ses jambes ne le portaient plus. Le regard voilé, la tête lourde, il mesura la distance qui le séparait d'un coffre contre le mur, à l'angle de la cheminée éteinte. Une toise, deux à peine. Il fallait qu'il y parvienne. Il le fallait. Il se pencha pour embrasser les lèvres violacées d'Hélène.

— Reste avec moi, mon amour. Quelques minutes encore. Quelques minutes…

Il refusa les larmes qui venaient. Le guerrier en lui chercha dans ses réserves de courage celles qui serviraient son ultime combat. Il serra les dents, s'accrocha à la colonne du baldaquin, se dressa. Il tomberait à genoux s'il le fallait, ramperait jusqu'à son dernier souffle. Il prit de l'élan, se lança en avant, défiant la camarde en ses veines.

Il était à mi-chemin lorsque la porte, le pêne rompu par Nassouh, s'ouvrit en grand sur le comte d'Entremont. Jacques de Montbel était aussi blême que Djem. Nul doute qu'il avait croisé Nassouh en chemin. Le prince sentit le Français poussé vers Hélène. C'est pourtant au-devant de lui qu'il s'avança précipitamment.

Un sourire triste illumina le visage de Djem.

— Vous l'aimez… Depuis le tournoi…

Jacques de Montbel ne répondit pas. C'était une évidence. Il lui passa un bras sous les aisselles, voulut amorcer un demi-tour. Djem l'en empêcha.

— Il n'est pas trop tard. Pour elle. Aidez-moi… Sauvons-la.

Lorsque Hélène se dressa sur sa couche deux heures plus tard, Djem dormait près d'elle, veillé par Nassouh, Sinan Bey, Jacques de Sassenage, Aymar de Grolée et Jacques de Montbel. Sur le moment, elle crut à un mauvais rêve, car aucun de ces hommes n'avait à se trouver là, à son réveil. Elle retomba sur l'oreiller pour leur laisser le temps de disparaître. Le soleil n'était pas levé à en juger par la douce lumière du feu dans la cheminée. Elle voulut se tourner vers son aimé, se blottir contre lui, mais une main sur son épaule l'arrêta. Saisie, elle laissa échapper un petit cri d'effroi, écarquilla les yeux qu'elle avait refermés.

— Tout va bien, ma fille. Tout va bien.

— Père ?

Jacques de Sassenage s'assit à côté d'elle. Ses doigts lissèrent une mèche à son front. Hélène remonta plus haut la couverture sur sa chemise, gênée et tout à la fois inquiète de la gravité sur son visage. Elle chercha les autres qui s'étaient levés pour, discrètement, quitter la pièce. Les arrêta.

— Seigneur Jésus, messires, que faites-vous là ?

Jacques de Sassenage lui plaqua un index sur les lèvres.

— Chuuuut… Tu ne te souviens pas ?

— De quoi devrais-je… ?

Elle se détourna, voulut éveiller Djem. Le sentit mol sous ses doigts. Anormalement mol. Un sang glacé lui inonda les veines. Alors, brusquement, tout lui revint. Comme une déferlante. La douleur dans son ventre, les vomissements, la lumière d'Elora qui cherchait à l'apaiser sans y parvenir. Sa voix qui l'encourageait à se battre contre le poison des Borgia. Et puis Jacques de Montbel penché au-dessus d'elle, le liquide amer dans sa bouche. Djem qui lui caressait les cheveux, l'exhortait à avaler. Le feu en elle. Puis l'apaisement. Le lent apaisement de son corps, de son esprit.

— L'élixir de la sorcière, comprit-elle en bousculant son père.

Ce contrepoison que Presine avait composé dix ans plus tôt, pour sauver Djem. Il le lui avait administré. En se condamnant.

Un hurlement de rage et de détresse jaillit d'elle. Rejetant les couvertures, elle enfourcha le corps de Djem, se mit à le battre dans une folie furieuse, s'acharnant à le ramener.

Ils ne bougèrent pas. Aucun d'eux, témoins immobiles, pétrifiés d'impuissance.

Djem finit par ouvrir des yeux vitreux. Il la reconnut au-dessus de lui, dévastée de larmes.

— Doucement, doucement, ma sultane, murmura-t-il en relevant péniblement les bras.

Il l'emprisonna, l'attira contre lui. Heureux de la sentir vivante. Heureux de la serrer une dernière fois. Elle sonda cette parcelle de lumière en lui.

— Pourquoi ? Pourquoi Djem ? Pourquoi moi ?

Il eut un petit rire, tendit le bras vers Nassouh revenu près du lit. Leurs avant-bras se soudèrent.

— Tu comprends, toi, mon vieil ami. Tu comprends, n'est-ce pas ?

À quoi bon lui dire qu'il aurait, lui, fait un autre choix ? Il était trop tard. Nassouh mentit :

— Oui, Zizim.

Hélène se sentit trahie jusqu'au tréfonds de son âme. Elle lui empoigna les joues piquantes de barbe sous le teint blafard.

— Pas moi. Je ne peux pas… Je ne peux pas, Djem…

Il ferma un instant les paupières. Il se sentait aspiré vers un tourbillon de lumière. Il perçut la voix d'Elora, loin, très loin, comprit qu'elle tentait l'impossible, comme avec le petit bohémien. Il savait qu'elle ne le pourrait pas. Il rouvrit les yeux. Sourit.

— Ne pleure pas. Ne pleure pas, ma sultane. Je suis libre à présent. Définitivement libre.

— Non ! gueula Hélène.

— Si… Ma liberté, c'est toi…

Ce furent les dernières paroles que le prince prononça.

Le lendemain, l'host royal se remettait en branle. Inconscient, Djem fut transporté en litière. Revenue à son déguisement, Hélène lui tint la main jusqu'à Naples où ils entrèrent deux jours plus tard. Elle avait basculé dans une autre notion du temps. Lui aussi.

Parfois, une lumière bleutée venait auréoler la silhouette amaigrie du prince, rappelant à Hélène le pouvoir d'Elora, qui retenait Djem dans une agonie interminable.

Elle se tut définitivement le vingt-cinq février, alors que dix heures venaient de sonner.

Djem avait cessé le combat.

Hélène fit alors une chose étrange qui marqua longtemps les esprits des soldats, et même, oui, même du roi.

Elle gagna les écuries, se déshabilla, enfourcha à cru le cheval préféré de Djem et sortit sous les étoiles.

Parvenue dans la cour, sous la fenêtre tendue de noir, elle cabra l'animal et offrit, en guise d'adieu à l'homme qui l'avait aimée plus que sa vie, son corps blanc et parfait.

Son dénuement le plus total…

Composé par Nord Compo
à Villeneuve-d'Ascq (Nord)

Imprimé en Espagne par
Liberduplex
à Sant Llorenç d'Hortons (Barcelone)
en mars 2012

POCKET – 12, avenue d'Italie – 75627 Paris cedex 13

N° d'impression : 27764
Dépôt légal : février 2011
Suite du premier tirage : mars 2012
S20425/03